当代中国生态文学读本

18

有种寂静呢喃

The Whisper of Silence

远人 主编

四川文艺出版社

图书在版编目（CIP）数据

有种寂静呢喃 / 远人主编. -- 成都：四川文艺出
版社, 2020.6
ISBN 978-7-5411-5718-9

Ⅰ.①有… Ⅱ.①远… Ⅲ.①中国文学—当代文学—
作品综合集 Ⅳ.①I217.1

中国版本图书馆CIP数据核字(2020)第087720号

YOUZHONG JIJING NINAN
有种寂静呢喃

远　人　主编

出 品 人　张庆宁
责任编辑　陈雪媛
封面设计　远人工作室
内文设计　史小燕
责任校对　段　敏
责任印制　桑　蓉

出版发行　四川文艺出版社（成都市槐树街2号）
网　　址　www.scwys.com
电　　话　028-86259287（发行部）　028-86259303（编辑部）
传　　真　028-86259306

邮购地址　成都市槐树街2号四川文艺出版社邮购部　610031
排　　版　四川胜翔数码印务设计有限公司
印　　刷　四川华龙印务有限公司
成品尺寸　165mm×235mm　　　　开　本　16开
印　　张　15.75　　　　　　　　字　数　210千
版　　次　2020年6月第一版　　　印　次　2020年6月第一次印刷
书　　号　ISBN 978-7-5411-5718-9
定　　价　48.00元

人文 ｜ 自然 ｜ 品质

主办：深圳市光明区公共文化艺术发展中心

顾问：王晓华

主编：远　人

编委：陈瑛　陈昌云　余巍巍

序

有种寂静呢喃

◎远 人

热爱诗歌的人总有自己最心仪的诗人，哪怕这个诗人并未占据文学史的首位。如果有人问我最喜欢哪位诗人，我会毫不犹豫地说出王维的名字。

和傲视古今的诗仙李白相比，王维的身影显得微小；和不废江河万古流的诗圣杜甫相比，王维的声音显得薄弱。甚至，王维"诗佛"的称号也不像那个时代般风流激荡，但他的诗特别适合一种人读——喜欢安静的人。

我相信，喜欢安静的人，也不会时时拒绝热闹，三五好友觥筹交错，痛饮一番，酣醉一番，但那终究不是常态，就像王维，绝不会拒绝抱负与雄心，只是他性格深处的牵引会让他步入只属于寂静的心灵深处。

翻遍《全唐诗》，我们大概找不到有谁在寂静上能和王维一比。这是王维留给后世的印象，也是他在诗歌领域取得的非凡成就。我们只要面对"明月松间照，清泉石上流"，面对"月出惊山鸟，时鸣春涧中"等诗句，就能无比真切地感知一颗寂静的心灵在如何与大自然进行私语般的交谈。它们不同于李白"孤帆远影碧空尽，唯见长江天际流"的雄奇，不同于"两岸猿声啼不住，轻舟已过万重山"的洒脱；它们不同于杜甫"江云何夜尽，蜀雨几时干"的哀愁，不同于"星垂平野阔，月涌大江流"的开阔。在李白和杜甫他们那里，大自然总是发出种种令人激情涌动的声音。在王维那里，大自然是没有声音的，即使有，也是微弱的、悄声的，同时是固执的。

安静不会高于雄奇，不会高于洒脱，更不会高于哀愁和开阔，但安静的特性会让人更深入地打量自己和自己所属的时代。

毋庸讳言，我们的时代是缺少安静的时代，自从钢筋代替泥瓦、机器代替农耕，安静就和我们的生活越来越远，我们也好像习惯了喧腾，习惯了速度，习惯了生命中的安静与缓慢在携手离开。我们听到和伴随的，只剩下时代的呼啸，无数的身不由己很难让我们看清楚自己。当一连好几个春夜重温王维的《辋川集》时我忽然觉得，在今天，王维或许是比任何诗人都更具重要意义的诗人。借助诗歌，王维在不断告诉我们和大自然相处的方式，也在告诉我们步入大自然的理由。在王维揭示的安静中，大自然的本真在我们面前出现。没有大自然的本真，就不会有人的本真。如果人类失去本真，就等于失去一种心灵的珍贵。

以为时代没有寂静的人，其实是没有去寻找。哪怕一本薄薄的诗集，也是寂静对我们发出的呢喃。熟悉浮躁、荒诞、加速的现代人总陌生心灵的寂静，其实是失去了对寂静的倾听。但寂静始终存在，就如大自然始终存在。当我们愿意承认大自然的美时，也许更应该停下脚步，去倾听大自然的寂静呢喃，那其实是倾听我们自己。

2020年3月17日凌晨于东莞

目
录

CONTENTS

艺　术

特　稿

光　明

文本与绎读

小说

骑鹅的凛冬

◎郑小驴

1

　　一群鹅，共五只，三白两灰，一公四母。立夏来回数了几次，放心了，端起盆，迈出门槛。鸡就来了。它们仰着头，咕噜噜地瞅他。立夏佯装撒谷，它们拍打着翅膀，腾跃起来，发现上了当，转而又咕噜噜盯立夏的手看。立夏捏了把谷粒，扬起手，空中便多出一道金黄的抛物线。沙沙沙，每粒都落了地。鸭子嘎嘎嘎，摇摆着也来了。它们伸着脖子，长喙东戳戳西探探，看似笨拙，撮起食来最得劲儿，喙子像吸尘器，都精明着呢，哪里谷粒撒得厚往哪里钻。鸡被挤得弹脚舞翅，来了怒火，脖颈处鸡毛炸裂，鸡冠笔挺，朝鸭背狠狠一啄。嘎的一声，鸭子扇着翅膀跑了。鹅最后才来。它们优哉游哉，从桃树下慢慢踱过来。鹅群一来，就没鸡鸭的事了。连捣乱的小黑狗也快快走了。五只鹅，白花花一团，谁敢抢食，哗啦一翅膀，扇得它们七荤八素，站脚不稳。立夏就笑。笑得悬在鼻翼的两条"红薯粉"摇摇欲坠。他赶紧吸溜一声，"红薯粉"又缩回鼻孔。

　　说来奇怪，这年冬天比以往任何一年都冷，滴水成冰，是南方少见的凛冬。立夏又从盆里抓了把谷粒，朝最大的那只白鹅喊，庆松，庆松，快过来！那只鸵鸟似的肥白鹅拍了拍翅膀，一摇一摆过来了，杏黄的喙比立夏小手掌还宽。庆松勾勾脖子，朝他欢叫。立夏趁势捉住它，骑了上去。白鹅顿时身子一沉，嘎的一声，"载"着立夏在院里慢慢走着。立夏学着电视里骑马的样子，驾驾驾，吁……觉得手中多了一条马鞭，时不时往空气里挥击一下。白鹅灵性，听得懂立夏的口令，他喊停就停，喊走就走。立夏经常骑白鹅，在他家院里摇晃，叫人好生艳羡。孩子们骑过牛，骑过狗，可谁都没骑过鹅。大家隔得远远的，喊，白痴骑白鹅，白鹅载白痴，白痴白鹅不分啰！

立夏怔怔地望着他们，也不懂回应。

因为这群鹅，孩子们都不敢靠近立夏。当然只要靠近立夏，立夏肯定没好果子吃。现在水车镇谁都晓得这是个傻子。时间再往前推点，立夏四岁，水车人背地里嚼舌头，说包子铺雷老头家的孙子脑子烧坏了，四岁还不会说话，是个傻子。

这群孩子里，要数二告最坏。二告指着地上一团暗绿的鸡屎，逗他，糖，甜的！立夏就蹲下去，抓了把，犹豫地望着他们，讪讪地笑，得到肯定的目光后，猛地往嘴里一塞。孩子们强憋着气，不敢作声，生怕坏了好事，看立夏咧嘴皱眉，似在回味，突然一屁股坐在地上，呸呸呸，骂道，坏人！大家憋得脸红脖子粗，噗的一下，像针戳破了气球，纷纷爆笑起来。笑得肠疼，笑得脚软，笑得眼泪长流。几只狗也受到感染，吐着红舌，摇起尾巴，欢快地围着孩子们打转儿。

立夏受到伤害，缓缓站起来，一边吐口水，一边抹眼睛。院门这时开了，雷老头从门口探出半个身子，咳嗽一声，喊，立夏，回来！孩子们的笑声就打住了，纷纷望向雷老头。雷老头瞪着一双牛眼，因生气而涨得发紫的脸上，那道伤疤红得像枚印章，格外醒目骇人。雷老头当过兵，传言他脸上的这道伤疤是枪眼，对越自卫反击战时，越南人留下的。也有人怀疑这是雷老头的谎言，说不定是哪个仇家弄的。他是害怕仇人上门，所以才躲到水车镇来的。

孩子们终于笑不动了，都沉默下来，愣愣站着，目送立夏朝自家小院跑去。雷老头依然冷着脸，远远地望着他的傻孙子跑来。那群鹅嘎嘎地从院门拥出，拍着翅膀，隔老远就来迎立夏了。立夏脸上还挂着泪痕，用力吸了吸两筒子鼻涕，蹑足走向鹅群中间，牵了一只，骑在上面。鹅嘎的一声，颠起屁股就跑，其他鹅也跟着叫起来，院子顿时热闹起来。孩子们还想凑近点，被雷老头挡住了。孩子中要数二告个头最高，雷老头长臂一伸，佯装来抓二告，二告和孩子们哗的一声，四散而逃。警告声追着屁股就来了，"再叫我看到你们欺负立夏，小心你们脑袋！"孩子们没跑远，等院门哐啷一声关了，喘着气，嘻嘻哈哈的，又欢快起来，一起朝雷老头家吐口水。

"我呸！我呸！"

立夏的这群鹅比狗还管用，一有风吹草动，就伸着长脖，像高度警惕的眼镜蛇，生人根本拢不了边。看到鹅，孩子们的脚啊腿啊屁股啊隐隐作痛，都给鹅啄怕了。鹅一来，孩子们都躲得远远的。方圆几里，都晓得立夏家养了几只鹅，凶神恶煞的，比狗还护家。孩子们打不过鹅，将怨怒都记在了立夏头上。

"立夏，出来啰。"

"不出来，你们都是坏人。"立夏贴着院门的门缝，余怒未消的脸上夹杂着一丝犹疑。

"哎呀，我们不会再欺负你啦！"

"立夏，掏鸟窝去！"

"对！清江对岸那株苦楝树上刚搭了只鸟窝呢！"

立夏卷起衣角，放在嘴里嚼着，两条鼻涕随风飘荡。要是他们再怂愚几句，立夏保不准又出去了。这时院子里又响起雷老头的声响：

"立夏，回来！"

2

庆松的尸体摆在水车镇中心的小广场上。那是春天，正逢赶集，附近村镇的人都目睹了这场死亡。4月，连日的春雨过后，天空终于晴朗起来，春光明媚，空气中洋溢着一股看麦娘和油菜花的味道，几只布谷鸟正在河面飞巡。又到每年一度的播种季节了。赶集的农民，很多来不及换上干净的衣服，裤脚上还沾着泥巴，叼着旱烟管，一路往水车镇聚拢。一大早，附近就有人传言镇上发生了一起命案。死人的消息一传十十传百，早饭过后，连枫树、洪庄那边的人都耳闻了。这天赶集的人，便比往常明显要多得多，一半是因为采购化肥、农药的需要，一半是冲着死人来的。

庆松躺在席子上，已经用彩条布盖了起来。旁边站着两个大盖帽，镇政府的几名干事蹲在石板街的台阶上抽烟。天气逐渐热了起来，阳光穿过屋檐，发出缕缕金光，人在太阳底下，不到一根烟的工夫，晒得头皮冒油。几天前，这儿刚结束漫长的雨季，还冷得能穿夹衣，现在一件短袖都嫌热了。

彩条布下露出一截庆松的手臂。白皙光洁，指甲修剪得很干净，每个指甲盖都有月牙白，怎么看都不像一双短命鬼的手。

人潮层层涌过来，声音鼎沸，都想瞅眼死者，彩条布被围得水泄不通。这一带已经平安无事多年，派出所已经很多年没接到命案了，现在一条人命就躺在脚下，能不叫人激动？

"今天早上，我刚打开铺面，一眼就瞅见他了，趴在石板街上，身后一长串的血迹，吓得我魂都没了。"剃头匠大牙对做笔录的警察小秦说。

"当时他还活着吗？"旁边年长的张警察补充了一句。

"好像还剩口气。"

紧接着，斜对面的杂货店老板老罗，作为第二个目击者说了起来。

"我刚准备出门，差点儿一脚踩到他身上。满脸的血啊，蠕动着朝他家爬去……就像电视里即将断气的人一样，我喊他时，他还深望了我一眼，嘴里咕哝着什么，可惜听不清。"

米粉店的老郑这时也插嘴了："都成这副样子了，他还在爬，我说你赶紧停下啊，他仰起头，好像还朝我笑了笑。"

"笑？你眼花了吧，人都要死了，还有心思笑？"

"我也纳闷儿啊，他一脸的血，笑得我心里直发毛。"

"凶手抓到了吗？！"

1995年4月22日，准确说，是早上六点一刻，庆松爬到距离自家院门还有不到二十米的罗裁缝店铺前，终于停了下来。那时候，更多晨起的人发现了他。惶恐的目击者纷纷停下脚步，目送庆松像条蛆虫一样，一点点朝他家爬去。

"不要动了，快停下来！"大家惊讶地朝他喊。

"庆松，你这样会死的。"好心的王家奶奶颠着小脚跟在后面奉劝。有腿脚麻利的赶紧找庆松爹告讯去了。

庆松依然没有停止。一条突然冒出的黑狗凑到庆松跟前，用鼻子嗅了嗅，庆松缓缓仰起头，这张满是血污的脸把狗吓了一跳，黑狗猛地一个转身就跑，尾巴都吓歪了。庆松在石板街留下一道长长的血印子，像刚用拖把拖过。这副瘆人的景象吓坏了街坊，他们已经十多年没看见如此惨烈的状况了。老罗家的小孙子吓得当场钻他妈怀里哭了起来："妈妈，他要死了！"稚嫩的嗓音掠过屋檐，在水车镇上空长久战栗。

镇上上一次发生杀人事件，还是十五年前。当时两户人家为一只偷跑去菜圃的鸡发生了口角，两家女人坐在门槛上，从中午骂到日头西斜，依旧喋喋不休；耳朵屎都要震出来的男人们，直接挥舞着扁担、锄头哐当哐当干了起来。最后那个倒霉鬼冷不防挨了一锄头，脑袋当场开瓢，一坨坨的血豆腐块儿淌了一地。死相虽难看，但和庆松相比，那人的死便显得轻松多了。毕竟当场歇菜，没来得及反应，直接去阎王爷那儿报到了。

庆松的惨况强烈地震撼着现场的每个人。整条石板街的人都给吓坏了。

没人知道之前发生了什么。也搞不懂他为何不向人求救，憋着一口气也要挣扎回家。更没人搞得懂他死前的微笑。这抹微笑，在众人心中留下了浓重的阴影。他们不明白一个人死到临头了，还有心思笑？

雷老头闻讯赶来时，庆松已经失血过多，陷入了昏迷。空气中弥漫着一股盐腻的血腥味儿，混合着街角那树被雨水冲落得七零八落的泡桐花，徒增了一股不祥之兆。雷老头扒开人群，低吼了一声："庆松，你怎么啦？"

"庆松！庆松！你醒醒啊！"雷老头使劲摇晃着儿子，面对这突如其来的惨状，像心坎上被人捅了一刀。

"是哪个天杀的啊？！"

庆松躺在父亲的怀里，已经气若游丝。他挣扎着回去，仿佛就是憋着最后一口气，要告诉父亲什么。

"爸爸……带我回家……"

"我的天啊，是谁害的？"

"……我们回家，回龙山……爸爸……"

雷老头等着儿子接下来告知他凶手，胳膊突然沉了沉，再看时，见庆松眼皮一搭，已经彻底断气了。

阳光渐渐大起来，犀利的光线将石板街一分为二，一半是阴影，一半浸泡在强烈的光线中。雷老头缓缓放下儿子，将他的身子摆正。炫目的阳光照在庆松脸上，那张失血过多苍白的脸仿佛恢复了些许生气。雷老头挪了挪身子，用背挡住阳光，生怕晒伤庆松。有那么一会儿，阳光正好将这对父子分隔开来，看上去正好阴阳两隔。

周围一时鸦雀无声。雷老头出奇地沉默着。大家大气不敢出，直到雷老头直起身来，喉结滚动，发出一声哽咽，大家悬着的心才放下来，纷纷七嘴八舌，猜测是哪个没天良的才做得出这么歹毒的事。

中午时分，有人声称已经抓到凶手。凶手竟然就是石板街上的，据称一共三人，其中一位大家都认得，是服装店老板谭晓利。从谭晓利家出来，那三人就被警察逮住了。说是逮，不如说自首。因为三人出门前，早早就给派出所打了电话。

"马所长在吗？"谭晓利说。

马所长自然没在，那会儿他还在午睡，整条石板街都晓得马所长喜欢泡温泉，喜欢打牌，喜欢去温泉中心泡完澡再打牌。有时一打就是通宵。说起打牌，谭晓利和马所长还是不错的搭档。两人联手斗地主，几乎没有输过。

接电话的是刚分配过来的小秦。他刚开腔，就愣住了。

"人是我们杀的……我是石板街开服装店的谭晓利，我在家，我要自首，你们快过来抓人吧。"挂完电话没多久，警笛声就响了。一辆破旧北京吉普，后面跟着一辆锈迹斑斑的三轮摩托。整个派出所倾巢而出。除了抓赌，这条街很多年没响过警笛了。围观的人里三层外三层，都想一睹杀人犯的风采。三人连手铐都没戴，笑嘻嘻挤进吉普车，倒像下乡的干部。众目睽睽下，很是风光了一把。

3

谭晓利大概是水车镇最早做服装生意的人。更多的时候，大家不叫他谭晓利，都叫他谭老板。他喜欢被人叫老板。很多年前，大家都还习惯在地摊上买衣服的时候，他率先在石板街上开了第一家服装店。他家的衣服比地摊上的贵，但款式、料子、做工都不是地摊货能比的。当然也强不到哪里去，都是株洲货。新化县的服装店都是从广州进的货，更高级些。但乡下人谁没事跑县城？何况价钱比谭晓利家的贵上几倍，除非钱多得打卵包痛。

每隔一个月，谭晓利就从株洲进一批货。通常天刚麻麻亮，就去汽车站搭乘头班长途汽车去株洲，第二天很晚才回水车镇，从汽车顶上抛下几只巨大的麻布袋，神色疲惫的谭晓利最后一个走下车，他这个月的活便干完了。做买卖的事，都由他媳妇李莉来打理，他负责打麻将、下象棋，偶尔接送一下上小学四年级的女儿果果。

4月21日那天下午，妻子李莉娘家有事，她早早就回家了，留谭晓利看店。

"麻将是七点钟开始打的，我、阿毛、窃牯仔，仨先斗了一会儿地主，庆松他是最后来的。他来后，刚好凑一桌，我们开始打麻将。"

"打钱吗？"

"嗯，一点点……"

"一点点是多少？"

"一块钱的。"

"骗崽呢？"

"开始是一块的，后来大家觉得不过瘾，就打五块的。"

"从七点打到几点？"

"凌晨三点左右吧。后来大家都饿了，窃牯仔赢了钱，就让他去买了点夜宵回来。"

"嗯，后来呢？"

"大家还喝了点酒。"

"怎么打起来的？"

"发生了点口角。"

"具体点说。"

"庆松牌风一向不好，喜欢作弊，被抓过几回。说实话，大家都不喜欢跟他一块儿玩。他没几个钱，又不干正经事，靠一手牌养活着。你晓得，这样的人很讨嫌的……"

"他昨晚作弊了吗？"

"昨晚还好，我们知道他爱搞名堂，都盯防着他，他没机会出老千……最后他输了。"

"那为什么要打他？"

谭晓利突然沉默下来，扭了扭脖子，骨节暴响，目光伸向窗外。正午的阳光白得耀眼，一只狗伸着长舌，卧在派出所的水泥球场上晒太阳，谭晓利望着一起一伏的紫红色的狗肚皮，突然有些激动起来。

"……庆松……他……他这个……流氓！打死活该！"

4月以来，水车镇开始进入雨季。这年的雨水比往年仿佛来得迟些。每年漫长的梅雨季节天气都很潮湿，墙上长满了霉斑，被褥、衣服永远湿漉漉的，黏在身上，浑身不爽利。谭晓利不喜欢下雨，他老婆也不喜欢下雨，碰上雨天，来赶集的人就少，生意通常很糟糕。全水车镇好像就他家果果喜欢下雨。一到下雨天，她就兴奋，叫嚷着要母亲李莉帮她从墙上的挂钩取下那把粉白色的小花伞。小花伞是去年谭晓利在株洲进货时给女儿带回的礼物，她如获至宝，每天都伸长着脖子盼着下雨。举着小花伞上学的果果从石板街一路往东，路过镇中心小广场，再往北，途经汽车站，那段路是长途汽车和重型卡车的必经之路，常年被碾压，每天都在修修补补，永远尘土飞扬。当然去水车小学，也不是必须得走这条路。从"水车饭店"的隔壁钻过去，有一条窄窄的胡同，从那可以抄近道去学校。以前谭晓利一直反对女儿走这条小路，但自从3月一辆载重汽车在汽车站旁边轧死了一位去上学的四年级男孩以后，他开始动摇了。那条废弃的小巷子，尽管荒僻，很少人出没，但可以让女儿远离汽车碾轧的危险，何况果果也喜欢走这条小巷。她举着小花伞，蹦蹦跳跳的，伸手挨个去摸斑驳的墙体，从上面抠些对于她来说有意义的小物件。有一天，她撕下一张"老鼠娶亲"的滩头年画，如获珍宝，小心地藏在她的一只小木箱里。

李莉对这条捷径颇有些隐忧。她说这条路很少有人走，附近都是些没人住的危房，万一出个什么事怎么办？谭晓利去接送过几回，观察了一番，说走汽车站那条路反而危险，这么多车，进进出出，每个月都出事故，还不如走这条呢。起先他负责接送，有时他没掐准时间，到学校的时候，果果早已回了家。果果说："爸爸，你买只手表吧。"李莉说："你爸买了手表也不准，你爸过的时间和我们的时间不一样。"果果说："怎么不一样？"李莉没好气地说："你想啊，我们睡觉的时候，你爸在打牌；你放学的时候，你爸还在做梦呢！"谭晓利就笑，摸了摸女儿的头说："别听你妈胡说，爸以后每天都准时接送你。"

谭晓利的承诺只兑现了一个礼拜，随着雨季的到来，马所长的牌局也比往常更频繁起来。他们起先在谭晓利家打，后来李莉抱怨大晚上打牌影响孩子休息，于是改到温泉中心去打。温泉中心和水车镇相距十多公里，他们通常骑自行车或者开派出所的那辆破吉普车去。

马所长喜欢温泉中心，那里不仅能泡温泉，还有夜宵摊，打牌累了，去泡泡温泉，喝点小酒。温泉中心的老板娘是个四川妹，手下有几个长得风姿绰约的川妹子，马所长一来，她们便变得热闹起来，围着马所长，麻雀似的叽叽喳喳，喝起酒来也都是一把好手。马所长对那个叫雯雯的南充妹情有独钟。每次见到雯雯，马所长就走不动了。南充妹不光人长得漂亮，腰是腰，屁股是屁股，而且说起话来软绵绵的，听得人心酥腿软。马所长喜欢温泉中心不是没有道理的。

那天谭晓利刚到温泉中心，屁股还没坐热，李莉的电话就追过来了。李莉还没有开口倒先哭了起来。谭晓利最不喜欢女人哭哭啼啼的样子，问，什么事呢？

挂完电话，谭晓利抓起衣服就走。马所长说什么事？谭晓利脸色阴沉，说你们玩，家里有点事，我先走了。马所长不高兴了，说什么事嘛，刚来就走。谭晓利望了一眼马所长，欲言又止，拍了拍他的肩膀，说，马哥不好意思，家里真的有点事，下次好好陪你玩。

他回家的时候，女人还在哭，埋怨道："整天就晓得打牌，要你接女儿，都当了耳边风！"果果倒是很安静，坐在小板凳上，手里捏着一只千纸鹤，望着地板怔怔发呆。他心里陡然一凉，瞪着女儿问：

"你知道那畜生长什么模样吗？"

果果摇了摇头。

"他的口音呢？和你说了什么吗？"

"他叫我别动。我有点听不懂他的话。"

"那他……有没有对你做什么？"

果果将目光从地板上缓缓抬起，眼眸闪过一丝犹疑："那个坏叔叔，他摸了我。"谭晓利的心像被针扎了一下。果果却突然想起了什么，有些失望地望着谭晓利说："爸爸，我的小花伞丢了，你给我找回来。"谭晓利抱着女儿，突然鼻子一酸，眼泪差点儿掉下来。他说好，你等着，爸爸下次给你买新伞。

谭晓利那时就发了誓，掘地三尺也要找到那人。

放学那天，下了点小雨，果果举着小花伞，起先是和同学走在一块儿的，后来她一个人玩着就落队了。那会儿雨已经停歇了，但果果依旧撑着小花伞。她太爱这把伞了，对背后突然伸出来的手没做任何防范。小花伞落在地上，顺势滚了几圈才停下来。"伞！伞！"果果心里朝伞呼喊道。一道她无法抵抗的力量拽着她离伞越来越远。她被抱着朝小巷一处废弃的庭院跑去。摇摇欲坠的木门被人反踢一脚，在猫一般凄厉的尖叫声中关上了。那时她心里还记挂着她的小花伞。那是班上最漂亮的一把伞，她为此得意了很久。她想扭头去看，铁钳似的大手让她丝毫动弹不得。这时她才拼命挣扎起来，想大声呼喊，奈何半点声音也发不出来。无边的恐惧攫住了她，像小时候溺水一样。那双陌生的大手紧紧地封住她的嘴，让她呼吸都开始困难。他们在一间四处漏风的房间停了下来，那是间木房子，脚下的地板露出手指宽的缝隙，看得见草尖。房间光线很暗，只有一扇窄小的窗，阴沉沉的，什么也看不见。

"不许叫，不然我掐死你。"

她听见背后寒冷的声音。那声音贴着她的耳边，毛茸茸的，像小动物钻入耳朵。她一阵颤抖，身上湿漉漉的，冷意侵袭全身，她听见上下牙关轻轻磕碰的声音。

"别害怕。"那人的口气温和了些。她感觉不像水车镇这带的口音。一只冰凉的大手像蛇一样滑过她的肌肤。被抚摸过的肌肤此刻像冰一样发烫。那人后来变得愈发放肆，以为她放弃了抵抗。当她意识到他正在干什么时，恐惧渐渐被忸怩和羞涩取代。

立夏就是这时冒出来的。她眼角的余光不经意间瞥到了他。他看起来也吓傻了。不知所措地望着他们。她用哀求的目光瞥向傻子。当两人的目光再次相撞时，傻子不知道从哪儿获得了勇气，猛地发出一声尖叫。突然的叫声把那人吓了一跳。她趁机狠狠朝他的手咬了一口，一声凄惨的叫声之后，她感到身上的力道卸了下来，赶紧慌不择路地跑了出去。

天已擦黑，飘起细雨，她顾不上小花伞了，拼命地朝有人的方向跑，直到在小巷尽头看见前来找她的母亲，才停下脚步，扑进李莉的怀里惊慌失措地哭起来。

谭晓利眼前时常浮现女儿描述的那双手，女儿说，从背后捂住她嘴的那只手冰凉、有劲、宽大，那双手伸过来，天一下就黑了。他容忍不了操着外地口音的人在女儿身上犯下的罪恶。他发誓要把那人揪出来。4月以来，这事一直困扰着他。疑惑在于，汽车站背后那条小巷，除了本地人，很少为外人所知，这使他陷入了困境。整个水车镇，谁不晓得果果是他女儿？他的恼怒在于竟然还有人胆敢向她女儿下手。有段时间，他仔细留意赶集的人，养成了下意识瞥手的毛病。

李莉说报警吧，你不是和马所长好得穿一条裤子吗？叫他来看看。谭晓利说你疯了吗？这事要捅出去，果果以后还怎么做人？这个畜生，不要让我抓到，抓到我得剥了他皮不可。

4

4月21日下午六点四十分左右，庆松最后一次走进谭晓利家。这年春天姗姗来迟，玉兰花到3月还没有开。这个春天他大部分时间都是和谭晓利他们几个在牌桌上度过的。头几回，庆松的手气出奇地好，几乎是将他们口袋里的钱全部榨干净了才依依不舍回的家。这样的好运气，使他近乎迷信，觉得谭晓利家是他的风水宝地。谭晓利家住三楼，整条街几乎一览无余。他是近视眼，但喜欢坐在谭晓利家临窗的那个位子。手气好的时候，透过窗户，石板街上的一举一动尽收眼底。他喜欢这种感觉。

有时庆松显得过于沉浸而分心，甚至忘了出牌。其余人纷纷不耐烦起来，用脚踢他："快点！"不用猜他们也晓得庆松在偷窥馄饨店的刘芳芳，看刘芳芳在馄饨店前前后后忙碌着。庆松对刘芳芳的垂涎可不是一两天了。

庆松平时不敢对刘芳芳怎样，但喝了酒跟没喝酒的庆松是两个人。喝了酒的庆松一改平常的怯懦本分，也敢和刘芳芳开带颜色的玩笑。"嘿嘿，昨晚那啥了吗？"话音未落，刘芳芳手中的铲子率先表达了不满，啪的一声砸在尚未来得及收回的手上。庆松吃了疼，龇牙咧嘴地笑。"你再敢动手动脚，这锅滚水给你褪褪毛。"庆松也不生气，脸上依然挂着笑，怏怏地走远。

"瞧瞧你这副德行！"4月21日下午，他们又在奚落庆松了。庆松嘴角露出一丝不置可否的笑。这时街边一个小女孩映入他的眼帘，细长的脖颈粉白、洁净，穿着柠檬色裙子，怎么看都像朵4月的花。女孩一边走，一边吹着气泡，身后飘起一连串五彩缤纷的泡泡。小女孩很快被泡泡环绕。庆松心里莫名一动。直到楼梯间响起细碎的脚步声，他才把小女孩和谭晓利家的果果对上号。

他内心慌乱起来，假装尿急，去了趟厕所。厕所的墙上布满褐色的斑点，头上挂着一只25瓦的白炽灯，飞蛾的残骸依然停在灯罩上。他凝视着眼前变幻莫测的斑点，许久体内才腾升起尿意。一阵长久的喧哗过后，身体某处蓬勃的膨意逐渐消失了，他忍不住战栗了几下。

返回牌桌的时候，果果已经上楼。卸了书包，侧身站在父亲旁边，手中把玩着一块麻将。他闻到一股好闻的肥皂泡清香。谭晓利从桌上摸了两块钱，递给果果，说去外面吃碗馄饨吧，爸爸打牌，没时间做饭。果果将麻将抛到半空，周而复始，终于接了谭晓利的钱，又默默看他们打了一会儿麻将。这个时候起，庆松开始一个劲儿输钱，输得手心直冒汗，仿佛旁边摆了一盘熊熊燃烧的炭火。

果果观战了一会儿，嘟着小嘴说："你们这些人真讨厌，整天就知道打牌，打牌，打牌！"她重复了三遍，咚咚咚下楼去了。庆松点了根烟，目光又不由自主地伸向窗外，那个可爱的身影出现在街上，小兽似的奔向刘芳芳的馄饨店。刘芳芳穿着一件低领T恤，不知为何，她忽然使他感到怅然，甚至乏味。入夏季节的蝉鸣在石板街苍老的香樟树上重新响起，声声入耳，庆松听着莫名愉悦，这时他看见侄子立夏光着脚丫子走来，他身后跟着一群起哄的孩子，他们大声喊："傻子！傻子！"立夏愕然地回头看着他们，目光闪烁着一阵忧伤和茫然。

"我叫鹅啄你们！"立夏说。

"那我们就放狗咬它！"

"放毒吧，那样省事些。"

听到下毒，立夏似乎焦急起来，他暂时还没想到更好的对策。孩子们朝他围拢过来，用细长的木棍戳他的肩膀。立夏的脸上流露出怯意，眼看就要哭起来。立夏的表情让庆松一下子想起哥哥庆南，庆南当年在父亲面前也是这副表情。也是这个季节，父亲将庆南吊在家旁边的柿子树上，雨点般的夏蝉声透过枝叶，将耳朵灌得满满当当。庆南穿了一条裤衩，身上全是横七竖八的伤痕，父亲喝了很多的酒，握着皮带，气恼地望着他。他站在旁边，大气不敢吭。庆南咬着牙，执拗地望着父亲。"咳！我的老脸都要你给丢完了！"父亲暴跳如雷，高举着皮带。在密集的鞭打声中，庆南硬是不呻吟一声。他的态度惹怒了父亲，"我今天把你抽死算了，爹打崽，打死也不赔命的。""你打啊，打死最好！"

庆南依旧不服软，轻蔑地望着父亲。立夏这时跑过来，抱着庆南的腿，大哭起来，庆南一脚给他踹开，骂道："哭啥哭，滚一边去！"

想起这一幕，庆松突然忧伤起来。更多的记忆纷至沓来，让他深陷往事的泥淖。突然小腿一阵锐痛，对面的谭晓利不耐烦地踢了他一下，将他的记忆拉回牌局：

"你还打不打了？又在发什么呆，你就别做刘芳芳的春秋大梦了！"

"快出牌！"窃牯仔尖着嗓子喊道。

5

防腐剂是从县城买回来的。据说打一针，能管上一个礼拜不腐臭。

庆松静静地躺在彩条布上。临时给他搭了个简易的凉棚，挡住了强烈的阳光。遗体旁边放着一张讣告，上面写着死者的生前信息和死因，后面附着刚冲洗出来的彩色遗照。只需匆匆扫视一眼就能明白：一条年轻的生命在这里被人谋害了。

这比马所长原先预想的情况要糟糕和复杂得多。事实上，中午刚入睡就被电话吵醒，他就预感到了什么。了解他脾性的人，从来不敢没事大中午给他打电话。小秦在电话中小声说："早上打电话，您不在家……"马所长"嗯"了声。小秦本来还想说去温泉洗浴中心也没有找到他，但他忍了忍，直接说了命案的事。听到命案时，马所长这才彻底从昏沉中清醒过来，他点了根烟，下意识地往墙上瞟了一眼，正午的阳光透过窗户，正照着墙上的邓丽君。邓丽君穿了一条米黄色的裙子，戴着20世纪90年代初期流行的那种巨大的圆耳环，甜蜜蜜地朝他笑。他望着她谜一般的微笑出了好一会儿神。雯雯这时从迷蒙中醒来，学着香港电影的语气："阿sir，出什么事了？"

马所长将烟掐了，说等我回来告诉你。他连袜子都没顾上穿，直接套了皮凉鞋，就去了派出所。

此时笔录已经接近尾声。马所长说人呢？小秦说："三个，都在里面待着呢。"

马所长刚进去，听谭晓利喊了声"马哥"。其他两人赶紧叫了声马所长。马所长皱了皱眉，说怎么是你啊？谭晓利一脸苦笑，叹了口气说："给马哥添麻烦了！"

马所长拿了小秦的笔录看了眼，说到底怎么回事嘛？怎么把人给弄没了。

谭晓利说："马哥，这么多年了，我的脾性你又不是不晓得。我这人做事最不喜欢拐弯抹角。就是笔录上说的，要不是我亲眼看见，还真的不敢相信是他干的。"

"他对果果？"马所长瞥了眼谭晓利，"别逗了，果果还是秧苗儿呢。"

谭晓利说："可不是嘛，果果才九岁呢！"

马所长表情严肃起来："真的？你亲眼看见他对果果……"

谭晓利说："马哥，你不信可以问窃牯仔和阿毛，他们昨天晚上也在场的。"

"你们都看到了吗？"马所长问。

两人同时点了点头。

"是窃牯仔最先发现的。打到夜半，大家都有些饿了，窃牯仔赢了钱，我们就怂恿他买了些宵夜和啤酒回来。吃完已经三点多了，我有些困，想回家睡了，窃牯仔说吃饱了睡不着，提议再玩几把回家。我看谭哥没有反对，庆松不见人影，可能撒尿去了，我说打就打嘛，反正稀烂的手气。我心里还盼着吃完宵夜手气旺起来呢。"

"然后呢？"

"我们等了会儿庆松，见他还没来，我喝多了啤酒，尿涨，就去上厕所，路过果果房间的时候，发现门是虚掩的，开了个口子。我瞥了眼，发现有个黑影站在床前，冷不丁吓了我一跳。我说谁，在干吗？这时庆松也发现了我，说喝多了，走错房间了。"

"你当时看见他在干什么？"

"他站在果果床前。床有蚊帐，蚊帐没有合拢，我不确定是果果睡前忘了关还是后来打开的。当时也没有往心里去，毕竟谭哥在家，他除非吃了豹子胆。谭哥这时听见声音就过来了，问他怎么进了他女儿的房间。谭哥一问，庆松有些慌张起来，说喝多了，走错了房间。谭哥说，你蒙谁呢？我家你又不是头回来……"

6

立夏站在水车镇的桥亭，底下是流淌的清江。他每天的任务，是将那群鹅赶下清江。鹅见到水，开始加快步伐，扑扇着翅膀，仰天嘎嘎叫着。每天都是那只叫庆松的大白鹅领队，其余的鹅排成一字形，一摇一摆地朝河边走去。隔着老远，它们就闻到河水的味道了，纷纷欢叫。庆松不叫，它走最前头。它不下水，所有鹅都停下来，撅着屁股等着。庆松伸长脖子，往河边探了探，扑打着翅膀，哗啦一声，跃入河中，先将头埋入水下，弓了弓脖子，反复几下，晶莹的水珠从羽毛上纷纷滑落。其他鹅这时也下了水，荡起阵阵涟漪，平静的河面全给它们弄皱了。

立夏坐在桥亭上纳凉，俯瞰着他的鹅群。鹅……鹅！鹅！鹅！立夏在上面一声喊，所有鹅都抬起头，屏息侧听，听着是立夏的声音，嘎嘎嘎地回应起来。

立夏喜欢这群鹅。跟鹅待在一起安全。身边有鹅，他就什么都不怕了。孩子们朝立夏喊，傻子！他也敢回应了："你才是傻子呢！"他们"咦"了一声，傻子还敢骂人呢！立夏就退，身后传来鹅叫声，他就不退了。那群鹅是他的保镖。其他孩子都没鹅，没有保镖，立夏便有些得意了。

"哪天你的鹅就全死光光了！"他们诅咒说。

果果从不欺负他。有时她跟在这群孩子后头，默默望着他，带着一丝怜悯。她穿红色漆皮鞋，举着小花伞，背一只唐老鸭的大书包。立夏察觉到了她目光流露出来的同情。她说你为什么不上学呢？立夏用小木棍戳了戳脚背："老师不收我，我爷爷说我高烧烧坏了脑子，他们说我是傻子。"

"你还会养鹅呢，你看它们都听你的，你一点不傻。"

说到鹅，立夏马上神气起来："我养的鹅会飞，能飞很高很高。"

"能飞多高呢？"

立夏就指了指天，蔚蓝的天空有半轮残月，像道浅浅的牙印。"能飞到那儿！"说完嘿嘿朝她笑。

入春以来，连着下了几场雨。雨天立夏就不需要去清江放鹅。雨天河面浑浊，河水带来了上游的枯枝败叶和各类垃圾，有时还漂浮着淹死的猪和禽类。下雨天雷老头不许他去清江，立夏闲着没事干，就在石板街上游荡着。起先他在刘芳芳的馄饨店玩，被嫌碍手碍脚，赶了出来。后来天空飞起了细雨，立夏有些无聊，便在汽车站附近耍。运气好，能捡到半瓶喝剩的矿泉水或者易拉罐。有次他在马路牙子上捡到一罐未启封的健力宝，旁边还放着一副太阳镜。这使他迷信般有事没事就跑到那儿守株待兔。他还喜欢闻长途汽车的汽油味，每次闻到这股气息，立夏就亢奋不已。他还记得第一次坐长途汽车，从龙山坐了一整天才来到水车镇。

汽车进站，停稳了。车门抽噎，哗啦一声，门就弹开了。立夏坐在马路牙子上，托着腮，望着迫不及待从车门挤下的人。傍晚时分，雨开始密了起来，街上打伞的人越来越多。他站起身，朝汽车站旁边的小巷走去。他晓得那里的屋檐可以避雨。放学的孩子们三三两两从小巷尽头走来。没带伞的人顶着书包，在雨水中一路小跑。立夏贴着墙根，缩身在旮旯，没人顾得上瞧他。打伞的孩子则不紧不慢走着。雨滴落在伞面上，随轻轻转动的伞柄，变成一朵旋转的雨花。

果果走在最后。她举着小花伞，隔着很远，他就认出来了。她的小花伞出现在小巷，小巷里所有的伞都黯然失色。果果哼着《蓝精灵》的歌，旋转着小花伞，一点也不急着回家，看得出来她很喜欢雨天。

立夏不喜欢雨天，尤其是雨夜。他经常在雨夜梦见父亲。父亲穿着白色袍子，在雨夜悄然潜入他们睡觉的房间。房间里睡着他和爷爷。门是闩上的，他不知道父亲是怎样进来的，跟猫似的，一点脚步声都没有。父亲站在床前，俯身朝他悄声说着什么，一脸的笑褶子，他想喊爸爸，父亲急忙做出嘘声的手势，要他不要吵醒旁边睡着的爷爷。然后穿着白色袍子的父亲轻盈地跃上他们家的单桌，伸手去勾房梁上挂的风干板鸭和鸡胗。突然房间里又多了一个和父亲一样打扮的年轻男人。男子负责在底下接父亲从梁上取下来的板鸭。眼看梁上的板鸭一只一只被取了下来，立夏焦急起来，想喊，却发不出任何声音。他眼睁睁地瞪着他们，却一点办法都没有，急得全身冒汗。父亲和那个年轻男人看见他这副模样，几乎同时恶作剧般笑起来。每到这时，立夏就惊醒了。他大声喊："爷爷，他们把梁上的板鸭都偷走啦！"雷老头从梦中惊醒，忙拉亮电灯，电灯一亮，父亲不见了，年轻男人也消失了，他赶紧瞟了眼房梁，板鸭一只没少。他大汗淋漓，躺在床上，像水里刚捞出来似的。

"我刚梦见爸爸了。"他说，"他又过来偷鸭子了。"每当这时，爷爷的脸色总是很难看，他找来毛巾，替他擦了身子，没好气地说："庆南，你像个男人就冲我来，不要再来纠缠立夏了，他是你崽呵！"

他才晓得父亲叫庆南。他几乎快要忘记父亲的模样了。爷爷不说，他不知道父亲原来也是有名字的。他总是反复做着同样一个梦，梦见穿着白色袍子的父亲，悄无声息地推门而入，在床前俯身端详着他。父亲的脸异常的白，白得像鹅毛。

庆松死那天，立夏在苦楝树下的草窝睡着了。他的脸上爬满了蚂蚁。二告拍醒他，说你叔死了，你还在这儿睡大觉呢，他们找了一圈了，我就知道你在这儿。立夏揉了揉眼睛，没明白什么意思。"庆松死啦！"立夏听到"庆松"，一骨碌爬了起来，擦了把眼，盯着水上的鹅群看。"庆松没死呢！"他嘟囔着。太阳这时钻进鲸鱼般大的云团，河面突然暗黑下来。二告拍了拍他的头："傻子，不是鹅，是你叔死了！"

立夏跟着二告他们往家走着，一路走，一路回头："鹅还在河里呢，我得先把鹅赶回家。"二告说："你叔都死了，一大早大家都知道了，你不晓得吗？你真是个傻子！"

回到家，立夏一眼就看到了石板街上那道长长的血迹。很多人围在旁边，他钻进人群，挤到最前面，看庆松一动不动躺在地上。那样子让他一下子想起了父亲，父亲当时也是这样，一身的血，躺在地上，旁边蹲着一位年轻男人，抱着父亲的尸体恸哭。

强烈的阳光倾泻下来，烤得立夏直淌汗，他擦了擦眼角的汗水，突然也想哭。

7

三年前，雷老头突然影子般来到水车镇。谁也不晓得他们的底细。雷老头不爱言笑，做事不声不响，自称湘西龙山人，手里牵着一个小孩，旁侧立着一位十七八岁的伢子。小孩跟豆芽似的，蹦蹦跳跳，眉眼间透着一股呆气，问叫什么名字，不响，又问今年几岁，半天回答不上来。雷老头说，孩子小时候发过一场高烧，脑子不好使了，叫立夏，是我孙子。这么小就当爹了？大家将目光伸向庆松。庆松脸上飞起一片红霞，说这是我侄子。那他爹呢？庆松沉默下来。雷老头在旁边默默补了一句：

"死了。"

雷老头盘下这座衰败的小院，修葺一番后，弄了个门面，开了家包子铺。开包子铺不稀奇，水车镇像这样的包子铺还有三四家。雷老头年纪不大，五十不到，但显老，看起来比实际年龄大出不少，右脸颊上有一处紫黑色铜钱大小的伤疤。有人说是枪眼，有人说是刀疤，关于它的来历，没人说得清楚。有人好奇问起他脸上的伤疤，他就说越南佬打的。那些年，负伤退伍的军人很多，回来都有一段血肉模糊的故事。

"你上过战场？"

雷老头鼻子嗡了一声，算是回复了。

"打得激烈吗？"

"那当然。"

"死的人多吗？"

"那当然。"

"杀过人？"

雷老头停下手中的活计，乜斜着朝人深深望一眼。

"战场上子弹不长眼，枪子儿打出去，死没死人，说不清的。"

还想多问什么，雷老头只当没听见，转身忙别的去了。

有关他的传闻就此传了开来。大家起初还有些欺生，后来晓得他上过战场，负过伤，兴许还杀过人，什么场面没见过？便再没人敢小瞧他了。

雷老头盘下这间铺面，专门做包子，他家的包子馅多皮薄个儿大，比别家还便宜，街坊都喜欢，隔着几条街远，也乐意过来。一年后，雷老头渐渐在水车镇站稳了脚跟。他很少谈老家龙山的事，也绝口不提女人和死去的儿子，但凡有人提起，就说害病死了。有人好心要给他做媒，说你一个男人，既做生意，又带孙子，家里少个女人，成何体统。雷老头说，蛮好。再劝，雷老头说，我一个人应付得来。语气异常寡味。对于续弦，雷老头似乎没多大兴趣，前后来了几个媒婆，以为这事八九不离十，吃定了这份谢媒礼，结果都碰了一鼻子灰。

雷老头精心料理这家包子铺。每天鸡刚叫头遍就起床忙碌开来。叮叮当当的，剁馅，和面，发面，揪面，擀皮，包包子，最后上蒸笼。天刚蒙蒙亮，各种声音四处飘来，开铺门的，打哈欠的，往街面泼洗面水的……石板街彻底醒来，新的一天又开始了，正赶上雷老头的包子出笼，热气蒸腾，香味四溢，便陆续有人来买包子。待四笼包子卖完，旭日初升，照得石板街点点金光，雷老头收工，这天就该散场了。他每次只做四笼包子，生意再好，也只做这么多，没赶上趟儿的，就只能等明儿了。

8

几只苍蝇落在彩条布上，嗡嗡声不绝，迫使人不断挥手驱赶。天气热了起来，空气中飘溢着一股腐烂的苹果味儿。他们谈到防腐剂，打赌说如果不是打了防腐剂，尸水都流出来了。庆松躺在镇中心的小广场已经一个多礼拜了。现在这儿成了灵堂，每天不断有人拥过来，尤其赶集的时候，石板街前后堵塞得像条严严实实的香肠。习惯了在石板街玩耍的小孩，也不敢出来玩了。大人吓唬说，庆松是横死，晚上会变作厉鬼出来吓人。

一天前，医生又过来打防腐剂。防腐剂据称价格昂贵，一针一百多。一针下去，一头小猪仔的钱就没了。水车人啧啧感叹。闲来无事，扯起卵谈，说最近猪圈角落的猪粪开始长绿毛了，猪肉价格怕是又要上涨了，下场赶集的时候，要背条小猪仔回家。又聊起传说中湘西那边的赶尸。

"庆松老家就是那边的，赶尸他肯定是听过的。"

话题又转到庆松头上来了。大家叹惜说要不是迷上了打牌，怕早该成家立业了。又聊起两年前短暂出现在石板街的贵州妹："他们走路都牵着手，看上去感情蛮好呢，没想到半年不到贵州妹就跑了。"那个爱穿牛仔裤和白波鞋的贵州妹，比庆松还大两岁，自称去过广东，能讲几句粤语。也学港台明星，喜欢将白T恤扎裤腰里，外边再套件宽大的夹克衫。她率先掀起水车镇的第一股时尚潮流风。有一段时间，她是谭晓利店里的常客，经常委托谭晓利给她进货。他们半开玩笑半认真地问庆松："什么时候喝你们的喜酒？"庆松笑嘻嘻，贵州妹也笑嘻嘻。然而，没多久，贵州妹就跑了。走的时候，将雷老头藏在米缸的钱都翻走了。贵州妹跑后，庆松开始打牌。女人跑前，他只白天打，现在白天和晚上都打，连续通宵。别人问起贵州妹，说打牌把老婆都打没了，还不赶紧去找回来，庆松依旧笑嘻嘻的，跟没事儿似的。他笑起来的时候，眼角微微上扬，蝴蝶一样。

几天前，街上开始出现了募捐。退休民办教师罗隆老师是水车镇一致认为最有德行的人，本地的红白喜事，概由他来主持。这位小学语文教师写得一手公认的好字，王羲之、柳公权、赵孟頫、颜真卿等，年轻时都一一临过。少时家里穷，没钱买墨，挑了水，在自家楼板上，写得如痴如醉。赶集的当天，罗隆老师现场挥毫，洋洋洒洒写下三百余字的募捐书。字迹极其工整、讲究，读罢让人声泪俱下。字字带血，除了陈冤情，痛斥黑恶势力，还恳求大家齐心协力，一起募捐，促使这起民愤极大的冤案早日昭雪。

募捐的效果相当不错，捐款的人罕见地排成长队，一毛、两毛，多则一块、两块，每一笔账都有专人记录，写在一个小本上，姓名、金额、何方人士。下午的时候，募捐箱就满了，数理一下，够庆松打上一针了。罗隆老师在记账本上工工整整地用毛笔小楷记下：一百三十七元五角六分。

中午时分，镇长和马所长都来了。镇长说："大家冷静点，你们的心情我是理解的。这其实是个误会，真相并不是大家想象的那样。就是几个年轻人打牌，喝醉了酒打架，失手打死了人。现在当事人都已经关起来了，该负法律责任的，一个也跑不掉。天气热起来了，尸体还是早日火化好，摆在这里成何体统？每天这么多人聚在这里，要是被别有用心的坏人蛊惑，还容易酿成群体事件。请大家一定要相信政府，擦亮眼睛，我们一定会给大家真相和合理的交代……"

镇长话没讲完，被一阵喧嚷打断：

"庆松就是被人折磨死的！"

"严惩凶手！"

次日凌晨，鸡叫头遍的时候，突然来了十多个烂仔，手持铁棍，强行抢夺尸体。尽管做了伪装，戴着口罩，或用围巾包住了头，还是被人认了出来,都是附近一些伢子。开了一辆小四轮,想把尸体运往县城的殡仪馆去火化,最后被闻讯赶来增援的民众团团围住,双方都动了手,烂仔们的铁棍威力虽大,敲在身上半天缓不过来,但农民手中的锄头、耙头、铁锹都是吃饭的家伙,使起来更得心应手,何况人多势众,一时把对方镇了下去。几个后生鼻青脸肿,画押讨保一番后,天亮时才狼狈不堪地跑了出去。留下跑不动的那辆小四轮,成了俘虏,被众人合力掀翻在地。

事情本也没这么复杂,但抢尸事件发生之后,大家就觉得事情远没这么简单了。"此事定有蹊跷。""要是真的如他们所说,那为何要抢夺尸体?""这明摆着要毁尸灭迹。"这帮烂仔必定是受了人唆使,背后的人是谁,用脚也猜得到,必定是凶手家属无疑。他们把尸体夺过去,火化成灰,便死无对证了。庆松死了几天,法医却迟迟没来,这事本就引起水车人的不满,再加上抢尸事件,等于火上浇油,犯了众怒,水车人开始不干了,撸起袖子发誓要给庆松讨回个清白。

9

4月22日上午,果果坐在教室里一直在颤抖。同桌最先察觉,问她怎么打摆子,是不是生病了。她摇了摇头。直到第二节课,老师才发现她的异常,走到跟前,问是不是感冒了,怎么一直发抖。果果不说话,脸色苍白,眼神呆滞,像是给什么吓傻了。班主任将她带到办公室,摸了摸她的额头,没有发烧,只听见两排细小的牙齿像打架似的发出咯咯的碰撞声。

"是不是看到什么吓人的东西了?"班主任问她。

果果的下巴轻轻抬了抬,猛地抽了一口冷气。

班主任也被她吓得不轻,问到底发生什么了。

"老师……我怕……"果果抬起头，怔怔望着班主任，然后就不言语了。班主任更加好奇，摇了摇她的肩膀。果果就说："老师你不要告诉别人……我爸他们昨夜把庆松打得快没气了，后来打累了就把他塞进柜子里，早上起来的时候庆松跑了……"

"你爸为什么要打他？"

"我爸说他是坏人，说他要害我。"

4月21日晚上，果果像往常一样，写完作业，看了会儿动画片，十点左右就去睡了。隔壁还在打麻将，隐隐能听见麻将碰撞的声音，说话声音很大，窃牯仔的嗓音尤其尖厉。天气有些闷热，她睡不着，喊，窃牯仔，你说话声音细点啊！窃牯仔故意装作没听见，没回应，但一会儿，窃牯仔闭嘴了。

她嫌屋里热，光脚下了床，将门开了一角，外边的灯光猛地劈了进来。野外的蛙声此起彼伏，战鼓擂动。每到4月，夜里各个角落都是它们的呼喊声。她听了会儿，想《西游记》里有没有青蛙精。既然有兔子精、蛇精、蜘蛛精，那自然应该也会有青蛙精了。这样想着，她就更睡不着了，起身去了外边的露台。露台上凉快，没有蚊子，夏天的时候，谭晓利铺张凉席，直接在露台上过夜。月光皎洁，高高挂在街角那棵古老的香樟树上，投下一地的斑斓。街上店铺都打烊了，人息灯灭，只有偶尔的几声狗吠。

站在露台上，远处的蛙声显得更响亮了些，这些精灵仿佛潜伏在眼前某处角落里，正在开场万员大会。时而喧哗，时而高涨，偶尔沉寂一会儿，接着迎来一波更大的声浪。有一只声音特别威严低沉，像是蛙王，它一叫，旁边的蛙都变得安静了。果果一时听得入了迷。

庆松出去小解，看到外边明晃晃的月光，见露台有人，就过去了。果果听见脚步声，回头一看，见是庆松，庆松刚想说话，果果忙嘘声说，你听——庆松听见几声蛙叫，咕咕，咕咕，响如春雷。果果说，蛙王！它就在那个角落。他顺着她的指向看了看，下边是一块荒地，月光下草木葳蕤，声音格外清亮。果果说，你去给我捉来。庆松就笑，说草丛里有蛇呢。说起蛇，果果也害怕起来，真的有蛇吗？会不会爬上来？庆松故意吓她，说怎么不会，蛇最爱钻家里了，软奄奄地挂在梁上，不小心一看，还以为是条麻绳呢！果果吓得一声尖叫。

谭晓利就是那时出现的。他听见露台传来女儿的尖叫，过来查看。他咳嗽一声，说在干什么呢。庆松笑嘻嘻，我说蛇会爬上来，她就吓着了。谭晓利对果果说，这么晚了，怎么还不去睡觉？果果说，房间闷热。谭晓利恼怒起来，说少啰唆，快睡去，明早上学又起不来。果果嘟囔了一句，你们打牌吵，我睡不着嘛。一边说着，进房睡了。庆松依旧笑嘻嘻的，想说点什么。谭晓利一言不发，先回了牌桌。

果果在蛙声中沉沉睡去。她梦见露台上站着一个穿白色长袍的年轻男子，神色忧戚，似有心事。她走向前，问你是谁，怎么跑我家露台来了？白袍男子不作声，眼睛里突然涌出泪水。她惊诧地望着他，不敢再问什么。白袍男子说："我弟弟快要死了。"果果说你弟弟是谁呀。"我弟弟叫庆松。他现在在你家打牌，我就一个弟弟呀，等会儿他就要死了。"她扭头想去看那边的牌桌，费了很大的劲，脖子像铁铸似的，怎么也转不动。她好奇说，你怎么晓得他要死了？白袍男子却倏忽不见，一下消失得无影无踪。

果果是被一阵阵打斗声惊醒的。她听见谭晓利在咆哮。伴随窃牯仔尖细的嗓音。阿毛好像没有说话。但一会儿她就听出来了，阿毛在揍人。砰砰闷响。阿毛壮实，打起架来，没谁能在他身上讨半点便宜。她听见庆松的哀号，别打了，求求你了，别打了，痛啊！她赶紧爬起来，光脚跑出去，刺眼的光逼得她睁不开眼。

地上一片狼藉，麻将桌已经被掀翻了，麻将散了一地，她脚下就踩着一只。空气中飘着一股刺鼻的酒气。庆松趴在地上，被阿毛揪了头发，窃牯仔反剪了他的手，一屁股坐在他身上。见了果果，庆松微微扬着头，鼻尖的血一滴滴往下掉。谭晓利坐在一旁，抽烟，冷冷地看着。她从没见父亲如此吓人的样子。那眼神恨不得要将庆松生吞活剥了。她站在门口，扶着墙，吓得瑟瑟发抖。谭晓利说，痛快点吧，别啰里啰唆的，是不是你干的？庆松不响。阿毛见他不说，一边骂一边踢。踢麻袋似的。庆松又哎哟起来。她不知道打了他多久了。老实点，我盯你好久了，那天小巷里的人是不是你？庆松摇了摇头，说不是我，我不知道你们在说什么。怎么不是？全水车就你是外地佬，果果说那人讲话不是本地人，我就怀疑到你了，还果然是你，要不是我亲眼看见，还叫你狡辩过去了，刚才露台的时候，我就该一脚把你踹下去。

提到外地佬，窃牯仔也生起气来，尖着嗓子说，一个外地佬，跑到别人地盘，还不老实，这不讨打吗？伸手往他头上拍，说还敢不敢撒谎？！

果果这才反应过来，明白事情原来和自己相关。她想起刚才的梦，心里有些害怕。谭晓利向她招了招手，说那天小巷子里的人是不是他？果果怯怯望了眼庆松，庆松的眼角破了，高高肿起，他的眼神看起来更像条上岸的鱼。果果觉得地上躺着的人突然陌生起来。她没看清那天那个人长什么样，也忘了什么口音。她只记得立夏，那个突然冒出的傻子。那人死劲掩住她的嘴，她差点儿窒息的时候，是立夏的叫喊解救了她。趁那人慌张的时候，她狠狠咬了那人的右手一口。她下意识瞅了眼庆松，一双干干净净的手，没发现什么异常。

"是不是他？"谭晓利又问。

"我不晓得……我只看见立夏。"果果摇摇头。

"傻子不就是他侄子嘛！"阿毛说道。

"傻子在那儿干吗？"

"立夏朝他叫了一声，我趁机就跑了。"

"傻子胆子很小，肯定是看到熟人才敢喊的。"

"肯定就是这小子干的。在露台我看他就不对劲了，刚才要不是窃牯仔发现，还不知道要干出什么事来。"

果果隐隐觉得有什么不好的事情将要发生。她希望庆松能据理力争，把事情原委说清楚，但庆松什么也没说，任由他们给他随意下了结论，仿佛这些和他无关紧要。这时她听见谭晓利说："你进去睡觉吧，明天还上学呢！""你们要对他干什么？"她下意识地问了一句。"大人的事小孩懂什么？睡觉去！"谭晓利喷着酒气，瞪了她一眼。她不敢再问，悄声返回了房间。听见谭晓利喊："窃牯仔，给我找条麻绳来，看他招不招。"

10

温柔的阳光抚慰着守尸的人，有几个年长的坐在长凳上打盹儿，他们有些人已经好几个晚上没睡个囫囵觉了。种子早已落了秧田，初具长势，如新剃的板寸，劲头十足。清江两岸四处碧绿的原野，一派生机盎然的景象。松塔刚发芽，长出粉笔长的嫩黄芽儿，沾满了毛茸茸的松粉。轻轻一摇，暴雪似的飘下一层厚厚的金黄粉末，空气中飘散着松塔独特的清香。这年的松塔没有毛毛虫，长势喜人。水车镇漫山遍野都是松树林，到了秋天，等松塔熟透了，乘着氢气球打松塔，是镇上一道独有的风景。

庆松在这儿已经躺了两个多礼拜了。脸上的血迹已经干涸，变成褐色，看着像潦草的油漆匠胡乱的涂鸦。自打在此咽下最后一口气起，大概就把这儿当成归属之地，再没挪动过一尺。

随着第二个赶集日的到来，更多的人挤到募捐箱前。据说最多的一笔有五十多元。一个年轻小伙子被人活活打死的消息不胫而走，已经传到县城。

这让马所长有些头疼。事实上，庆松死的那天早晨，他就预感到什么了。那天他的右眼皮连着跳了三下。迷糊中他瞟了眼正在酣睡的南充妹，突然意兴阑珊，对女人失去了兴趣。

为了这事，马所长刚挨了上面领导一顿批。他颇有些郁闷，之前他在水车镇好歹算号人物，想不通这无数张熟悉和陌生的面孔怎么突然都站在了他的对立面。谭晓利请求他不要将女儿牵扯进来，所以他想以打牌引起的斗殴为由结案。庆松牌品不好，这点是众人皆知的。去年底的时候，庆松就在派出所蹲过几天号子。

他原本十拿九稳。结果事情出在了抢尸上。那是温泉中心的老板王春雷出的损招："现在大家激愤的就是这具尸体。尸体一日不火化，这事就一日没办法解决。把尸体偷往县城殡仪馆烧了，这案件不结也得结。"

马所长没吭声，但觉得也不是没有道理。没了尸体，死无对证，他们闹翻天，他也不怕。他问春雷，有没有办法。春雷笑了笑，说，哥，这事包在我身上，我今晚就去找人给你办好。

事后马所长颇有些懊悔。事先要是知道这招失败会导致的后果，他肯定不会同意春雷这么干。

庆松死后一共打了三次防腐剂。抢尸事件后，募捐的人达到了高峰，那天的募捐箱一共满了三次。罗隆老师用毛笔小楷在记账本上工工整整写着"三百八十元零五角八分"。

抢尸败露后，群情激愤。镇长再出面的时候，事情就有些失控了。成百上千的人围着简易灵堂，要求镇长和马所长给个说法。镇长是个胖子，面对人群，两条大肥腿在西裤里瑟瑟发抖，密集的汗珠不断从那张发酵似的胖脸上涌出来。"怎么办？走不了了。"镇长悄声说。"等会儿增援就来了。"马所长其实也有些紧张。镇长清了清嗓子，准备说点什么，突然一只破旧不堪的黄胶鞋飞了过来，直接砸在他的胖脸上。镇长呻吟一声，摸着吃痛的脸，几乎恼怒地朝马所长低声吼道："看看你干的好事！"

底下的农民饶有兴趣地目睹着镇长的狼狈不堪。那张昔日趾高气扬的脸此时显得格外苍白和怯懦。镇长掏出手绢不停擦汗，另一只手做了个"请冷静"的手势，回头又瞪了眼马所长。

马所长清了清嗓子，这时站了出来。他一开口，底下的人倒都安静下来。他故意压低了嗓音，装出一副沉重的样子。

"老乡们，你们都被骗了……这人把谭晓利家的小姑娘给祸害了。4月份的时候，就在汽车站背后那条小巷子里……"

底下叽叽喳喳，马所长故意停顿了一下，等他们声音小了下来，才将庆松那晚在谭晓利家做的事进行了一番描述。

"……之前为什么不说，我们也是考虑到人家小姑娘才多大啊，今后还要上学、嫁人……这事他干得实在龌龊，太流氓了！而且不是一次两次了，这次要不是被当场抓了现行，还不知道要祸害多少娃娃呢！大家试想一下，谁家没有娃娃啊，这么小的秧苗儿，他都下得了手。这事要传出去，多丢人啊！"

马所长说完，人群一阵出奇的沉默。继而哄的一声，炸开了锅。

"要是这样，怎么早不说？"

"让谭晓利家的娃娃出来说两句。"

"当事人要说是那就是。"

果果就是那时被推上台的。她站在上面，怯生生地望着底下乌泱乌泱的人潮，她从没见过如此大的阵势，无数双眼睛齐刷刷地投向她，她完全不知所措，还没等得及问话，就掩面哭了起来。

冰雹就是那时毫无预兆地下起来的。如此晴朗的天气，谁也没有预料到会来一场大冰雹。冰雹先是落在覆盖庆松尸体的彩条布上，彩条布在冰雹的击打下发出痛苦的噼啪声。然后打在人的身上。啪啦啪啦，从点到线，天空像撕开了无数道口子，汤圆大小的冰雹滚滚而来，打得人群头破血流，纷纷作鸟兽散。这场罕见的大冰雹还砸坏了派出所那辆破吉普车的挡风玻璃。吃痛的人群发出嗷嗷的惊恐之声。很多人摸着头上的肿包，不可思议。活了一把年纪的罗隆老师神色凄惶地望着天空，嘴里喃喃自语："变天了，变天了啊。"

11

秋天深了。二告骑在墙上，偷看隔壁立夏家的院子。雷老头坐在小板凳上打盹儿。鹅群正在院子里啄食。立夏坐在地上，光着脚丫在玩泥巴。二告朝他头上扔了个泥丸，立夏抬起头，一眼就瞄见了墙上的二告。

那堵墙，少说也有百十年了，青砖所砌。墙头长着几株蓬蒿，平时蔫头耷脑，到了春天，一下蹿得老高，二告妈每年都要搭梯子上墙，砍下来扔猪圈里是最好不过的沤肥。二告上墙从不搭梯子。墙角有棵柚子树，与墙齐高，二告三下五除二，唰唰唰就上去了。整条石板街，没谁爬树有他厉害，二告妈说他是猴子变的。有段时间，二告爱上墙掏鸟窝。鸟爱在蓬蒿下搭窝。年年来，年年掏，年年掏，年年来，二告说，真是群傻鸟。鸟蛋椭圆，三五只，卧在松针搭的鸟巢里，还没大拇指粗。掏完蛋，傍晚鸟飞回来，绕巢三匝，发出凄厉的叫声，听得心慌。有天夏夜，二告睡得早，梦见一只黑鸟，在院子门前唤他，二告，二告！二告迷糊中下了床，光着脚丫子就往门外走。大人们还在院里乘凉，问大晚上的光着脚去哪儿呀？二告一声不哼径直要朝外走，拦都拦不住。二告妈发觉不对了，往他头上浇了碗冷水，二告打了个激灵醒来，发现自己只穿了根小裤衩儿，湿漉漉地站在院子里。

二告说，鸟怪找我报仇来了。立夏说什么鸟怪啊？二告说，鬼你知道吗？鸟变成鬼了，就叫鸟怪。立夏点点头，说知道，我还见过。二告说，啥鬼你见过啊？立夏说，我前几天夜里看见我叔了。他穿着白衣裳，有时在院子里，有时在街上，什么都挡不住他。二告听得脸都白了，颤声问，你叔和你说话了吗？立夏摇摇头，没有，只是望着我。二告说，他们都说你叔把谭晓利家的果果给祸害了，在汽车站背后那条小巷里，说你也瞅见了。立夏一脸茫然，摇摇头，说我记不起来了。二告有些生气，你这傻子，问啥啥都不记得。立夏这时突然想起什么，哦对了，昨晚他回来说到了鹅，啥意思？他说让我骑鹅飞回去。二告听得害怕起来，赏了立夏一个爆栗子，说你瞎说八道，庆松拉殡仪馆都烧成灰了，他们说烧成灰就不能变鬼了。立夏说，怎么就不能了，我经常看见他，我还梦见过我爸。二告说，你还有爸啊？立夏说，我爸也死了，给我爷爷绑树上抽死了。二告诧异说，为什么啊？立夏一下茫然起来，摇摇头说，我不晓得，反正我爷爷气得把家里碗都摔了，后来就把他绑在树上抽，我叔叔夜里爬起来偷偷给他解绑，被我爷爷发现了，气得把我叔叔也给抽了一顿。第二天早上，我爸爸就死了。真被你爷爷抽死的？立夏摇摇头，好像也不是，是蛇给咬死的，蛇咬了他脚背，脚肿得跟茄子似的，乌黑乌黑的。二告说，你爸到底做了啥啊？立夏剧烈地摇了摇头，眼里突然闪出一束惊悚的光，小跑着走了。

二告以后不敢掏鸟窝了，仍旧爬树，骑墙头，喜欢高高在上的感觉。一到墙头就称王了，整条石板街一览无余。街头靠河的地方，以前有架老水车，时间久了，变成了地标，他们说这是水车镇名字的由来。沿着石板街到头，往西走，去湘西洪江、怀化；往东走，则到娄底。立夏这时也蹭了过来，说，往南呢？往南去枫树。那往北呢？傻子终于把二告母亲问愣了，白了他一眼，就你事多。

有时二告也拉立夏上来玩。两人骑在墙上，掠过乌黑的屋檐，能看到蜿蜒东去的清江，夕阳下，河面闪耀着点点金光。二告母亲猛然瞅见他们，厉声喊："谁带他上去的？快点下来，傻子要是有个三长两短，我要把你脑袋调个方向！"

瘸子走在前面，瞎子在后。瞎子高大壮实，背着个布袋，手搭在瘸子的肩头。瞎子和瘸子一来，孩子们都兴奋起来，朝二告喊："哈哈杀猪匠又来啦！"刚好赶上放学，孩子们纷纷簇拥着瞎子和瘸子往石板街走来。

"读几年级啦？"瞎子翻着白眼问。

"二年级。"

"三年级。"

"……"

孩子们纷纷回答，小鸟似的追逐着瘸子、瞎子转。

"二告在吗？"瞎子问。

二告低着头，故意装作没听见。

"他在这儿！"有孩子揭发。

二告害臊起来，小脸涨得通红。现在谁都晓得这对残疾是他家亲戚了。他羞于家里有这样的亲戚。瘸子一言不发，就瞎子话多，喜欢问这问那，耳朵还特别尖，问完二告父亲，又问二告母亲，接下来问二告学习成绩。二告闷不作声，问得烦了，鼻子里嗯哼一声。

"我从没听你叫过一声舅爷呢。"瞎子说。二告学着瞎子的样子，朝他翻了翻白眼。孩子们都哄笑起来。

瞎子和瘸子每年都要来水车镇，通常还得住上几天。二告母亲每次看到他们来就发愁。

"咋又来了呢！"

稍有怠慢，瞎子就会表达不满。瞎子表达不满的方式是旁敲侧击地对二告说："我还是你舅爷呢！我可从来没听你叫过……"这个时候，二告母亲就该从梁上取板鸭了。他们平时一个礼拜都难得吃上一次板鸭。

吃完饭，二告母亲将阁楼上的木板床垫上稻草，铺好床单，打了洗脸水，将他们安顿下来。这时石板街安静下来。鸡进埘，狗回家，秋蝉停歇，街上陆续响起关铺面的声音。瞎子和瘸子对脚躺下，说了些闲话，没多久都沉沉睡去。到了半夜，瞎子先冻醒，用脚踢了踢瘸子，说你冷吗？瘸子回了声冷。瞎子说，把长凳上的衣服拿过来盖吧。瘸子摸黑起来，一阵窸窣，把瞎子的衣服扔了过来。窗户外浮着一轮昏黄的圆月，深秋的凉意不断透过来，浸入骨髓。瘸子重新钻进被窝，把自己缩成一小团儿。瞎子说，你听到了吗？瘸子说什么？瞎子说，你听。瘸子竖起耳朵听起来，听见隔壁院子传来一阵噔噔的声响，像有人在剁东西。瘸子说，好像有人在剁什么。瞎子没说话。瘸子又说，是在剁骨头吧？瞎子说，现在几点？瘸子睁眼瞅了瞅窗外，过子时了吧。瞎子说，都这个点了，剁啥骨头呢？瘸子说，猪骨头吧，我看隔壁是家包子店。瞎子一声冷笑，说，我没瞎前，杀过二十多年猪呢，清江、枫树、石门那带的猪见了我都发抖，我听隔壁剁了很久，这肯定不是猪，刀法不对，顺序也不对。瘸子说，那你说是什么？羊？狗？瞎子摇了摇头，又沉默半响，突然笑一声，说，听起来倒像是……

12

庆松的尸体是傍晚时分火速拉进县殡仪馆的。

从殡仪馆出来，庆松就被雷老头捧在怀里，一路从县城回到石板街。雷老头将骨灰盒放在神龛上。神龛上摆着一个相框。有张庆松和他哥哥庆南的合影。雷老头望着照片，发了很长一会儿呆，想了许久，突然双手抱头，用力捶了捶。

立夏在院里追蜻蜓。天要下雨了，红蜻蜓飞得很低。立夏抓着网兜，满院子逮。逮着一只，用细线绑了尾巴，就成了活风筝。雷老头喊，别耍了，给我磨刀去。立夏停住，噘噘嘴，说昨天才磨了呢。见雷老头脸色阴郁，晓得还顶嘴，就要挨打了。

磨完刀，雷老头准备剁馅。案板上落着几只绿头苍蝇，雷老头挥刀一斩，刀稳稳扎在案板上，晃了晃，下面躺着一只死苍蝇；雷老头鼓气一吹，顺手将肉往案板上用力一摔，肉颠了一颠，拔起刀，砰砰砰，喀喀喀，开始剁馅。剁得肉末横飞。剁得血肉模糊。立夏在旁边看得呆了，以为又惹雷老头不开心，大气不敢出。

最先出来的是窃怗仔。窃怗仔在里面关了三个月，白了一圈，说起话来没以前尖细了，似乎有意显示出一副稳重的样子。窃怗仔出来没多久，阿毛也跟着出来了。阿毛倒是变化不大，稍微瘦了些，还是大大咧咧的。最后出来的是谭晓利。谭晓利出来的时候，已经秋天了。水车镇的松塔迎来了一个罕见的丰收年。老远就能闻到一阵熟透的松果清香味。腰包厚实的人家购置了采摘松塔的氢气球，坐在吊篮里，气球飘起，伸手就能摘到松塔，比搭梯子轻松，还能避免意外。

一场秋雨一场凉，凉意逐渐逼近水车镇。立秋没多久，忽刮了一夜的大风，早上起来，满阶黄叶，凉风袭来，穿得稳夹衣了。

谭晓利出来后很少抛头露面，整天都待在家里。也很少和人说话。别人问在里面怎么样，有没有挨过打，他淡淡地回一句，就这样，或就那样。服装店关张半年后，恢复了营业。谭晓利又开始大清早起来去株洲进货；又开始打起了麻将；又开始接送果果上下学。窃牯仔、阿毛起先没怎么露面，到了秋天，终于按捺不住去了谭晓利家。拉了隔壁闲人铁渣，牌局恢复正常了。

渐渐没人再提庆松。仿佛这个外地人在水车镇一直就没存在过。直到10月底，有人夜里看到了庆松，穿着白色的长袍，光着脚丫，披着长发，脸白得跟粉墙似的，影子一样在石板街游荡。见到熟人，笑嘻嘻的，吓得人四肢发软，差点儿一口气没喘上来。

这年的冬天来得格外迫切，刚入冬没多久，就下了一场大雪。凛冬提前降临水车镇。大雪倒是有些预兆，因为立夏的耳朵提前一天就发了痒。他的耳朵一痒，第二天准会下雪。换作以往，立夏又该高兴得跳起来。他喜欢下雪。站在院子里，看漫天的雪花飘落，一朵比一朵轻柔，一朵比一朵急骤。天亮后，大雪呆立，万物无声，整个世界寂静了。他抓了一把雪，在雪地里咯吱咯吱地跑着，留下长串脚印；使劲摇摇树，落下瀑布般的雪末。不光立夏高兴，鸡鸭鹅也跟着高兴。它们在坩里就闻到雪的味道了，一放出来，纷纷蹦跳着往雪地里扑。

现在坩里是空的，只剩一只鹅。一个礼拜前，鸡鸭摇头摆尾的，像醉酒似的，纷纷栽倒。鹅最后才倒。它们伏在立夏脚前，嘎嘎叫着，像在向他道别。眼看一只一只倒毙，立夏吓得哭起来。二告娘过来看了眼，说吃了耗子药，没得救了。立夏只哭。二告娘说，太缺德了，大冬天的谁放的耗子药呢？立夏一直哭。二告娘说，别哭了，还剩一只呢，它没吃药。立夏扭头去看，发现庆松站在雪地，用嘴啄着雪，将头埋在雪里。立夏走过去，抱着庆松，说，我想爷爷了。二告娘说，你爷爷犯了大罪，回不来了。叹口气又说，造孽啊，从小没爹没娘的，还是个傻子，今后跟我过吧，以后管二告叫哥。立夏抱着鹅，愣愣地望着二告娘，仿佛不知道她在说什么。雪又下起来，粉末般的细雪，纷纷扬扬，给凛冬骤然添加了一丝冷意。

庆松叫了起来。嘎嘎嘎，嘎嘎嘎。立夏抚摸着它的长颈，小心翼翼地坐了上去。鹅屁股一沉，立夏跌了下来，鹅扑扇着翅膀，将雪扇得飞舞起来。立夏这时像是想到什么，站起来，抱起鹅往外走去。二告娘说你去哪儿？立夏说，我要回家。二告娘说，你家就在这儿。立夏说，这不是我家，我家在龙山，我叔告诉我的。二告娘说，大雪天的你怎么回？立夏说，飞回去。二告娘摇了摇头，真是个傻子啊。

立夏深一脚浅一脚地往前走。他不知道龙山在哪儿。他只知道飞。他闷头闷脑往前走着。脸蛋紧贴着鹅，感觉风雪没这么凌厉了，怀里也有了暖意。这时，他看到了松树林里的氢气球。它像个被人遗忘的孩子，孤零零系在树干上。立夏离开道路，往松林走去。他先将鹅放进篮里，然后解开气球的绑绳。篮子摇晃一下，震起细密的雪粉。立夏迈进篮子，气球徐徐飘升起来。飞了，飞了。立夏拍手笑了起来。气球越飞越高。飞越松林，飞越清江，飞越他家的小院子。最后石板街变成一条狭长的黑线，清江也变成一条狭长的黑线。他看到底下的二告娘向他挥手，看到街上的人向他挥手，看到整个水车镇上的人都在向他挥手。立夏拍着小手再次笑了起来。

郑小驴　1986年生于湖南隆回。中国人民大学首届创造性写作硕士，南京市百名优秀文化艺术人才。著有小说集《1921年的童谣》《少儿不宜》

《蚁王》《消失的女儿》和长篇小说《西洲曲》《去洞庭》。曾获《上海文学》佳作奖、湖南省青年文学奖、毛泽东文学奖、紫金·人民文学之星短篇小说奖、《中篇小说选刊》优秀中篇小说奖、南海文艺奖等多种奖项。多篇小说被翻译成英、日、捷克文。

午夜咖啡馆

◎聂梦兮

告诉我，

您都看到些什么？

——波德莱尔《旅行》

1

或许一切始于海边，地中海无止无尽的空闲时间。

直到现在，她仍记得那些每天重复的场景：

"我感觉良好，似乎觉得能永远像这样下去。另一个声音却说，我无法一辈子都拥有这样相同的风景。尽管第二天我会后悔海边的阳光太过强烈，灼伤了皮肤；抱怨晚餐太过冗长，总在午夜十二点才接近尾声，而夜晚——又刚开始，黎明和早餐在白昼之间一并享用；每次都说'下次一定要再骑远一点，至少——骑到拐弯那个岬角！'……尽管有这样那样的忧虑（后来再看，这些焦虑真是好笑，而且毫无必要），但我觉得这种日子无拘无束、自由自在，挺好。总而言之，这样的生活在我身上起到了欣喜的变化，且把它归纳为一种'对健康有益的循环'。就让那些烦忧和厌倦随风而去吧，内心那头精疲力竭的'野兽'也终将沉睡（最好不过了）。"她翻到了那个夏天的日记。

除此之外，还有一些琐碎的场景也被多次提到："不出意外，早晨的阳光透过百叶窗温柔地洒到枕头上，和窗外的世界一帘之隔；楼下刚出浴的牛角面包的芬芳使我从怪诞和混乱的梦乡中挣脱出来；拉丁音乐的欢快和狂躁的蝉鸣声相互交织，淹没了咄咄逼人的闹铃声；每个周六的中午，我沉醉在跳蚤市场寻找20世纪七八十年代的摇滚海报和唱片；起居室兼客厅的长形窗户下，未完成的油画集体失宠，静静地躺在光怪陆离的颜料盘旁边——笼罩在橄榄绿的迷雾下，直到布满灰尘，我再拾起，继续涂色。不用担心艺术的问题，不为什么而画，没有人会指责这是浪费时间，不会有人说我画得像不像、好不好。如果有的话，一定是聊聊挖掘创作的过程，或是不为人知的秘密……"这座地中海小城是无拘无束的，它只属于真正自由洒脱的人。她并不想家，甚至还有点兴奋，她想要再次了解这座城市，像有什么事情会发生。

　　或许一切始于埃尔大街的"午夜咖啡馆"。那是个夏日的午后，她和往常一样，小憩过后在老城里四处晃悠，碰到一家顺眼的咖啡馆后，坐下来，拿出白纸，随意勾勒几笔，一块蛋糕和一小杯牛奶咖啡博得了内心的充实。旁边是一家年过半百的二手书店，也卖黑胶唱片，唱机里正放着……舒曼的、瓦格纳的，还是某个郝夫斯基的协奏曲？音调颤抖而凄厉，叫什么名字并不重要，她只会捕捉这一刻的感受和动态。只是，他一直在唱机和一排唱片之间来回踱步，她手里的笔迟迟没有落下，继续打量着这一幕。也许他在等老板过来，也许没有找到他想要的唱片，也许和她一样，只是对唱片本身感兴趣，至于音乐嘛——没有那么苛刻的要求。

　　她并不知道，五分钟后他将在她对面坐下，告诉她，他的名字，他的故事。

　　或许，这一切始于这个在"午夜咖啡馆"的灼热的午后？或许吧。

　　他似乎放弃寻找唱片，抬头望了望书店里面，然后转身向咖啡馆——向她走来。

　　他说他叫亚德里安，他称她为M小姐。

——这里的夏天可真热啊，连海风也裹挟着滚滚热浪。

——这就是为什么我们在"午夜咖啡馆"，至少听上去很凉快。

2

她通常不怎么和陌生人聊天，对那些鄙夷一切的年轻人和自视甚高的中年人，M总是回避着他们。但亚德里安并不像"陌生人"，她好像认识他。虽然这个定义很俗套，还有些肤浅，但这种感觉却让她觉得也是件开心的事。毕竟，这是她在这儿度过的最后一个夏天了，准确地说，还剩下三天时间。三天后，夏天并不会结束，但她不再属于这里。亚德里安并不像当地人那样长着一张拉丁人或者地中海人的脸，皮肤是晒得恰到好处的小麦色，但他的笑容丝毫不亚于这里的阳光，似乎可以穿透时光的绿灰色瞳孔让人有点局促不安，但又给人一种安静的美。

一杯咖啡后，他们从隔壁的书店聊到天气，又自然地聊起了艺术。

"我能从画里读到你的天赋，可我自己对画画实在没什么感觉，也许评论还行，但一拿起笔简直就是灾难。"亚德里安耸了耸肩说，"但我哥哥很有天赋，他的作品和你的有某种相似之处。在我看来，艺术家过滤了很多昙花一现的东西，专心于创作，其他的不必担心，一切总会水到渠成。"

"听上去有些道理。不过，我总担心这种天赋某一天会被收走。"M戳了一小块布朗尼蛋糕放到嘴里。

"我哥哥总说艺术家做的事情其实没有多少高深甚至遥不可及，他们只是不愿向现状屈服罢了。突然有一刻，脑子里得到某个启示，不停地涂啊、涂啊——只为去接近它的真相，也就是所谓的完美状态。"

"但也不是每一次都能得逞，不是吗？"

"我想应该是悲观的头脑、乐观的意志。所有的西班牙人都有些过于乐观了——不包括我，M小姐。"亚德里安悻悻地说道。

"噢，是吗？这就好比电影——热情过度的南欧；北欧和东欧的电影则更让人沉思，故事总是发生在蓝绿色调的幽暗空间。我还发现——西班牙人似乎天生就有艺术和体育的基因。"这个结论她似乎在书和杂志上看到过数十次，并深信不疑。

"哈哈哈，因为北方的冬天实在太漫长了，所以他们喜欢拍意识流的电影，整天就想着怎么剖析内心啊虚幻啊现实啊什么的，全民抑郁和他们脱不了关系。"亚德里安转着那双绿灰色的双眼，凝视着M，"噢，西班牙人只有那一点点天赋吗？为什么？"

"那么——"M说道，"不用谦虚，如果搭讪也算一种天赋的话。"

"我现在这样算吗？从某种程度上来说……"亚德里安笑了笑说，"对我来讲，只有体育和语言称得上有些天赋吧。不过——艺术这方面，很大程度上还是取决于自己的家庭和教育。比如……嗯，我以前很想试试表演，但也就止步于学校话剧，原因可能是我没有像佩内洛普·克鲁兹那样的姑妈吧。"

"的确！欧洲人在这方面有很大的优势，我住的地方有德国和希腊邻居，但我依然不会讲他们的语言……表演倒是有趣，在有限的人生尝试无限的可能。"

"西班牙语比法语好听多了！说起来更自然、欢快，不必担心口音，至于法国人……嗯，总是在纠结他们的用词。不过，以前在学校的时候，我的法语讲得还不错。"他的脸上露出一抹狡黠的笑。

"在布列塔尼的时候，一个来自巴斯克地区的女孩教我西班牙语，那是我第一次听到西语，心想世界上竟然有这么欢快的语言，哈哈。"

"噢，巴斯克！他们说巴斯克语，只有他们自己听得懂，怪怪的，哈哈。"

"我现在说英语也很奇怪，一半夹着法语，感觉像个魁北克人……"

"更奇怪的是，我竟然都能明白。"

"……une blusa violet muy bonita……"旁桌的小男孩一脸深情地跟他母亲朗诵……

他们的聊天因为这段可爱的诗歌暂停了一会儿，亚德里安要了一杯加冰的柠檬水，看了一眼邻桌的男孩，继续说道："我小学四年级的时候逃课被老师抓了，罚写作文。说实话，在那之前我从没认真思考过写作这回事。但那一次，好像受到某种启示，通电了一样，在那篇文章里（第一次可以算作'文章'的打油日记）提到我们逃课去的那个海湾，毫无文明迹象，没有人家，没有灯塔，没有渔船，大海似乎没有边际……我的父母看完之后惊呆了，鼓励我说写下去，长大后说不定能成为一个作家，至少可以当一名记者吧！"

"你的父母很可爱。"

"哈哈，我不知道这算不算是误入歧途，但从那之后，我就想当记者，准确地说——想当一名足球记者。虽然这行在西班牙算个苦差事。"

"有时，误入歧途的结果却是走上了一条正确而光明的道路。"她玩世不恭地说道。

"明天你有安排吗？明晚7点，X俱乐部，一起去吧。"

3

"中国来的——巴萨的球迷！真资格的球迷哦！"大胡子先生提高分贝补了一句。她只是喜欢巴萨俱乐部队徽的设计而已，算不上真正的球迷，她暗自思量。

"你最欣赏哪一场比赛？"旁边一个穿巴萨经典球服的男孩问。

还没等M想好怎么回答，亚德里安抢着话说："M小姐是个很棒的艺术家，也许你该问她哪一届的队徽最有亮点。"

"我只是想知道她最喜欢哪场比赛。她可以代表一部分东方人的看法，对不对？"穿球服的男孩嘟囔道，三个手握啤酒的大胡子先生也转过身来看着M，带着两分犹疑的好奇，似乎期待着从裁判口中说出的最终决定。

M以为亚德里安已经帮她解了围，然而并没有。

"告诉我们，哪一场？"穿球服的男孩继续追问道。

"2016年12月巴萨对皇马那一场吧。"

"噢，为什么呢？"众人唏嘘。

"因为那是我唯一一次去现场看球，作为一个伪球迷。"说完，M感觉如释重负。

"噢，得了，饶了她吧，你们真该问她喜欢哪个球队的队服。"亚德里安嘲弄道，"我们去吧台点喝的吧，好让你远离那几个讨厌的面试老师。"

"他们都是俱乐部的朋友——巴萨铁杆粉丝，都是好人，除了说话粗鲁了一点。"他说，"希望刚才没有难为到你。"

另外几个年轻人正在跟老板讨论夏季赛事，他们倒没穿球服，身着条纹休闲T恤，清一色的亚麻海滩裤，凑在吧台前烟雾缭绕，嗓音大得让人觉得他们像在争吵。桌子上随意地摆放着几只红酒杯和啤酒杯，像极了"巴萨VS皇马"的阵势。老板满面红润，指着一瓶桑格利亚汽酒，问亚德里安和M要不要喝两杯。M对老板耸耸肩，说一会儿再回来，她想去吃冰激凌。

他们穿过两条热闹的街道，来到了中央广场，也是老城的入口——老城光复之后16世纪扩建的城门，颇有气势的西班牙王国文徽浮雕占据着拱门上端。乐队在笛声的引导下，将傍晚推向舞台，一排古老的棕榈树俯瞰广场背后的大海岬角。此刻，广场才是真正的舞台，每一个人都被邀请，手拉着手围成一个大圆圈，像一簇簇浪花拍打着礁石，富有韵律与动感。萨达纳舞与南方的弗拉明戈相比少了一些桀骜不驯，却更古怪且极富魅力。

萨达纳舞，是小城不灭的灵魂。阳光迷离，弥漫着咖啡豆的醇香。

广场另一头传来吉他的对白：

> 有一个时期，我像是星星的牧人，
> 我幸福的生活，宛如灿烂的歌谣。
> 对于我，最美妙的事物只是
> 一个象征：红玫瑰，好姑娘，阿庚叶。

> 世界上最和谐的声音，是一阵
> 撞击在黄金海滩上的波浪声声，
> 歌颂着月亮潜在的能量，
> 掩盖了人间大合唱的命运。

吉他手盘旋着语调，抖动着两撇塞万提斯似的胡须，保持着神奇的模样唱着：

> 伊壁鸠鲁赏给我装满的美酒罐，
> 半人半羊的山神赐给我田野的欢乐，
> 阿卡迪亚的牧人正是他自己蜂巢酿的蜜。

> 那一天，我听到了远方水仙女的歌，
> 我那忧郁的心灵就着了魔，

于是我朝着美梦航行而去。

M的手肘撑在护墙上，望着水天相接的地方，心里默念：再过两晚就要离开了。

"这里很快乐，非常自在。"M说。

听起来像告别的话。

"那意味着，不久后你在海的另一头发呆吗？"

"我的城市没有海，"M摇头，"或许我可以试试把河变成海，像吉卜赛女巫那样。"

突然，一阵飒飒的气流穿过广场，这意味着明天又要下雨，但阳光依然灿烂。

两个年轻人相拥而笑，最后一口杏仁冰激凌化为一抹曙光，飘到弦端。像一个彩色的梦，欢乐将他们攫住。

4

"天哪，我哥哥的女朋友自杀了，我得赶快过去！"亚德里安的语气充满气愤和无奈。

"噢——她成功了？不不，我的意思是她没事儿吧？"

"像我之前给你讲的那样，她完全就是个疯子！不为任何人着想的、自私的疯子。"

"这就是为什么……我要……我要离开你。"索菲亚活像一匹脱离缰绳的野马，把房间里能砸的砸得一个不剩下，"我要回去……回到里约，从基督山上跳下去……这间破公寓竟然不能让我去死。或者，考虑到时差因素，我可以在里约多活三个小时！这三个小时我要好好整理一下心情，或许在飞机降落那一瞬间自杀更有仪式感——"

"冷静！放松点，亲爱的索菲亚，你知道我们都是爱你的。"索菲亚的男友试探着向她伸手。

她双眼瞪着前方，眼神中的急躁突然转为恐惧，好像他们背后有一只猛兽袭来似的。

"不——最糟糕的是你永远都以为一切会好起来！"

索菲亚声嘶力竭地一个字一个字喊道。接着，她号啕大哭，呼吸急促，竟然一下子晕了过去。

"抱歉，今晚的插曲——恐怕让你受到了惊吓。"亚德里安带着一丝怜爱看着M，拍了拍她的肩，像是刚经历了一场灾难。

"比她更难受的，是你的哥哥吧，看得出来他很爱她。"

"他们在一起九年了，他愿意为她做任何事，他们还有两只可爱的哈瓦那犬：米娅和佐伊。我妈妈不喜欢索菲亚，她甚至觉得索菲亚改变了哥哥，可是要我说的话，快三十岁的人怎么会被另外一个人改变呢，除非潜移默化也算得上一种改变。你看到的公寓也不是他们的，那是爷爷的房子。索菲亚从来就没正经工作过，整天不切实际地过着波希米亚式的生活，在各个酒吧晃来晃去，每月指望着政府救济金。这样的人在西班牙还很多，在我看来，早就应该停止给他们施舍，那和寄生虫没两样。"

"你的意思是出于某种原因不能工作的人就应该被孤立吗？索菲亚有重度躁郁症啊。"M有些错愕不解。

"可是这么慷慨的福利政策根本行不通，它只存在于自由派的乌托邦世界。"

M站住脚，思索了一会儿说："世界上不存在一成不变的东西，思想、政党、社会形态都在变化。蒙特塞拉特修道院以前还是右翼形态的象征呢，后来不也成了左翼政团的据点？"

"换个角度看，我倒不认为索菲亚有躁郁症，从她身上能看到很强的动物性。"

"所以呢，难道你哥哥应该把她送进动物园而不是医院吗？"她问道，同时懒洋洋地打了个哈欠。

"这个吧，我想我的母亲更拿手。她把所有的时间都花在了面子工程上。你看，昨天忙着给阿曼达医院筹集资金而奔走，今天参加社会救济组织，明天出席弗拉明戈晚会。可她却不能接受自己有个领取救济金的儿媳。真是讽刺。"

"领救济的人就像战前的维也纳人，没有紧张的秩序，享乐生活，而北边的德国人却用恼怒和蔑视的目光打量这个邻居。而维也纳人确实不喜欢德国人那种使生活遭到破坏的'能干'，不喜欢那种拼尽一切的野心和追逐，他们喜欢怡然自得的生活节奏。"M心想，茨威格的话放在今天好像同样适用。

"所以，一个法国银行家的儿子保罗·塞尚跟他的爸爸说他要当画家，爸爸回答'我一分钱也不会给你的'；而一个维也纳银行家的儿子霍夫曼斯塔尔跟他爸爸说'我想当诗人'，爸爸回答'好啊'。"

"那西班牙父母是哪一种呢？"M问。

"介于自由主义和乐观主义之间。"

5

这是一个美好的夏日。海湾是弧线的，空气是清新的，阳光是明丽的。码头边的每家餐厅都撑起了条纹长伞，小木桌时刻准备着迎接食客。她在几家餐馆前徘徊，广场一侧街巷的声色漫溢至码头。吃什么好呢？西班牙海鲜饭像是陈年往事，美式汉堡太过累赘，比萨和意面总是以量取胜……充满异域风情的普罗旺斯炖菜让M想到东北乱炖，不禁感到一阵亲切，那就它吧。

他们远离海滨广场上躁动的人群，向海边走去。波浪起伏的海面上漂浮着几艘游艇，忽远忽近，忽上忽下，其中一艘船体上印有一行钴蓝色花体字：友谊至上。

"等等，"M停下脚步，从挂在左肩上的帆布口袋取出本子和笔，"我喜欢这艘船。"

M总是把一切在水上漂的东西叫作船，哪怕只是一只木筏子。

"'友谊至上'——我认得这艘游艇，是我朋友皮埃尔的！"亚德里安吹了声口哨，向游艇挥手。

"友谊至上"掉头向他们驶来，神气十足的桅杆似乎在宣誓它的领土。太棒了，M说。

M把帆布包往甲板上一扔，挽起裙子，一个跨步越过船舷栏杆。皮埃尔摘下墨镜，因为阳光反射刺眼，他眯着眼睛，扮了一个鬼脸。

"你应该看看亚德里安斗牛的样子。"皮埃尔拿了两瓶冰镇啤酒，转头对M说，"他以前可是'海盗'斗牛士的助手。"

"庆幸我离开得早，不然站在你们面前的就是蜂窝版亚德里安了。"

"咳——"M被啤酒呛了一下，"我还以为你手臂上的印子是胎记呢。"

"哈哈，你用不着像看怪物那样，这只是公牛的吻痕而已。"亚德里安瞬间咧下嘴来，看得出——斗牛不是一段愉快的故事。

船尾的马达一阵噼啪乱响，混合了海盐的汽油味飘浮在船尾。浪花怂恿着"友谊至上"继续向前，离开堤坝，拥抱大海。船头忽低忽仰，桅杆顶端的风向标更是捉摸不定。剧烈的撞击和摇晃比M想象的更具敌意，也许骑在一头疯牛背上也不过如此吧。

待风平浪静时，M环绕游艇一周，从隔间到甲板，完成了她的"阅兵式"。奇怪的是，皮埃尔和亚德里安却不见踪影。当M两次尝试上传照片失败后，只见他俩冒出海面，得意地举起各自的战利品 —— 一只红色的大海星和一条叫不上名字的海鱼。

当最后一道刺眼的夕阳从海洋扫射陆地，挣扎着发起最后的猛烈进攻时，"友谊至上"已稳稳地停靠在伊尔岛的海湾。游艇不远处，一艘老旧的渡轮突突地喘着粗气，载着今天最后一班乘客前往大陆；起锚的铁链发出一阵刺耳的哗啦声；不远处的堤坝上传来了此起彼伏的音乐声和叫喊声。

风平。浪静。

"现在我们应该去听听音乐了。我的女朋友赛琳在他舅舅的酒吧有场小型音乐会。"皮埃尔把人字拖换成卡其色帆船鞋，"虽然这只是个小岛，但还是要装得像样，对吧？"

"亚德里安可没告诉我有这样的惊喜。"M一脸甜笑，庆幸自己穿了一条黑色细吊带长裙。

"好吧——只有我傻里傻气地踩着人字拖，还穿着条同样傻气的百慕大花裤子。"

"嘿，兄弟，"皮埃尔对亚德里安说，"就算没有音乐会，你也不该穿成这样约女生吃饭吧。"

"好吧，你时髦的帆船鞋倒是把腿显得更短了。"三人哈哈大笑。

6

"你认为什么是爵士乐？"

亚德里安若有所思地说："怎么说呢，赛琳的演奏让我觉得——每个音符都想和我多待一会儿。"

摇曳的光线盘旋在钢琴上方，皮埃尔的目光捕捉着赛琳按下的每一个琴键，像扫描仪一般精准无误。一年之中，这是小岛最热闹的时节，"夏天"更像一个动词：意味着永远晒不够的阳光，永远沸腾的音乐节。

"爵士乐吗？那就像……像一个魂魄，四处飘荡，像空气一样。然而，又比空气丰富，有主观意识，它为无法主导自己的去向而感到悲伤，或者——寄希望于某种附体，以此被拯救。我是这样理解赛琳弹奏的爵士乐。"亚德里安接着说。

"它会一直尝试，永不放弃。"

"当记者的都有哲学家的潜质吗？"M问。

"哈哈，这算不上什么哲学，我只是听了很多故事，尝试着去理解，某种程度上来说，这也是我一直以来的思考方式。"

"这让我想起电影里的一句旁白，"M两只手肘撑在桌上，莞尔一笑，"'他走过古董店，走过像古董店一样的家。'"

掌声响起，赛琳和乐队鞠了躬。音乐会散场后，皮埃尔和赛琳留在酒吧与乐队庆祝，M和亚德里安朝着沙滩走去。

一切都在闷热的傍晚昏昏欲睡。

漫漫散散的橄榄树点缀着柔软的沙滩。

一切都是安静的、毫无文明的迹象。除了他们踏在砾石上的脚步声。

"谁也无法抵挡在地中海边的小岛边微醺啊！"

"再来上一只蛋卷榛子冰激凌，这就是完美人生吧。"

"我最近在构思一部新的小说，"亚德里安说，"但主人公似乎直白了一点，她好像缺少一种自我觉醒意识。"

"也许她的思想少了一些冲突或者矛盾？" M笑着说。

"但我并不想每篇文章都去刻意突出什么或是表现什么，比如文化霸权、身份认同、权利或者反抗……诸如此类的问题，充满一种生命仪式，能把文字语言转换成视觉语言，这足够了。"

亚德里安接着说："就好比一个导演想导一部自己的作品，一开始可能并不十分明确想要的是什么。随着时间的推移，在这个过程中，他可能不断地想起什么，补充什么。但他一定会感到焦躁，甚至会绝望，当然最终也没通窍。不过事情的另一面也有益处，熬过这个阶段，或许就豁然开朗，前方一片明亮。"

"这很符合中国古代诗人的意境：车到山前必有路，柳暗花明又一村。"看着亚德里安似懂非懂的神态，M有点心不在焉，同时又非常认真地说，"马尔克斯说他总是从梦里去寻找一些线索，获得某种启示。" M捡起一只蠢蠢欲动的贝壳，抛向幽深的海面。

"我今天早上梦见……"

几乎在同一时间，上百道绿光从瀑布倾泻而出，不是安赫尔或者尼亚加拉瀑布，而是我居住的C城的电视塔和写字楼。它们似乎吸收了强大的光源，一栋连着一栋的房子被吞噬，最后汇聚成了一个庞大的瀑布群。瞬间，C城的地下城市群沟壑纵横，如马里亚纳海沟一般深邃得令人窒息。

整个城市被瀑布，更准确地说——是海水，笼罩着。空气是蓝色的，肉眼可见的一切都属于蓝色。我随人群挤坐在一艘露天潜水艇里，大家都在静静地等待绿光变为蓝光，这样我们就可以到达海的对面去。远处有数不清的房子，像一只只小小的火柴盒在海面上荡来荡去，只因为它们来不及接受光的洗礼，来不及变成瀑布。接着，我看见从圆弧形落地窗里漂出一架钢琴，琴盖半掩着；噢，还有镀银的刀叉在半空中跳来跳去；白兰地也不甘示弱，释放它仅有的一寸蓝光；还有无人认领的假牙咕噜咕噜上下扑腾，我暗自庆幸那不是鲨鱼的牙齿……

"但实际上，"亚德里安像是获得了突然降临的天启，一字一顿地说，"C城其实是一座没有河流，也不靠海的内陆城市。"
"我喜欢这个结尾。"

7

她希望这段路没有尽头，就像她每次去长途旅行，坐大巴、火车、飞机甚至渡轮，她总希望终点后再有终点，好像这样就可以永远在路上；希望时间只是某种相对的概念。她下意识地摁了摁左边手链的扣环，像是久经暴晒后褪色的铜逐渐变绿。她忽然记不清从什么时候开始多了这条手链，它的主人又在哪儿，甚至主人的名字也模糊了。手链的年份并不久远，和她身穿的蓝绿色背心裙一样，来自两三个夏天以前。可以肯定的是，明年夏天以后，她或许还穿着今天的裙子，尝试回想此时正在经历的事情，也是同样的无能为力。这个想法让她困惑，也许她并没经历过什么，或者说，其实什么也没发生。

他同她一样，对老城有一种执念，享受寻找曲折蜿蜒的街巷且又迷失其中的乐趣。巷子里散发出夏日月光般的古怪精灵，似乎所有人都离开了B城，除了偶尔从窗户里传来电视的声音，一种缓慢朽坏的迹象蔓延开来。古老而光滑的鹅卵石映射出他们的背影，这座历经沧桑的空城只属于两个模糊的背影，一部百年前的黑白胶片电影正在静默中徐徐拉开。

假设人生的真谛不是喜剧，而是悲剧，不过没有悲哪来的喜呢。看看生活能让这两种"剧情"发展到什么程度也是件有趣的事。她到来，她离去。他将一直留在这里。两天后，这里依然如同这个夏天以前，从未改变，无人知晓，所有的畅想和假设都化为蒲公英，逃之夭夭。但一切又都将不同。

他们讲述故事：从童年、青少年、初恋，上至三代的家人；也讨论旅行的最佳时节，还有关于梦想、往昔、远方……他们像所有多年未见的老友那样，带着如此经典的诧异，回顾那个下午的邂逅，尽管这一切只发生在三天之前。她坚决不让他去机场送行，却约定好不论什么时候再回来，他一定得去接她。

黎明渐至，月光在这座城市的上空柔和而细腻地褪色。温软的粉绿色冰激凌顺着蛋卷的格纹淌了下来，晕染出朝霞的前奏。两个身影在"午夜咖啡馆"前庄重地相拥而别。

聂梦兮 出生于1994年3月，四川成都人。曾就读于布列塔尼欧洲高等美术学院、法国尼姆高等美术学院（当代艺术专业）。近年在欧洲行走了十四个国家和地区，在法式甜点店当过学徒，在波尔多的古老酒庄一边创作一边翻译，读一些书，拍一些片，教教中文，涂鸦上百幅作品。另创作有散文、随笔、小说十万余字，已发表在《当代中国生态文学读本》系列以及《深圳日报》《华西都市报》《湖南文学》等国内各大报刊。

非虚构

凌仕江／川藏线笔记

葛筱强／黄榆笔记

吴　莉／哈尔腾草原笔记

川藏线笔记

◎凌仕江

卖松茸的女人

许多年后，我又回了"西藏的江南"林芝，像一个找魂的旅人。这次省去了长途跋涉坐车的疲惫，直接轻松地从成都飞到米林，时间锁定在一个多钟头。

雅鲁藏布的水如原浆流过荒原，仿佛一匹匹没长脸的兽，在空气中向着太阳升腾。山冈上的雪和树，掩藏了无限的寂静，任由长了脚的风在天地间不受任何约束地穿梭。那些躲在高处的生命，有没有发现一个似曾相识的影子，掠过它们的视野？我戴上墨镜，侧过身子，将头支出车窗，看见奔流的江水试图抓住时间的把柄，可时间的无情成了几只长脖子鸟嘲笑江水的冲动。

不悔梦归处，只恨太匆匆。

与其说是来采风，不如说重归故里。青春筑梦的地方，于我远胜故乡落在肉体上的胎记。如果说故乡是少年脱壳的地方，那么眼前的"江南"则是青春插上羽毛、伤口里装满了雪和血的刻骨记忆。

遇雨雾迷蒙，一个人宿在酒店写作，忽然要被当地朋友拉到菜市场。很不适应，但朋友声称，菜市才是最能反映当地民情之地。于是，我们打的来到庞大的菜市。

眼下七八月，正是林芝各种菌类药食新鲜上市的季节，藏族人从森林与山冈采摘来的青冈菌、灵芝、手掌参、雪莲、玛卡等遍街都是。他们微笑着蹲在各自的摊位，迎候顾客如盼远道的客人。穿过琳琅满目的集市，在一排杂乱的三轮车前拐了一个弯，朋友忽然在一个藏族女人面前蹲了下来。

原来她被眼前胖嘟嘟的松茸吸引了。

面对散发着泥土气息和特殊清香的松茸，那个长辫子藏族女人说，那都是她冒着大雨，到山上采摘的。女人用手不停地呵护着塑料袋子里的松茸，生怕长了翅膀的风、空气、阳光或苍蝇跑进口袋，催老了她的松茸。她看松茸的眼神总是嫩嫩的，而所有翅膀的欲望都迫切刺破她眼里忧伤的防线，她双手紧紧地呵护着那个塑料袋子，甚至带有一种村庄人对家乡食物特殊的怜惜。

朋友还女人松茸价钱，女人的手影在空气中绽放五个指头，她表情强烈地捍卫自己不变的守候，那意思是少了一分钱也不卖。女人的犹豫与矜持，表明她不是生意人，她不能对不起自己从高高山上采来的这些松茸。她不断重复着曾有收购松茸的贩子给她高价，但她不愿她的松茸远走他乡，更不愿这比鸡肉更味美的松茸跑进那些外国人嘴巴里去。她的汉语还不够流利，这是她面对太多买主的挑剔而产生的话少表现。她拒绝用太多语言讨价还价，好比她担忧松茸的营养无谓流失，这不是她的强项，她坐立不安地挤出了两个字——不卖。

当我们决定买下女人的松茸时，女人满心欢喜又紧张。她的眼睛闪着喜悦的光芒，如长短不一的箭射向周围的人群，她不知如何是好地在人群中转了几个圈，她在急切地搜寻，可分明又带着几分迟疑，她终于想起要去找铺子里的汉族妇人，帮她过秤。女人始终不肯相信汉族妇人报的斤两，她还要去别的铺子找人替她的松茸过秤。她的举动，使为她过秤的汉族妇人甩了她一眼：随便你到哪里称，是好多就是好多！

于是，她不声不吭地又换了一个地方过秤，结果秤不多也不少。可是女人依然不肯信，她突然有些急促不安，踮起脚尖在人群中到处张望，她坚决要去找她的藏族老乡帮她过秤。就在此刻，刚为她过秤的汉族妇人伸出大手一把拉住了她：你对人如此不放心，人家不买你的松茸了。

女人听了，赶紧双手护住松茸，生怕它们在塑料袋里浑身长满翅膀。她一言不发地望着汉族妇人，眼神里挤满了太多不安。

而此刻，朋友已为女人口头算好松茸价钱。女人听到朋友报的数，急得从地面上跳了起来——不是，不是这么多。替她过秤的汉族妇人找我们问明情况，在计算器上平静地打出一个数字。女人终于释然，站在一旁，面带笑意，数着纸币，什么也不说。

朋友打开买下的松茸，拿起一支，闻了又闻，然后放在手里仔细端详：哎，你这些松茸，不是上品呀，你看都开花了。

卖松茸的女人急了，双手一把抱回松茸，她难过的声音仿佛是在维护自己的贞洁：没有开花，没有开花，我采摘的松茸没有开花，我的松茸不开花……

光盘男孩

我是在墨脱的密林中撞见男孩的，当时一群大大小小的牦牛摇着铃铛，他唱着歌儿正穿过一片被斜阳染红的山坡。一身维和部队作战服的男孩，戴红色臂章，绕过树荫笼盖的小道，便止步于牦牛面前。他几次想要突围前进，可牦牛已占据他的去路，甚至就要将他团团围住。

他一步步怯生生地退去……

男孩身高一米八几，是刚结束高考的毕业生。他拿到长沙某大学的录取通知书后，独自骑行川藏线。从四川资中出发，经雅安、康定，几经辗转，到了波密。与他同行的分别是一位军校生和一位大学生。当他们径直向着拉萨奔去时，男孩停在波密一个人看冰川、等日出，然后拐道来到墨脱。

在墨脱的许多地方，男孩都选择徒步。

去仁青崩寺的路特别难走，雇的司机把我们送到巴日村，就只好下车步行了。天色泛青，尽管下午四点已过，可太阳时而从树木间跳出的光芒仍然威力无减。林间崎岖小路，布满泥泞、坎坷、潮湿。树叶间藏匿的各种鸟鸣，在天光的变化中，陡添了一些恐怖气氛，让同行的拉萨女诗人阿陌不断发出惊魂似的尖叫声。尤其是在你集中精力埋头赶路上坡时，树林里忽然蹿出的一只令人毛骨悚然的珍稀动物，很可能会让你一时半会儿叫不出它的名字，因为它鼓着盛气凌人的大眼睛已经看你很不顺眼了。在你毫无退路的情况下，蚂蟥也就在此刻成了你脚下或头上嚣张的神秘杀手。

"我脚上钻进一条大蚂蟥了！"

男孩说的第一句话，顿时让我们停下了脚步。他正躬着腰，手上拿一根树棍，心惊胆战地处理脚上的蚂蟥。要是没遇到挡路的牦牛，他一定会用飞奔的速度下山，根本没时间停下来解决蚂蟥问题。

"仁青崩寺还远吗？"我并没有关心蚂蟥的事。

"远着呢，至少还得走两小时。下山吧，别去了，那里没啥好看的，一个僧人也没有。"

"不，仁青崩寺可是墨脱历史上修建最早的寺院，而且属于宁玛派，莲花生大师在藏传佛教中地位极高。"阿陌对男孩说。

"来了墨脱，这个遗憾不能留呀。你下山到墨脱，也要走到天黑，不如跟着我们再上一次山，下来时可以坐我们雇的车。"

男孩听了我的话，欣然允诺。

当我们曲曲折折地攀上山腰，望见仁青崩寺的影子，停下拍照时，不幸的事情发生了。空中神秘飞行物的突然袭击，导致三个已经累得挪不动步子的人，忽然不要命地飞奔起来。我的鞋子、帽子甚至手机上都奇迹般出现了又粗又肥的菜花蚂蟥，比蚕子的身型要长几倍。男孩替我找来一根干枯的树枝，将它们从我裤腿上一条条挑出来，狠狠摔在地上。看着它们进攻失败的表情，我长长地松了口气，算是逃过一劫。而一旁的阿陌，早已双手抱头，吓得语无伦次，脸青了又白。

带着惶恐，我们就这样一步步抵达云雾深锁的仁青崩寺。

比起上午寺里的空无一人，这次男孩与我们见到了寺里一位年轻的喇嘛，他总算露出简单的微笑，似觉不虚此行。仁青崩寺，被森林覆盖的大山包裹着，云朵与经幡的缠绕，让一座小小的寺，在山峰与树影之间，看上去比天空更遥远。我们几人在寺里面对青灯映红的僧人面孔，背靠一排锃亮的经筒，默默无语地坐了一会儿。本想与僧人聊聊莲花生大师，可见他目中无人唯对一卷经文的专注，只好沉默作罢！

乌鸦，一只接一只地从不远处的雪地起飞，像一条条黑色的电线，在寺的上空移动。它们的速度极其缓慢，仿佛是冲着我们的到来打一个招呼。它们落在寺的屋檐上观望人间的动静，它们是否看清人类的眼睛对待它们的态度？

我总是躲闪着乌鸦的眼睛，那乌溜溜的黑眼珠咄咄逼人，转动灵异，充满了挑剔的意味。乌鸦休想从我这里盗窃情感。

阿陌望着空中打旋的乌鸦笑成了一个傻姑。

下山途中，总感觉背后有乌鸦追来。于是火速赶到巴日村，我们雇的司机闲得无聊，从山里采来一株野生的铁皮石斛。他擦着天黑的山路，一路摇摇晃晃将我们带回墨脱。后来，我们别无选择地进了一家四川餐馆，点了一条红烧鱼、一个素菜，消费170元。我目瞪口呆地看着男孩一连吃了五碗米饭，将盘子扫得精光。完了，他主动补贴我50元，被我谢绝。在墨脱这样的地方，一个人吃得尽兴，何尝不是一种精彩的资本？想着都市里因为怕长胖而经常绝食的富贵病一族，男孩的表现其实是一种能量的彰显，值得欣赏。艰难又漫长的墨脱路他都走过来了，几大碗米饭于他算什么？更何况，摆在他面前的川藏路，一天接着一天的骑行还将吞掉他多少脂肪和力气呀？

他不抓紧时间补充能量行吗？

分手时，我们相互加了微信。

哪知三日后的中午，当我一个人坐在林芝的餐厅吃石锅鸡时，男孩再次风一般地卷过来了。这回，他一连吃了七碗米饭，而且石头锅里囤积的宝藏，一点也没浪费。

尚未结束此文时，男孩已经向着拉萨出发了。在他之前或之后，318国道上从不缺年轻的骑士，那是一道特殊的风景，有点热血，有点理想，又有点年少的疯狂和忐忑。

如果你在路上遇见他，请让他一次吃个够，因为他的目标不仅是抵达拉萨，还有日喀则、江孜、珠峰大本营、樟木、尼泊尔⋯⋯

卓玛旅馆

在318国道上，为驴友们准备的客栈多如牛毛。

卓玛旅馆的半个主人，并不叫卓玛，她是一个在林芝工作、临近退休的山东女人。进入不惑之年，死了老公。因儿子干妈欠了她的钱，长期要不回来，于是被逼着入股开这旅馆。经过三年努力，她终于找到一位新老公。她说这位老公比她大九岁，已经退休，无人见了不夸赞他的善良。她老公每天在旅馆里帮来来往往的驴友登记住宿、收费、做饭。当然，她声称自己同老公一样善良。她为自己的家人做了多少好事，最终没得到一个"好"字，她是不幸的，是苦命的。其实，她这话里藏有另一层意思，社会有善良的人，就有不善良的人。

不善良的人，始终逃不过她的数落，似乎她要数落的人还真不少，包括她山东老家的亲戚，在她嘴里也是对不起她的。只是眼下她最介意的人是旅馆的合伙人——儿子的干妈，每天被儿子的干妈指指点点。她说她明年再也不开这旅馆了。

她站在我面前，不断地说对不起。头一天听说我是从事写作的人，她兴高采烈地推荐了二楼"纳木错"这间屋子，两个床位，里面摆有书桌，合我心意。原本住卓玛旅馆，并不是因为节约酒店那几个钱，只想在此多收获点驴友们分享的路上的经历。我从酒店搬来时，她儿子的干妈并不在场。哪知等我住进"纳木错"，她就出现了。这个女人要我把屋子两个床位的钱交了才能住，意思是要我把这间屋子包下来。可是山东女人当初与我约定只交一个床位的钱，而且答应不到万不得已不会安排其他人住，让我在此安心写作。

她听说此事，匆匆赶到卓玛旅馆，与儿子干妈大闹起来。很多驴友劝说都无用。儿子干妈告诉她，"纳木错"几天前就被"去哪儿"订购了，必须让作家搬出去。

"不能让作家搬出去，我答应过他的，出尔反尔，你让我在人家面前怎么做人呀？"

"必须搬。否则，今晚，我将安排其他人住那个床位。"

"不行，不准安排其他人。只准他一人住，让他睡个好觉，作家是吃熬夜饭的，休息不好，你让人家怎么写作呀。"

她算是熬过了比她更强势的儿子干妈。

第二天清早，我还在睡梦中，听见隔壁有人打扫房间，见是她；下楼小便，她儿子干妈冲我说："东西收拾好了吗？上午必须把房间收拾出来，客人下午就到。"

"有你这样做生意的吗？客人还没走呢？"

"我就是这样做生意的，怎么啦？"

听到此，她紧步下楼，给我递了个眼色，让我回"纳木错"。阳光在屋顶一寸一寸地投射安静，她在我耳边悄悄地说："这人眼里只有钱，很多驴友都与她吵过架，你不必理她，都五十多岁的人了，没有哪一句话是真的。其实，我非常喜欢有文化的人，因为我经历太多苦，只读过小学一年级，当时头发全掉光了，不敢再去学校读书了。要不，这样好不好，我和老公商量，作家你去我家住，我不收你任何钱，我老公做的饭很好吃，我还真希望你能把我的经历写一写，我给你讲几天几夜也讲不完……"

"谢谢你。不必了，我来这里住，也只是想看看卓玛旅馆是怎么做生意的。"

"真对不起你！"她眼里有淡淡的泪光在动。忽然，她提高嗓门道："你不要走，就住这里，从楼上搬下来住大厅，虽然人多，但你可以了解更多人的故事呀。"我知道她并不是卓玛，但她依然有着一颗善解人意和爱憎分明的心。

正午，所有的驴友都向着拉萨奔去了，空无一人的卓玛旅馆，安静得只剩下强烈的阳光和被窝烤热的味道。当从"纳木错"搬出时，我万分后悔过早暴露自己的身份。事实证明，后来的几天，"纳木错"都是闲着的。她咬牙切齿地说起这有钱不赚的事，扬起手想给儿子干妈一个响亮的耳光。

从"纳木错"到"布达拉宫"

从二楼的"纳木错"搬到一楼的"布达拉宫"，里面共有九个床位，四面墙体摆放有八张单人床，中间位置是一张双人床。每个床位40元钱，我选了中间那张双人床。如同一个王子，住进布达拉宫，四周住着来自不同地方的臣民。每每夜色降临，躺到床上，就有点忍不住想笑。墙上贴着几张人头素描和石膏画像，看上去像是美院学子的涂鸦献艺，下面配的文字更是疯言疯语，令人捧腹不止，原来在此歇息的驴友不乏心血来潮的诗人才子。

白天，这里总是空空荡荡的。到了下午，就有远道而来的驴友陆续光顾。生意好时，所有床位都摆满了疲惫的身体；生意不好时，"布达拉宫"空空如也，只有一个像佛一样的王子躺在中间。晚上，"布达拉宫"少有人说话，所有的目光都盯着各自的手机屏幕，屏住呼吸，继而是各种音调的呼噜声，如交响乐般在"宫"中演绎。一个梦还没做完，醒来时的清晨里，"布达拉宫"又恢复了白天所有的宁静。此时，驴友们早已向着漫长旅程的最后一站拉萨进发，在他们的激情与落寞里，拉萨的确有着天堂般的吸引力。有的到了林芝，如同听见拉萨的心跳，于是迫切地扔掉过于碍事的雨具轻松上路，原本三天骑行变作两天半抵达拉萨。有的一路看够了风景，便终止林芝到拉萨的骑行，在此搭车直奔拉萨。

或许应验了那句老话——

在川藏线上，所有的选择都是美好的！

午后两三点，卓玛旅馆的半个主人山东女人顶着热烈的太阳，在318国道上，开始接驴友回家。她的招呼声似乎只有那么简单一句，像是苯日神山上落单的羊叫声，而且这个声音是不断重复使用的——"帅哥你好，到我们家去住吧！"这样的声腔不属于山东乡音，它属于藏腔与山东的转基因。在她的声音里，驴友们像一匹匹听话的驴子，绕过神山宾馆，沿着山脚边缘一窝蜂地拐进卓玛旅馆。很多时候，驴友们来到卓玛旅馆，首先看到的不是卓玛，而是另一个女人拉得比马脸更长的脸。她坐在门口的椅子上，用手机打发情绪，偶尔抬头看一眼驴友。开心时，打个招呼，不开心时，指桑骂槐。

当太阳下山，旅馆就住满了人。

马脸女人走路的神态开始摇摆起来。

山东女人的男人在为驴友登记收费，他的微笑如同一个久别孩子的家长。马脸女人对男人说："把今天的账结了吧。"于是，他们开始分钱。似乎每天都是这个时候，他们分钱必吵。一方说多了；一方说少了，一方说你收的钱不透明，一方说你隐瞒了价位。合伙生意就是这样，总有扯不完的皮。当他们争执不休时，总会把目光投向我。似乎在暗示我替他们主持公道。而我总是无言，除了察言观色，我更愿意把他们的因果关系交给卓玛旅馆背靠的苯日神山。在一座巨大的神山眼里，我相信所有的是非恩怨，都被山中的每一尊神看得一清二楚。贪、嗔、痴、慢、疑种进了谁的果，那个人必将为因驱使付出更多利益代价。

"要不是看到你在路边的笑脸，我才懒得住这里呢，这么偏僻。"一个驴友对山东女人说。

"这样的人怎么能合伙？你早点撤出来吧。"很多驴友对山东女人说同样的话。

山东女人终于发话了："作家住的'纳木错'，明明几天都没有人住，还说提前订给了网上的人，真不知她安的什么心。"说完，她和男人，便骑着自行车匆匆回家了。

望着他们暮色中的背影，我百思不得其解，难道她那合伙人怕我住了"纳木错"不给她钱吗？她为何要如此对我？是我哪里没对吗？

后来几天夜里，通过仔细琢磨才发现其中隐秘的细节。尤其是当"布达拉宫"里的人熄灯熟睡之后，门外就有不明身份的人，拖着长长的影子，向楼上的"纳木错"飘然而去，脚步声里夹杂着男和女的气息——那是山东女人有所不知的秘密。

当骑行遇到"徒搭"

川藏线，这条中国西部地理历史的动脉线，除了一般人难以企及的漫长距离与危险，更多需要人的顽强勇敢与执着毅力。随着路况一年年改善，不少远方的萌动者与臆想者，开始踏上这条线。他们徒步、骑行、自驾，还有一个族群叫"徒搭"。

所谓"徒搭"，就是一边走路欣赏风景，一边招手搭陌生人的顺风车。这样的人，在路上多数碰运气。比起骑行者每天计划抵达的时间地点，他们心里完全没有一个定数，走到哪里算哪里，反正也没投入财力，能搭上车，就感谢上苍。总之，他们内在有一种"飘浮"气体，支撑他们随风奔跑、自由。

在卓玛旅馆，遇到的"徒搭"者多为少男少女。许多人参加完高考，出来放风。他们住在"布达拉宫"里，有的趴在桌子上写明信片，有的给友人发微信，有的为被太阳晒伤的手臂擦拭防晒霜，有的全神贯注看《中国好声音》，跟着歌者们摇头晃脑，甚至品头论足。看得出，他们都是有梦想的人，渴望成为荧屏上的主角。

忽然，一个女孩说，她的大学录取通知书到了，但她爸嫌那所大学太远。不过她还是收到了一条爸爸的祝福短信："祝贺你，终于可以滚远点了。"其他几个男孩迅即把目光投向她："滚远点？到底多远才算滚呀？你爸真会说话。你喜欢这个'滚'字吗？"

女孩说："不管他，我爸就是这样，可能嫌我在家待得太久。这回考上外省大学，他大概知道我的离开将改变家中的气场，最终有点舍不得吧。"上川藏线半个月了，女孩说一点也不想家。男孩们也附和着，说不想家。他们差点异口同声——早就想来一场说走就走的旅行，只是学业把人捆绑得太紧太久。正聊着，"布达拉宫"外的大厅开始热闹起来。几个买菜回来做饭的家伙在厨房倒腾，黄瓜拍得梆梆响，鸡块砍得喀喀喀，人人都想露一手。

"布达拉宫"的人全都被这声音吸引出来。

主厨是一个80后小伙，来自海口，左耳上钉了几颗银钉，肤色像个纯正的印度人。看得出，他是很有经验的"徒搭"，其装备十分专业。

包里不仅有价值十几万的相机，还有iPad、笔记本电脑、帐篷。他军校毕业后并没有去部队，而是选择直接下海，现在做出口贸易。他在厨房一边做饭，一边嘚瑟路上的经历——最好的徒搭是两人成行，尽可能一男一女，千万不能几个男人在路上扎堆搭车，否则你永远搭不到车，人家以为你打劫呀。他反复讲起路上遇到的司机不仅管饭，还管他住宾馆。

有人急了：你怎么运气这么好？他不动声色地把一个媚眼抛到固定位置。人们顺着他媚眼看去——是一个包，一块白丝布上写着：嗨，我去远方，搭我一程好吗？

于是"徒搭"者买来白丝布，纷纷效仿他——"约吗？去拉萨""不是美女，请不要让我搭车""陪着你慢慢走，直到天荒地老""不搭不搭就不搭，我没时间陪你嘲笑岁月"等炫目刺眼的句子。

此时，临近子夜。

他们开始星月晚餐了。

一窗之隔的"布达拉宫"开始有人打鼾。大厅笑声不断，让半梦半醒的人坐卧难安。他们尽欢得忘记了时间，"布达拉宫"里的人在愤怒。可他们的声音盖住了墙内声音。不知讲到哪里，忽然有个相对成熟的声音搬出三毛与荷西。他们惊叹三毛、荷西也曾四处游走，一路留下爱情与传说。有人断定在三毛时代，并不流行"徒搭"，即使有"徒搭"，也没人愿意搭三毛。听此，我忍不住想发笑，可还没笑出声，睡在旁边的陕西胖子发话了——

"一群2B青年，都把文艺装到西藏来了！"说完，他扯开嗓门，大吼一声，"嘿，外面的哥们儿，小声点儿，明天还要骑行上路呢！"

窗外，月光落地。顿时，鸦雀无声。

何为信仰

在318国道上，我遇到一个有理想也有忧伤的大男孩，他的脸和手臂已经被万古不朽的高原阳光晒成了古铜色。这是高原的成就，也是男孩略感成就的变化。他播放自己创作并弹唱的歌给我听。其中，有两首歌写给一个姑娘。没错，他嘴里一直叫姑娘，而不是女朋友。如此修为，很容易让我给他贴上文艺青年的标签。他坚持特立独行，我承认他的音乐有着《天空之城》的痕迹，整个结构弥漫着小温暖。交流中，我直言不讳地提出他的副歌部分缺少张力。可以理解他还只是个大三学生，在上海念书。他之所以瞒着远在乌鲁木齐的父母，骑行川藏线，是因为一场没有开始就已经结束的爱情。

他喜欢了两年的姑娘叫雪纯。有一天，他厚着脸皮去找人家姑娘："我愿意每天早晨帮你刷跑步卡（这是学校必修的早课），但你每次须给我三元劳务费，当我早餐的补贴。"姑娘说："抱歉，已经有人替我刷卡了，而且无须我给他三元劳务费。"姑娘的话，让他知道自己没戏，于是断然决定暑假骑行川藏线。他直面现实地告诉我，没有姑娘的拒绝，就没有他在中国天下奇路上的勇往直前。假若得到姑娘芳心，说不定整个7月他只可能没出息地宅在家里避暑。

当康定的背影越来越模糊，他遇到一位朝圣的老阿妈。五体伏地的老阿妈望着如风穿过身边的他，呵呵地笑！风把老阿妈的笑声传得很远很远。他追赶着风中那个苍老又慈善的笑声。被风吹乱头发的老阿妈对他大声喊道："哎，年轻人，慢一点，跑那么快干啥子呢？你们汉人是没有信仰的！"

他停下车，回过头，怔怔地看着老阿妈，许久才肯发言："告诉我，什么是信仰？"

阿老妈一脸坚毅："像你这样，在一条路上永远不要停下来，这就是你的信仰。"

他笑了。在一个信仰者眼里，原来信仰居然如此简单。他嗫动嘴唇，什么也没说。在他的想象与记忆里，故乡没有哪一个人能像老阿妈一样，在大地上匍匐一生去追求个人信仰。爷爷奶奶不会，爸爸妈妈也不会，他个人更不会，念高中的弟弟也不会。难道非要像老阿妈心里装着远方，手摇转经筒，用身体不停丈量大地，才算有信仰？这近乎宗教般的生活仪式，让他产生了迷惑。

尘埃被风雪吹过。他站在原地，望着天空上的云朵，不置可否地朝老阿妈摇摇头。

老阿妈朝他竖起大拇指："年轻人，我相信你是有信仰的。"

"相信我？嘿嘿，你相信我，为什么？"

"生活中没有那么多为什么，你已经用行动告诉了我。加油呀，年轻人。"

当他准备再次上路时，老阿妈便将路上编织的花环戴在他头顶。那些花儿，都是老阿妈一路采摘的与冰雪靠得最近的梵花。于是，这个像风一样的男孩，像是授记了信仰的力量，浑身充满了任何困难都挡不住的光芒。尽管脚肚因疲惫而疼痛，但他还是隐忍着不断加快骑行的速度。

那天正好是他的生日，在可以仰望南迦巴瓦峰的地方，他停下来，分别向着上海和乌鲁木齐的方向默默许愿。很快，他收回了思绪。他说老阿妈的花环是他今生收到的最美礼物。于是，他开始在自己经过的山峰前写一个人的名字，不为征服，只因爱过，他写——

"雪纯，送给你！"

从出发点雅安到终点拉萨，他经过了十四座美丽的山峰。川藏线上的每一座山峰都有一个好听的名字，而他写下的却是比山峰更美的一个人名和一句话。

这不是爱情的信仰，可在场分享他信仰的人都像是戴上了老阿妈馈赠的美丽花环，沉浸在信仰的温暖怀抱。在客栈熄灭最后一盏灯之前，他望着满天星辰自豪地说：

"多年以后，我要让自己的孩子知道，父亲年轻时候干过与众不同的一件事，就是在人生最初经过的最美雪峰上，写下一个爱的名字，不为得到，只为谢谢爱。"

他才二十一岁，这年华提前苍老的执着信仰里，饱含着人类多少渴望的激情与力量啊！

最后一夜

很多时候，卓玛旅馆就我一人。

出没在此的驴友总误把我当老板。午后，山东女人离开时，丢下一句："作家，请帮我接待驴友，家里有点事，要先走。"她边走边回头，把房间床位价也报给我。目送她远去，我正准备打开电脑写字，卓玛旅馆半个主人马脸女人也缓慢下楼。她出门时手上总拿着钱袋："凌老师，有人请我吃饭，我要出去，麻烦你帮我招呼客人哈。"

除了点头，我什么也不说，像那个写《飞越疯人院》的美国作家肯·克西——之前他一直是中央情报局的研究志愿者和精神病院的看门人。

当驴友到来，我就学着老板样子，报报价算了事，住与不住，无须挽留。原本我也只是过客，同驴友差不多，只是我不用急着赶路，我在此的目的是尽可能多地补充一些川藏线上的见闻。黄昏，马脸回来，先是对我表示感谢，然后问我吃饭没有，听说我明天将离开，她要存我电话。马脸说自己平时喜欢看书，而且老家离我生活的区域很近，待回成都要请我吃饭等等。如此态度急速转变，弄得人无话可说。紧接着，山东女人回来了。她趁马脸上楼，悄悄递给我一个热乎乎的鸡蛋，然后附在我耳边嘀咕："每天都说有人请她吃饭，国家领导人也没这待遇呀，其实就是在麻将馆里窝着。"

是夜，卓玛旅馆出奇安静。因为下午无人去国道上招揽客人，今夜只有惨淡的写照。天黑前，山东女人的老公来过一趟，我已把几天的账给他提前结算。今夜空旷的"布达拉宫"除了我，再无多的人。心田油然生起一片比沙漠更浩荡的荒凉，我迅速搬到大厅。比起"布达拉宫"40元的床位，大厅才30元。住久了"布达拉宫"，我想在离开前，感受一回大厅——这让我忽然想起西藏一位著名的诗人来，与纯粹的诗人不同，他才是走出布达拉宫的洒脱王子，近年来市面上关于他的诗作或传记，一直处于井喷状态，真假难辨，这真是诗人之幸与诗歌之不幸。雨滴打在凉棚上，混着我的想象，陡添几分冷寂。背靠"布达拉宫"窗下，看着透明的天井凉棚上的雨水模糊了星空，一下子觉得没有"布达拉宫"的护卫，自由之身仿佛离自然与天真更近了，想着离开后的成都，此时正是闷热难耐。

而高原之夜还盖着比雪更厚的棉被。

半梦半醒之间，卓玛旅馆虚掩的门"嘎吱"一声开了。是个男人，后面摸黑跟着一个穿高跟鞋的女人。男人拉着女人的手，直接进了"布达拉宫"。我辗转身子，里面没有亮灯，他们摸索了一会儿，最终在我睡过的那张双人床躺下了。声音很清楚，是一男一女紧张喘息的声音，他们在推搡着什么，似乎不太习惯在空旷的宫殿里睡觉。过了几分钟，楼上的脚步声传来。"布达拉宫"里却出奇的安静！

"怎么里面有人呀？"马脸一手揭开"布达拉宫"的布帘。

男子腾的一声从床上穿梭到门边，浑身直哆嗦："我是张姐的朋友，白天给她说好来这里住的。"

"哦，原来你们早说好了的哟。"

看我手机屏还亮着，马脸磨蹭着拐到我床边："哟，凌老师，还没睡呀？你明天真要走？再多住几天嘛。噢，对了，张姐她刚来电话让我收一下你的钱。"

"你搞错了吧，下午我才结了账，她老公亲自收的。"

"嗨，这人怎么回事，太没文化了，真不知她是怎么在政府部门上班的，口口声声说自家不缺钱，其实比谁都更会算计人。老子算是服她了。"

我狠狠将被子蒙着头，一觉睡到天亮。只是"布达拉宫"里的声音，与天上的雨水将我几次弄醒，又将我几次带入梦境。

女人是男人的戏

当八一镇摇身变成巴宜区后，似乎一切都与一个旧地重游者没有关系了。毕竟二十年过去，一个地方的改朝换代足以造成一些人的隐名埋姓，或者你在此忽然萌生欲见的那人早已下落不明，但你仍删除不了他在此地的存在记忆——这就是往事的气味与属性，它导致即使强力的成长也摧毁不了岁月共同的见证。记不清何时，茫然不知所措，我们把彼此都弄丢了，有的想得起相貌，却忘记了对方姓名，有的记得名字，可印象却始终模糊不清。

于是，我在曾经的部队番号群打了一句：我在此刻的八一镇，你在何处行吟？

很快，就有人给我通风报信，一个个电话号码发过来。遗憾的是很多人名显得极为陌生，尽管报信者不断介绍其底细，可我还是找不到想象的支撑点。选了一个有点传奇的人物，他被群里几个战友认定在八一镇，可他们都拿不准他的踪迹。自从退伍，他就开始了单飞，战友们多是听到他的传说，一直不见其人。几番折腾，终于有自驾者从米拉山下发来传奇人的电话。我毫无顾虑地打通电话，并自报家门，五分钟后，传奇人驾车现身我面前。

此人名宋斌，长相酷似北京昆仑饭店的董事长。在军营里，宋斌曾是司务长，伙伴们羡慕他的自由做派，常常一袭便衣一个人无组织无纪律地去八一镇潇洒。如今他依然一个人潇洒在八一镇，而且早已是这座城池的知名人物。他把我迅速带到工作地，楼上楼下的人见了都朝他点头微笑——宋经理好！

宋经理安排了一个包间，向服务生举手弹指，叫了酒楼推出的最新菜肴。

偌大的餐桌，只有两个人。话题却无法完整展开，也不知从何展开，断续的切片，随时被敲门找宋经理的人打断、捣碎。偶尔有一些人名从关于故乡的对话中闪出来，于是我们给那些人热火朝天地打电话，越来越多的人名从电话那头跳出来，有的能相认，有的甚至半天找不到出处。对此，宋经理的态度始终比一个写作者漠然，有各自的成长轨迹，记得与否都没有关系，关键是他还在坚持自己的品性生活。至于战友变化，宋经理说不必羡慕，更不后悔当初的选择。我说，现在看来，我们当初随便动点小心思就可以实现的愿望，却没有拐过弯来。

不是拐不过弯，而是我们接受的教育就是那样的，我们的父辈也是那样的，故乡的土壤和气质决定了我们拐不过弯。说得通俗点，我们至今也不愿意拐过那道弯，否则我们就不是那个地方出来的人了。

宋经理的话，让我在川藏线上对故乡有了新的认识。霜冷林芝的边地风雪没有改变他的内心，反倒让他容颜越显俊逸、内敛与隐忍。我想，这多半也有长期边地生活对一个人的影响。

简单又冷静的对谈，让我略知宋经理这些年的生活。他的冷静来自人生经历，尚未退伍时，沿海老板向他发出高薪邀请，那时他在菜肴技艺上已展露才华，而那时西藏一个连队指导员所谓的高工资不过每月六百元，而他这个下士受到的邀约居然高达一千五。如今一个正连职军人在西藏的月收入近一万，而宋经理已经不谈月收入，而是以年薪计算。尽管走过不少城市，最终他还是折返川藏线上的八一镇。这其中的原因复杂如戏。

女人便是男人的戏。女人改变男人，也改变地域，如果可能，女人还要改变地球。宋经理从八一镇带回的女人三次手术后，死在北京的手术台上。女人让宋经理过早接受了悲剧。他打算把女人留下的儿子送到中印边境线上扛枪。而他还将同八一镇相识的另一个女人，继续在这里欢笑，也在这里悲伤。在我心里，离故乡越是遥远的地方也容易被孤独的故乡人消费，可于宋经理，这样的地方却是他理想始于足下的根据地。在他万众瞩目地当选西藏劳动模范那天，我知道，他已把我寂寞想象的远方，彻底当作故乡。

凌仕江 中国作家协会会员。第四届冰心散文奖、第六届老舍散文奖、全国报纸副刊散文金奖、《创作与评论》2013年度奖、《人民文学》全国游记征文奖、首届浩然文学奖、首届丝路散文奖获得者。作品见诸《上海文学》《北京文学》《十月》《天涯》《散文》《花城》《随笔》《山花》《江南》等，被《新华文摘》《读者》《青年文摘》《散文选刊》《作家文摘》《散文·海外版》等书刊转载。已出版散文集《你知西藏的天有多蓝》《西藏时间》《天空坐满了石头》《藏地羊皮书》《蚂蚁搬家要落雨》等十余部。有多篇作品成为全国及各省市高考、中考语文现代文阅读试题。央视《子午书简》多次推介其文学创作成果。

黄榆笔记

◎葛筱强

01. 榆林之夜

这是秋天，黑夜终于降临在我歇身的这片无边的黄榆林。太阳的余晖彻底隐没之后，月亮升起来了，挂在榆枝上，静静地，安详如童年记忆中母亲的脸。

四周寂静，除了秋虫呢喃，如果说还有别的声音，就是风吹月光的声音，时而细微如草屑落地，时而鸣响如僧敲盂钵。在这无边的月色中，我一个人安静地坐在榆树下，偶尔起身缓步于微有凉意的土路上。心中或念范成大于中秋之日的佳句："天容水光，镜烂一色，四维上下，与月无际。"或手持一片黄榆落叶低诵帕乌斯托夫斯基在《面向秋野》一文中的感慨："每一片叶子都是大自然的一篇完美的作品，是它那神秘艺术的一篇作品，这种艺术是我们人类望尘莫及的。只有它，只有对我们的喜悦和赞美无动于衷的大自然，才能满有把握地掌握这种艺术。"

是啊，在秋夜无边的黄榆林的凝视中，不仅仅是一片落地的叶子，连同打在地上的月光，连同我这个来回逡巡林中、心灵朗澈如银的浪子，都不过是大自然怀抱里的一件艺术品，因而，我活着时，不仅仅要

珍视自己，更要与我身处其中的一切美好物象与灵魂同呼吸共俯仰，正所谓："落木凄风倚暮楼，且将我意自沉浮。"（黄宗会语）

02.麻雀

要说些什么呢？一看到黄榆林里纷飞的麻雀，我的眼泪就止不住地流下来。在与土地难分难解的命运里，我一直觉得麻雀和乡下普通的人群最为相近相亲。

在某种意义上讲，麻雀就是在土地上劳作的人的另一种形式，这是因为，"它们是鸟在世上的第一体现者。它们的淳朴和生气，散布在整个大地。它们是人类卑微的邻居，在无视和伤害的历史里，繁衍不息。它们以无畏的献身精神，主动亲近莫测的我们。没有哪一种鸟，肯与我们建立如此密切的关系。"（苇岸《大地上的事情·三十》）

看到麻雀，我就想到自己在乡下院落里日渐衰老的父亲母亲，以及众多仍在乡下瘠薄的土地上不倦地进行春种、夏耘、秋收、冬藏四时劳作，为了填饱肚腹的亲人。我之所以有这样的想法和念头，是因为麻雀仅在有人类活动的环境出现，一般营巢于人类的房屋处，如屋檐、墙洞。即使在野外，它们也多筑巢于有人类出没的、有很多洞的老树群中。它们的巢不工整，筑巢材料的种类很多，包括干草、羊毛、羽毛等，很像东北乡间农人用泥土筑成的房屋，疏阔随性。同时，它们性格活泼，胆大，易近人，好奇心较强，像乡下野性十足的孩子。一年四季，除了繁殖、育雏阶段之外，麻雀是非常喜欢群居的鸟类。每当秋季来临，数百只乃至数千只的麻雀翔于蔚蓝的天空之下，是极其常见，也是极为壮观的景象。在白雪皑皑的冬季，它们则结成十几只或几十只一起活动的小群。值得一提的是，麻雀和其他许多小型雀不同，聪明机警，有较强的记忆力，如得到人救助，会对救助过它的人表现出一种来自天性的亲近，而且会持续很长的时间。

在文学家和诗人的笔下，麻雀虽然是一个弱小的代名词，可事实并不是这样，它也有伟大的一面，特别是在育雏时往往会表现得非常勇敢。俄国作家屠格涅夫曾在他的短篇小说《麻雀》中记载过一只老鸟为保护不慎坠地的幼鸟，以其弱小的身体面对一只大狗而不退缩的感人场面，不能不让心怀悲悯的人们感动。

如果把麻雀喻为一种乡下的植物，我认为野葵花最为恰切，它们的形象，如同当代诗人蓝蓝笔下写的那样："打她身边走过的人会突然 / 回来。天色已近黄昏 / 她的脸，随夕阳化为 / 金黄色的烟尘 / 连同整个无边无际的夏天。"

03. 喜鹊

在漫漫的榆林上空，最常见的鸟还有一种，就是喜鹊。

在我有限的观察中，在我居住的这个地方，对人类尚有一丝亲近之感的东北留鸟里，除了麻雀，就要数喜鹊了。在辽阔的北方，哪里有村庄，哪里就有喜鹊黑白相间的曼妙身影和单调响亮的叫声；哪里有高大的白杨林，哪里就能看到喜鹊用枯枝、杂草和泥土建造的家。

虽然喜鹊在自己安居的巢穴内壁和巢底垫有兽毛、鸟羽和纤维等软质材料，但它仍显粗糙简陋。每次望见它，我就会不期然地想到乡下贫穷人家破败的、几近倾颓的土屋，令人担心它是否能抵挡得住下一场大雨或下一场暴风雪的袭击。而实际上，喜鹊搭建的这个看似简单的巢穴，非常结实耐用。一个朋友和我说，她小时候曾拆过一个被喜鹊废弃的巢穴，枯枝与杂草交织在一起，真可谓盘根错节，拆起来并不十分容易。

作为北方的留鸟，喜鹊的外形美丽大方，头颈皆油黑发亮，在阳光的照耀下微微闪着紫色的光辉；背部虽也是黑色，但散发着蓝、绿的光泽；腰部灰白，肩羽纯白，整个身体远远望去像披了钢琴的键子。喜鹊多栖息和活动在村落旁边、空旷的田野或稀疏的树林子里。如果是在秋天，并且是在一个晴朗的早晨，漫步于乡间的村旁或树林间，你就会看到成群的喜鹊时而缓缓地鼓动双翅飞在空中，时而又落在田地里进行觅食。落在地上的喜鹊，前进的姿势一般是跳跃的，并不时地上下摆动如燕尾服后襟般的尾巴，彰显出一种乡间士绅的派头。

出于对喜鹊的喜爱，我不止一次在自己的诗中写到过它。记得是前年吧，我在乡下，望着风中翻飞的成群喜鹊，内心无限温暖，充满了说不尽的柔情。回到家后，我在当天的日志里写下了一首小诗《风中的喜鹊》："是你，让我在黎明的风中／醒来。／／草原上的野葵花，／卷起大片大片令人战栗的／金黄……／仿佛秋天中的深渊。／／这就够了。被阳光加冕／爱就不再卑微。你／划破天空的翅膀和／黑夜般暗哑的倾诉／／让我心怀疼痛／和无尽的羞涩／并把目光深深地垂向胸口。／仿佛一瞬间／就把一生的守望交付……"

04. 小毛驴

我的父亲老了，年至古稀，腿脚不再灵便，重体力的农活都干不动了，田间耕种对于他来说已是陈年旧事。为了自己的日常生活和出行方便，他养了一头毛驴。

在我看来，这头毛驴长得不算特别漂亮，但也很讨人喜欢。铁灰色的皮毛，四蹄雪白、结实，大大的眼睛，长长的睫毛，不像我，眼睛小，还近视，离开眼镜，世界就变得模糊和暧昧，也分不清杨树和柳树。更重要的是，我离老家远，家里的琐事出不上力，还不如这头毛驴，让父亲有个生活中的依靠。从某种角度上看，对于晚年的父亲来说，我这个儿子还不如这头驴管用。所以，每当我回到老家，面对这头忠实可靠的毛驴，就想起安德烈·纪德说过的那句话："愈是虔诚的人，愈怕回头看自己。"我觉得我不是怕回头看自己，而是怕看到这头毛驴，虽然我发自内心地对它有着无比的尊敬甚至敬重，因为它对我的父亲来说太重要了，但它像面镜子，能照见内心日渐虚弱的我。

这个秋天，当我再次面对它时，我想为它拍几张照片留念，也表达一下我对它的亲近之意，但它不理解，也不屑于此，并扬起骄傲的鬃毛向我踢出愤怒的蹄子。它之于我的陌生感，乃至激烈的敌意，我并不在乎，毕竟我是人，有思想，不像这头驴，头脑简单，思维单一，即使它不理解我，我也能理解它，我不仅理解和敬重它，还发自内心地在暖暖的秋阳下为它写了一首短诗："今天，你不必再负重于轭下／在宁静的院子里，你甩一甩／毛茸茸的尾巴，你敏感的睫毛上／因为有小小的幸福留存／日子就忽闪闪地发亮／／我深深地弯下疲倦的腰身／并且，动情地张开双臂／揽住你柔软的颈项，甚至／想亲吻你的泪水／可今天，忽然流泪的／为什么是我呢？"

05.野兔

我是在一个秋天的早晨遇见它的。看到它，我不禁想到瑞士心理学家荣格曾说过的一句话："不是歌德创造了《浮士德》，而是《浮士德》创造了歌德。"我想，在这个冬日的下午，不是我遇见了温柔的奔跑的野兔，而是野兔出于某种神示的信任，故意遇见了我。

在我的眼里，这个浑身几乎没有脂肪的小家伙实在是太可爱了，它在这个秋天的早晨出来并贴着草丛奔跑，一定是为了寻找带着露珠的可口食物。此刻，它和我有了短暂的相遇，并让时间定格于我们的相互对望中，虽然这样的时刻有如电光石火，转瞬即逝，但在我的心里，却长似千年，超越了我有生之年度过的所有时光。它的目光多么柔和啊，因为我一脸的平静，它的眼睛里没有一丝一毫的恐惧之色；我也因它毫无敌意的眼神和灵巧的腰身而内心充满无边的喜悦之情。

记得荣格还曾这样说过："一种有人引导的生活比起一种缥缈的生活要好得多，丰富得多，而且健全得多了。"那么，因为有野兔的指引，我心向自然的生活一定会更加好起来，丰富起来，健全起来。有野兔偶尔相伴的生活，或许才是真正的生活。因为有了野兔的存在，并且我热爱着它，它也不惧怕我，我就觉得自己是个得了永生的人，就像《五十奥义书·大林间奥义书》中说的那样："导我出非有，以至于至真。导我出黑暗，以至于光明。导我出死亡，以至于永生。"

06. 小山鼠

又是秋天了，我一个人游荡在黄榆林里，四周静悄悄的，就像贺拉斯说的那样："我静静地走在空气清闲的树林里，心里想着智者和好人感兴趣的问题。"

忽然间想起自己当年在乡间边当乡村中学教员边从事农耕的事儿来。那年也是秋天，我在自己耕种的地里劳动，主要工作是用拖拉机把春天播种的绿豆拉到场院里。当时那片豆子已经割完，一铺子一铺子地放在地里晾晒。在装豆铺时，我有一个发现：小山鼠并不是我平日想的那样奔若惊风。它贴着地面的跑更似散步。在秋天，小山鼠往往会藏身于庄稼铺子下面，铺子既是食粮，又是遮身的屋顶。我用叉子挑起一铺豆子，一只小山鼠便以散步的姿势跑到另一个铺子。我连挑起几铺子之后，它也没有感到有什么危险存在。

当时对于这件事情我并不觉得有什么稀奇，认为这只不过是乡村自然生活中再自然不过的一件小事儿。后来进县城工作，向身边一个爱读书的朋友谈到此事，他认为在当下这个工业化进程突飞猛进的时代，能与自然中的小动物相处和谐已是一件美好的事情，更是一件很奢侈的事情，值得回忆和珍惜。而实际也确是如此，我搬进县城居住有十年了，即使这个小县城不过是一个不大的小镇，但却让我的身体和心灵几乎断绝了与自然的关系，让我的读书写作生活日渐干瘪苍白，流于纸上经验，没有鲜活的生活气息与养料。

今天，在空旷寂静的黄榆林里，我感觉自己的身体和魂魄都灵动起来，血液流得轻快起来，就情不自禁地高声朗诵希腊"饮日诗人"埃利蒂斯的诗句："在梦见我的小岛上那幸福的微风附近／宣告黎明的到来，从它高高的巉岩上／而我的两眼拥抱你，驾着你前进／凭这真诚的心灵之星：我不再认识夜神。"

07. 思想的小鸟

日本作家鹤见祐辅尝言："思想是小鸟似的东西，忽地飞向空中去。去了以后，就不能再捉住了。"站在冬天的黄榆林里，站在茫茫的白雪之上，我会常常忘掉那些身外之事之物，且在忘记这些的同时，头脑里会浮出让自己无限欢快的念头。比如，"我们都是时间虚伪的证人，在大雪覆盖之前，盲目地对时间进行歌唱。"又如，"在言说之前，我是存在的；在言说之后，我将消失于漫天的大雪中。"再如，"雪花给予诗人的最高奖赏应是，让他吟唱的诗句饱含风霜。"这些即生即灭的思想小鸟，且翔且停于我散漫的脚步之上，仿佛它们就是那地上的雪花，天暗下来，它们发出晶莹辗转的微光，太阳出来，它们就化自身于无形，云游于天地之间。是的，在黄榆林下，无论是哪个季节，即使是在严酷的冬天里，在冰雪袭向人间的时刻，我也能够让自己的身心安顿下来，让自己的"思想的小鸟"按照自己想要的样子随意萌生，然后在恰当的时间里寂灭。这样就好，这样，我才真正抵达了我自己。

08. 命同兰若

每次走进黄榆林中，总会在心底涌出"兰若"这个词，这样的念头的产生，不仅仅因为"兰若"在佛教中的本意是森林，更为关键的是，它的引申义乃为"寂静处""空闲处""远离处"，是为躲避人间热闹之地。不是吗？这片依旧最大限度保持原始风貌的、尚未完全被现代文明改变和损害的黄榆林，不正是我向往已久的寂静之地、空闲之地、远离红尘喧嚣之地吗？作为一个天生话语不多且喜独自在荒野中四处漫游且沉思默想的人，我与此地是多么相契相融而不忍互相离开啊。只要黄榆树下有风吹过，只要黄榆林中有鸟雀跳跃着将自己的啼鸣从这棵树带到那棵树，只要这些美妙的啼鸣能够在我的心里，在黄榆林的阴影与光斑中生生灭灭、生生不息，我的心就和这片繁茂的黄榆林一样，就是无比欢悦的，就是无限安宁的。如果上帝允许，我愿意拿出一生的时间来赶赴这空闲之地的邀约，来安享这寂静之地给我带来的人生的超脱与解放。美国生态哲学家霍尔姆斯·罗尔斯顿在其大著《哲学走向荒野》一书中曾说："荒野中有些东西，并不属于我们的种系，也不直接是我们生命的基础，但却和我们很相似。"确实是这样吧，我和黄榆林，或者说黄榆林和我，正互为生命的基础与原初，互为生命的空闲与寂静，它是我命中的"兰若"，换个角度说，我也是它的"兰若"，它安放了我孤寂的灵魂，我守望了它寂寞的肉身。归根结底，我们有着相似的命运。

09. 不说再见

人哪，真是感情的动物，和任何事物相处得久了，人的心里就会自然而然地生长出不忍分别的情愫来，即使是和一棵树、一片林子，也是如此。我也是一个用肉做成心灵的人哪，和其他生活在这个世界上的心智正常的人并没有什么不同，他们有的，我也有，他们热爱的，我也热爱，而他们在具体的生活中常常忽略掉的，却正是我倾心观察、聆听和偏嗜的，就这一点来说，我可能比他们拥有得更多一些……不是吗？和这片古老的黄榆林亲近久了、厮磨久了，我甚至能够辨认出其中一些树的样貌特征来，更有甚者，我有时会生出顽童之念，在心底为自己熟悉的黄榆分别起一个只有自己知道和喜欢呼唤的小名儿。比如，朴素些的，有"老笨头儿""小不点儿""傻大个儿"……雅致些的，有"听风堂""禅室""云居"……在我的心底啊，它们就是老邻旧居，就是故友新朋，甚至，就是我血脉相融、息息相关的兄弟。风吹来了，它们摇晃着手臂，我也跟着摇晃着手臂；雨打来了，它们低垂下健壮的身躯，我也跟着弯下瘦削的腰身……在别人的眼中，它们可能不会说话，也不会交流，而在我越来越清澈的眼睛里，它们的每一次浅摇或晃动，都是在传递着欢乐或悲伤，在我越来越安静的耳朵里，它们每一次发出的轻呼与大喊，我都听得见，听得清，听得心神俱动……如果哪一天，我发现自己起过名字的某一棵黄榆消失了，我一定不会在心里和它说再见，我绝不相信它在这个世界上彻底湮灭了，它只是因为思念更为遥远的远方，去了自己想去的地方，或者乔装成另外一个样子，和我捉迷藏，让我在遇见它时再为它起个新名。

10. 和另一个自己在一起

有时我常常暗自思量，我能够在有限的生命之中和黄榆林在一起，是有多么幸运。这里面的神意，并不是用一篇文章或一本书所能说得清楚的。一个人不是与一棵黄榆，而是与一大片榆林相遇，是它们等到了我，还是我等到了它们？这个问题并不重要，重要的是，我们相遇了，相互为对方的生命存在发出寂静中的惊呼，甚至互相在暗夜中发出自己的微小光芒来，相互烛照，相互安慰，相互为对方发呆、出神、灵魂出窍，这是一件多么神奇的事情呢。俄罗斯随笔作家谢尔古年科夫曾在自己的长篇随笔《秋与春》中说："我觉得，在森林里生活超过一天的人就可以认为自己与众不同，因为他们从森林那里得到了一些东西。"真的是这样呢，季复一季，年复一年，我像与黄榆林有个心灵与生命的约定那样，在时空轮转中一次次相遇、守望。我走进林间，心情顿时疏朗，我从林间走出，就觉得自己从肉身到精神又一次得到了由内而外的洗濯，就觉得自己又一次成了一个"与众不同"的人。有什么办法呢？只要和黄榆林在一起，就像我和另一个自己在一起那样，我就不会在黑夜中哭泣，就会在黎明再次莅临人间时，满脸光洁地迎接朝霞。

11.歇一会儿吧

无论是在酷热难耐的夏天，还是在北风初起的秋天，每次在黄榆林里走累了，我就会对自己说一声："歇一会儿吧。""歇一会儿吧"，这是人生中多么美妙的句子啊。那些整日里东奔西走，忘掉了人生中最为简朴最为直接也最为宝贵的闲适时光的人，是多么可怜啊。而我这个习惯于荒野山林里中想慢慢走就慢慢走，想停下来就停下来的闲汉，常有浮生半日闲，在他们眼中，是不是也有些荒谬呢？我不知道，我也不想知道。在我简单的心里，各人有各人的活法，各人有各人的生命轨迹，我安静地痛享山林幽静之乐，他人沉醉于滚滚红尘之中，这之间的区别并不是别的什么，只是每个人对自我生命状态的认知与考量的不同。生命只有一次，无论什么状态，最终都难免一死，"殊途同归"于真无之境。"归"的状态我们不能左右，但人生之"途"，我们还是能够按照自己心之所向来选择的，譬如现在我在林子里走得累了，就听从心与身的指令，来"歇一会儿吧"。这样的天然状态，仿佛有风吹过我的身体，我的身体就和风一起飞过了林间的鸟鸣那样，"从心所欲"，但绝不逾矩。

12.有霜的秋晨

又是一年的深秋了，在一场秋雨过后，我重新来到这片林子里。为了能够起早来看它，我和友人在前一天晚上抵达并住在了它身旁小镇的旅馆里。夜半醒来，打开窗子朝外望去，黑夜凉如水，星光缀满天，北方的秋夜是如此高远而深邃得令人敬畏和着迷。当时针指向清晨五点，我们就动身向黄榆林进发。天光尚早，远处的地平线虽已开始泛出白光，但近处仍有些昏暗。车子在起伏的阡陌上前行，四周皆是等待收割的庄稼：高粱的叶子都脱落了，纤瘦的茎顶着一个硕大的红脑袋；玉米秆已通体变得暗黄，玉米穗肆无忌惮地坠在它的胸前，如婚后多年妇人下垂的一只乳。绿豆和花生早已收割完毕，逼进眼睛的，只有无边的空荡的黑而潮湿的土地。虽然来之前我们就已通过天气预报知道降温，但当从车子里出来，外面的寒气仍然超出了预料。林子脚下的落叶上面，是亮晶晶的霜花，只一眨眼的工夫，凉气就穿透了衣服，沁入骨头，让我不禁连打了几个冷战。但秋晨里的霜花是美的，尤其是初起的太阳斜射到林间时，黄叶上的霜花反射出剔透的光斑，让黄叶忽而变红，像一种不能言说的奇迹。在霜花遍地的林子里，灌满耳朵的，除了清晨的鸟啼，就是风吹树叶落地的声响，就像榆树摇动月光的声响。这些声音，越发让林子显得空旷又寂静，我想，霜花里的鸟啼和叶落，它们本身就是寂静的一部分、空旷的一部分。我的心一瞬间就被掏空了，只剩下空旷和寂静，和林子融为一体，变成秋天的一部分，血脉贯通，无法割裂。这时的我，才是真正的我，无我的我，那个迷失在浊流中的肉身重新被冲洗了一番，又变得通透清澈，让风看了也欢喜，霜花沾了也欣悦。从林子里回来，为了纪念这美妙的晨光，我在便笺上写下了一首题为《癸巳年十月三日凌晨在黄榆林》的小诗："月亮说夜晚仍在我的身上徘徊／她举起右掌拍了拍我的左肩／然后转身，把一地霜花掸成了／此起彼伏看不见的鸟鸣／／而我一直坚信，风吹落叶的声响／就是风吹月光落地的疼痛／如果我用半生的恍惚能够换来／一只不起眼的麻雀展开翅膀／／那必将是我睡梦中得到的幸福／犹如不远处的水洼泛起了／黎明一次次躁动不安的变幻线条／那细碎的，无法触摸的，沙尘般的／热爱，就开始不停息地奔流／在阳光的洪水之上，也奔流在汹涌的时间之上／此刻，我要把日常生活赐予的伤疤／贴在你温暖而沁凉的眉间。"

13. 秋天的车轮

秋天的一个显著特征，是风中多了飞舞的落叶。

走在乡间又干又白的土路上，秋风萧瑟而猛烈。

在我的前面，无数金箔似的杨树叶子顺风飞跑，它们除了偶尔腾空吹去，更多的时候，则是贴着地面，混着飞扬的尘土，车轮一样滚向不可知的远方。

如果把秋风比作一驾疾驰的秋之马车，那么落叶就是它的车轮。

14. 暮秋

当农民把庄稼的秸秆收回家，已是暮秋时节。

暮秋的田野一派寥廓、空旷，生长过庄稼的土地现在腾出身来喂养安详、宁静的羊群。在几乎落光叶子的杨树上栖落着几只喜鹊，偶尔发出透着凉意的鸣叫。

面对这无边的秋野，面对我内心的眺望，我想起海子的诗章："秋天深了，神的家中鹰在集合／神的故乡鹰在言语／秋天深了，王在写诗／在这个世界上秋天深了／该得到的尚未得到／该丧失的早已丧失。"

暮秋时节，总是让我没有缘由地无限怅惘，无限地追怀远逝的事物。

15. 麻雀Ⅱ

秋天到来之后，我在院子里种的一些菜蔬开始呈现衰败之象，如西红柿、豆角、茄子。它们凋零了叶子，也落了一些果实在地上。落地的果实引来了一群麻雀。它们在我的窗前此起彼伏，或在落叶间啄食，或扬起脑袋鸣叫，一副自得的模样。一旦有人从院中走过，它们便呼地一下全部飞起，落在我用木头围成的院墙上，伺机再落。为了不使它们受惊，也为了自己能够在窗内享受这份乡间的快乐，我便尽量减少出入院中的次数，以求和这群大地的孩子相处如邻。因为它们，使我的秋天充满幸福，也使我想起作家苇岸的诗："它们的肤色使我想起土地的颜色／它们的家族／一定同这土地一样古老／它们是留鸟／从出生起／便不远离自己的村庄。"看见麻雀，我想起自己的命运。

16. 如星星的田旋花

在黄榆林的脚下，有很多种如星星散落其间的小小的野花，它们在黄榆的荫庇之下，在四季风雨的滋养中，漫山遍野地盛开着，既"不知有汉"，更"无论魏晋"。在这些杂然相处共生的野花里，我最为注意的，就是那小小的田旋花了。在我的故乡，田旋花，被粗枝大叶的乡人称为"野牵牛"或"拉拉菀"。这是怎样的一种野花呢，每年的5月，黄榆林刚刚吐出榆荚，还没有完全打开它的巨伞，田旋花就于山野上无声无息地访问人间了。它们一株株、一片片，像是住在一个村庄里的姐妹，戴着相同颜色与款式的粉色头巾，早早约好了一起来看望春天，从不在意别人的眼光与评说。在它们的心里，似乎只有一个念头，那就是"泥土给予我身躯，天空给予我雨露，我便报之以明媚的欢乐和生动的笑声"。当然啦，在无限瑰伟的黄榆林中，田旋花并不夺目晃眼，也从不刻意引人行注目礼，正因如此，我才如此喜爱它们。在我的心里，一直认为，只有这遍布山野的如星星的田旋花，最像健康、明澈、朴素、卑微、沉默、实诚的乡下人，无论他们走到哪里，哪里就会温暖地拥抱春天。

17. 繁星

一直不想写繁星。若问我为什么啊，原因很简单，因为在我的心里，好像只有在乡下，在宁静的清澈的夜晚，我们才能够看得见童年时代那种点点繁星。虽然我现在居住的也只是一座县级小镇，但缘于无法避免的空气污染，在这小镇的晚上也很难见到繁星满天的景象了。去乡下看繁星，最美的，也是最清晰的，离我最近的，大概就是与黄榆林为邻的村庄了吧。在春风沉醉或昆虫呢喃的黄昏之后，在秋凉乍起或霜雪初临的夜晚，忙碌了一天的农人早已关门闭户，但有次第点亮的灯火照彻渐渐逼近的黑暗。此时，我常常习惯于一个人，静静地踱步于村庄近旁的林间空地上。此时，空气是清冽而透明的，鸟的叫声也渐次歇息，只有无边的夜空中一颗又一颗星斗为我指明世界得以存在的方向与意义。无论哪个方向的星斗点亮了夜空，并让我望见，都会让我在瞬间怦然心动。因为在我简单的心里，那一定是另一个遥远的世界有一个和我同样的人，在暗夜里独自一人在路上走着，仿佛和我一样，在茫茫的宇宙间寻找丢失多年的另一个自己，为了照亮寻找的迷途，不惜用生命点亮一盏孤独的灯。每当此时，我都在想，如果他愿意，我情愿以自己的眺望为代价，为他守候通宵乃至终生。即使他寻找的，或者我寻找的另一个自己，都不是对方，但却能够在寻找的路上互相取暖，互相在孤寂中慰藉。

18.黄昏

一年之中，秋天的黄榆林最美；一天之中，黄昏中的黄榆林最美。这样的结论，并不是通过我一天两天的观察武断地得来的，而是经过这么多年无数次进入黄榆林后心里的真切感受。每当天光渐暗，每当我在此际恰好身处黄榆林之中，心无杂念地凝视着太阳慢慢落向平原的西天，暮色一寸寸向着黄榆林生长的土地和我的胸口涌来，我的心是那样安静，甚至在某一时刻，有一点点不会让自己深陷其中的，那淡淡而莫名的忧伤袭上心头。而在这一过程中，那些喧闹了一天的群鸟也渐渐收拢了它们的翅膀，渐渐歇息了它们动人的歌喉，将小巧的身体藏于黄榆林某一个可安放睡梦的枝头。它们或许也会像我一样吧，是如此热爱这黄榆林中的黄昏，或黄昏中的黄榆林，犹如在暗夜中无比热爱自己身体中最为明亮的部分。因为，这黄昏是如此神秘而诱人，这黄昏是如此沉静而庄严，它是白昼的尾音，也是黑夜的序曲。因为有了黄昏，这片古老的黄榆林才显得如此广袤而深邃；因为有了黄昏，这片隐现于时间长河中的黄榆林才如此令我沉醉和仰望。在我简单明澈的心里，只有落入黄昏怀抱中的黄榆林，它们繁茂的枝叶间才端坐着那令人敬畏有加的无上的神性。

19. 月光

黄榆林中的月光是美的，阒无人迹的夜晚更美。其实当我这样说的时候，黄榆林里是有人迹的，那个走在其中的，就是我自己。我曾不止一次地一个人专程在夏天的夜晚到黄榆林里漫步，什么也不想，也不发出任何响声，只是安静地走在月光中的黄榆林下。夏虫是喧闹的，但这是另外一种更深意义上的寂静，因为喧闹，才更显寂静。因为寂静，这喧闹也仿佛在月光下拥有了摄人心魄的安宁。由此，这世界才并不死寂，这世界还有众多的生灵与我共享这月光之静、之美、之安。而古老的黄榆林，也因为有了月光的照拂，显得更加幽深而神秘。它们落在沙地上的阴影，在微风的吹动下，也卸去了许多遒劲的力量，而忽然变得有些婀娜，这些白昼里人们不曾见过的迷人风景，总是让我的心也跟着柔软起来。在这世上，即使是最为刚猛的植物，也有它柔弱温柔的时刻，何况是血肉之躯的人或动物呢。忽然想起千古光阴滔滔而下，热爱生命与自然的诗人们，无论身处何处，无论是顺境或逆旅，只要有月光照耀，只要有月光下的植物、动物与自己同样享有安宁与静谧，他的灵魂就会无限地安稳下来，仿佛那月光，就是拯救自身的基督使徒，为他捎来的，不仅仅是万物轮回有序的消息，还有内心不断生长的善意，以及与万物共同俯仰月华的欣悦。

20. 瓦片

又一年的夏天到了，我也又一次来到黄榆林里面走走、看看。在黄榆林的旁边，我总会远远地望见一两座散落其间的小小院落，那院落里的房子是砖瓦修筑的，红红的瓦屋在墨绿色的黄榆林的环抱下，更显安静与平和。我知道，在那瓦屋里定居的人家，大都是附近村里的农夫。想想吧，年复一年，四季轮回，居住在瓦片下的人，栉风沐雨，餐霜饮露，在自己的家园里辛劳而幸福地耕种，休歇，代代繁衍，生生不息，在黄榆与瓦片的双重凝视中，日子过得安稳、朴素而有序。在他们的心里，周而复始的日子并不意味着枯燥，恰恰相反，这平淡的生活才是人生的至境。那些大人物所热衷的风起云涌的生活，从来不是他们所期待和想要得到的。那样的大悲大喜，那样的大起大落，那样的沉沉浮浮，他们不想经历，也经历不起。因而，每次我望见那榆荫下的瓦片，和瓦片之下的人们，总是在想，那瓦片下的生活才是真正的家的模样，安逸而从容的人生才是生命最为古老而美好的人生。或者，那些经历过人生大风浪的人只有到了最后，才会明白，当风雨来临，才能够想到瓦片的重量与温度。我想在那样的时刻，如果他曾见过黄榆，他必定会想到雨水淋湿过的黄榆，它的树干越发显得乌黑，像一块块烧透的熟铁，站在那儿，让人想到时光与家园的宽容，既给人以依靠，也给人以温暖的力量。

21.诗人

诗人有什么用呢？在黄榆林的注视下，诗人还没有一棵最为幼小的黄榆树苗让人心生欢喜。多年来——快有三十年了吧——我一直坚持写诗，也觉得只有诗人这个称谓才深契我心。可现在呢，当我和一棵黄榆长久地对视，我忽然陷入了巨大的澄明之中。一直以来，我自认为最为神圣和永恒的诗篇，在时光深处的黄榆的反照下，显得那么卑微和不值一提。如果说我在纸上或电脑上写下的诗句有些慰藉人生的作用，说穿了吧，诗歌对我来说只是一种有如酒精的作用，让我在人生的逆旅和失败中获得片刻的灵魂安放。而当我的肉身与灵魂一起面对黄榆之时，我就明白了这个朴素的道理，之于浩瀚的时间与宇宙来说，短暂人生的不安或惊惧不过是电光一瞬罢了，人生尚且如水中之月和镜中之花，更何况依附其上的痛苦与悲伤呢。想到此，我对自己不由得发出轻蔑的一笑，我多年来之所以一直珍视"诗人"的名号，也不过是在心灵深处仍有尚未湮灭的名利之念作祟而已。那些阅过了上百年的黄榆从未将自己置身于如我不堪的念头中，它身处红尘之间，但也在红尘之外，它们才是纯粹而真实的隐于民间的智者，无惧风霜侵袭与昼夜更迭，也无有欲望与失望的潮起潮落，从来不像保罗·奥斯特说的那样，"我不知道如何安顿我自己"。

葛筱强 原名葛晓强，吉林通榆人，中国作家协会会员，吉林省作家协会签约作家，白城师范学院文学院客座教授。著有随笔集《梦柳斋集》《雪地书窗》《在黑暗中转身》和诗集《向海湖，或星象之书》。曾获吉林省第十一届长白山文艺奖、首届杨牧诗歌奖金奖、第五届吉林文学奖。

哈尔腾草原笔记

◎吴　莉

草　籽

所有的车辆都出现了问题，本来跑六个来回的，结果跑了五个。曹明的车每天坏，每天修。李斌说，曹明都修烦了。晚上回来，曹明的两只手黑乎乎地在舀水，我赶快给他舀上，心里有点难过。

这几天的作业区域坑坑洼洼，五辆东风404好像在搓板上行走。深沟多，但必须要撒下草籽，404翻沟越坡也是好手，我认为伟大的机手们都是勇士，而他们的坐骑都是猛兽，无论下沟上坡，我不敢望的地方，他们都能翻越。

王延云说，车这东西就是修着使的，而草籽斗子就是焊着使的。我认为那样会误工，但他总是那么有耐心，临下班了还要挨个儿摇摇这个，绑绑那个。

夕阳西下了，我们都站在帐篷后面看远滩上的作业车。胡爷说，时候不早了，看来是第六趟跑不下来了，去，叫一下吧，让早点回来吃饭休息。小任便开皮卡去叫，我也坐上去看看车辆修得怎么样了。

夕阳熔金，机手们还在修车，巨大的空旷无限地走远。人心如焚，可雪山淡定，草原上的小草却在金光里自由婆娑。

周浩说，今天晚上我们开车去山外打个电话吧。

行啊。我说，那就赶快收拾，早点吃过了就去打电话。打电话的地方离这儿八十多公里呢，来回需要三四个小时。有人还在摸索着车子，大家喊，快走啊，吃罢了给家里去打电话。那人半天了才起来向这里走过来，一边走，一边还回头看着他的车，不放心极了。

我们施工的地方在阿克塞县的哈尔腾草原上，离城三百多公里，这里没有信号。

五个机手和邹琴子坐车去山外打电话了，天已经黑了下来，我们站在门口看他们远去，抬手看了看手表，时间是晚上八点四十，等他们回来，最早也到十一点多了。没去打电话的人把帐篷门帘用铁丝拧上，以防野生动物闻到肉味而钻进来。铁丝拧好后还不放心，又搬过液化气瓶挡住。还有条缝儿，又抬过一个大水桶堵上，不再出门了。

我和邹琴子住一个帐篷，她不在，我一个人特别害怕。哈尔腾的夜太黑了，黑得让你窒息，像深深的黑崖，齐齐立在你的面前。帐篷外还刮着大风，夹杂着各种声音。

我不住地看时间，不停地胡思乱想。这么黑的夜晚，路上安全吗？人生地不熟啊，路虽然平坦，但多处有坑洼，还有一段漫水路，已结上冰了吧。白天路边有成群的黄羊，有了黄羊，一定就会有抓黄羊的野兽。再说了，这路上连当地人都不见跑夜路，更何况一群外地人呢。

十一点了，他们还没有回来。我静静地听外面风的吼叫，听着听着就迷糊了。不知过了多久，我被邹琴子嚷嚷着吵醒了。

回来了，已经半夜一点。

怎么这么迟？我问。

她说，真倒霉，我晕车了，半路上吐了一顿，心里好像还有个手在使劲地抄，肠子都要出来了。说着，她哎哟哎哟地上床睡觉。

我说，家里都好吗？

基本都好。她说，曹明的媳妇不在饭馆上班了，说是吃饭的人太多，忙不过来，老板还不给加工资，就辞了。又说，最年轻的周浩给媳妇打电话，打了几遍都打不通，给爹妈的倒是打通了，在乡里收大麦呢，收了卖掉才能回城带孙子，可是大麦又跌价了，等着再涨呢。周浩回来的路上还给媳妇打电话，还是不通，好像关机了。

真为周浩遗憾啊，好不容易出去一趟，八十公里打一个电话，结果还没打通。我说。

她说，是啊，八十公里一个电话，容易吗？老板再不允许出山打电话去了，危险得很，工期还是五十天呢。

不和你说话了，邹琴子说，心里还难受得翻江呢。

我说，快睡吧，睡着就好了。

"雪虎"在帐篷外猛烈地叫着，好像还有其他狗声。一定是另外那三只了。

自从"雪虎"被我们收养以后，它就有了自己的家。有了自己的家，就有了自己的领土。没想到今天下午突然又出现了三只黑狗，齐蒙蒙地向"雪虎"狂叫，"雪虎"毫不示弱，把自己的家园护得死死的，没有一点缝隙。那三只狗就盘旋在远处，学"雪虎"当初靠近我们的策略，一步步拉近距离。

距离发生一切，但没有距离也会发生一切。等靠近了，它们就对人不停地摇着尾巴，这是人与狗沟通的直接暗语，人不再怕狗，狗也不会伤人，人狗从此相认，成了一家。

那只小狗慢慢走近"雪虎"，不停地向它摇尾巴，"雪虎"也不叫了，只是站在原地，用鼻子嗅地上的动静，偶尔又摇一下尾巴，像是在说，你还小，我不伤害小孩子。

黑狗就荣幸地被留下了，依在"雪虎"附近，一看见有动静就跟着"雪虎"跑场子，然后再远远地趴在那里，随时跟着"雪虎"出动。

此时，它们都叫了起来。

我仔细听了一下，原来是机手们在帐篷外面，搭伴解手。

有人说，这风刮得让人瑟瑟发抖，一泡尿都尿不端正。

有人说，哈尔腾草原，狗日的，我们还不如一粒草籽值钱。

护林人

跟随大黄山自然保护站的护林队，去焉支山里进行烟雾灭虫和灾情考察时，我才知道，默默无闻的护林人干的都是大事。焉支山里没信号，护林员一待就是一天。已成习惯，即使家里突然有事也联系不上，只能等着。因此，一旦进山，他们几乎不看手机。

大山深处有远古的纯净，找不到任何废铜烂铁的商业气。它的美学就在于无可替代的原始状态。焉支山以前就叫大黄山，后来才改成焉支山。不过焉支山的行政名依然叫大黄山，"大黄山自然保护站"保护的，就是焉支山。

我们的领队是大黄山自然保护站的徐站长，一位在焉支山里长大并工作了八年的大山之子。他一开口就说山里有神，神一召唤，就该进山，进了山，就有了归属感。

此行进山的目的，是要用1.2%烟碱·苦参碱烟雾剂，进行对云杉阿扁叶蜂的烟雾熏除试验，并做今年的再一次虫害勘察情况。

云杉阿扁叶蜂属扁叶蜂科，阿扁叶蜂属，寄主为青海云杉，幼虫咬食针叶造成危害。云杉阿扁叶蜂的幼虫在发生年的八九月份，从树上坠落入土，越冬开始滞留繁育，这是第一年。第二年不发生，云杉阿扁叶蜂的滞育期为600天左右。第三年5月上旬开始化蛹，6月下旬化蛹结束，产卵期基本与羽化期同步，产卵18天左右。7月初孵化，中旬为孵化盛期，8月初孵化结束。三龄以后的幼虫取食云杉针叶，吐丝将针叶绕成虫道，然后把针叶拉入虫道内取食。

大自然的神奇无处不在，即使小小的一只虫子，也有自己的生存之道，它们的生存就是一门科学。为找到适合自己的生存方式，总是合理地循环在大自然的生物链中，将历史和时间不断推进到遥远的过去和未来，并在和大自然的不断摩擦中适应各种环境条件。云杉阿扁叶蜂的生存能力越来越强，种群越来越大，防治困难。尽管政府和林场在每一次虫害发生时都极尽所能地做了防治工作，但云杉阿扁叶蜂的繁殖始终没有停止。

自1983年云杉阿扁叶蜂在大黄山林区首次出现以来，已经从最初占领的150亩，发展到了2017年的32000多亩。从1983年到1991年，林场积极组织人员，进行了几次大规模的人工防治，减缓了害虫蔓延速度，降低了虫口密度。但由于地形复杂，环境差异大，虫害发育进度不一，加之运水困难，云杉高大密集，人力根本无法把药剂喷施到云杉的所有部位。早些年，政府对大黄山林区云杉阿扁叶蜂虫害进行了以飞机航空为主、地面人工防治为辅的化学药剂喷施防治，从根本上杜绝了云杉阿扁叶蜂的快速蔓延。之后，凡是云杉阿扁叶蜂发生的年份，林场都会积极调动人力，全力以赴进行防治。但毕竟是人工操作，局限性大，条件限制多，所以仍然无法彻底灭除。

2015年是一个大的发生年，云杉阿扁叶蜂再一次严重扩散、传播。林场立即申请和组织力量，第二次利用直升机进行喷雾防治。到了2019年，又是云杉阿扁叶蜂发生的一个年份。大黄山自然保护站再次申请用直升机进行大面积深入、集中、彻底的灭除防治。

我们到达第一个重灾区时，前几天缠在云杉树上的黄色粘虫带已粘满了云杉阿扁叶蜂，个别掉下树来的粘虫带上，里里外外都粘着虫子。

徐站长带着我们从大黄山的柴塘资源管护站这边进山，先是坐车，后来没有路了，我们便步行。几十号人，每人背着二十公斤重的烟雾剂，浩浩荡荡向森林深处进发。由于山路崎岖，搭在肩上一前一后的两箱烟雾剂不停地摇荡，走不了多远，人就被摇累，肩膀和手臂被勒得酸痛难持，必须要缓一缓。然后，从左肩上再换到右肩，有的人从前后挎着换成了全副背着，换来换去，经过好多次停歇，才把药物背到施药地点。

点染药物的时候，他们组织有序，科学分配，前面有人带头，后面技术人员进行技术指导和操作。他们沿着熟悉的线路安排布点，并妥善调遣人员安全离开，不要留在烟雾区内。

为了减轻负担，从第一个烟点开始，其中一个人放下一箱药剂，留着一箱，拿上继续前走。走上一段，另一个人再放下一箱，留着一箱，再拿上继续前走。一路这样下去，在不断减轻负担的同时，工作程序依次摆开，后面跟着的技术人员席卷式一路点火放烟，并处理好后续工作。

放烟点十米一个，虫子多的地方纵横扩展。不管是悬崖还是深沟，那些年轻人像松鼠一样钻来穿去，一会儿上崖，一会儿下沟，一会儿钻到灌木丛中，一会儿又傍在树半腰向大家招手。大森林顿时多了几分活力，有人唱起歌来。奶蓝色的烟雾在云杉之间弥漫，指挥和操作者戴着防毒口罩晃动在烟雾之中，看的人心急，他们却不急不躁。待的时间长了，万一中毒呢？可他们半隐半现的影子还在烟雾里穿梭，一会儿弯下腰去，一会儿直起腰来，看烟剂正常冒烟之后，他们才放心地离开，继续下一个操作。

队伍中还有采标本的、做记录的、拍照取图的，各干各的，有条不紊。他们驾轻就熟的工作方法都很专业，每个人都默默无声。他们把采集到的标本分类装入小纸袋内，再用一张小纸片写上名称也放进去，然后再小心翼翼地放入背包，背着它们漫山遍野地跑。当我的肚子饿得咕咕叫时，我看到他们没有饥饿的反应，甚至根本就不知道到了饭点。他们的注意力集中在还有多少活没有干完，附近的灾情如何，以及上次勘察和这次勘察的变化有哪些上。

天已经很热了，没有丝毫的风，有人喊着脖颈被晒疼了，提醒队友们做好防护工作。下午一点四十几分，所有人才会合到一起，午餐摆放在地上，塑料袋里有饼子、火腿、西红柿、黄瓜，纸箱里有矿泉水。

看着他们一个个狼吞虎咽的样子，我也感觉饿坏了。他们一边吃着，一边议论着作战情况、新的发现，以及下一步的工作计划与建议。所以下午的工作在吃午饭的时候，就已经部署好了。一部分人开车返回，检查和清理遗留问题。另一部分人继续往山里走，沿着三叉沟上去，那里有一片云杉阿扁叶蜂危害比较严重的云杉，有的已经死了，这几天什么情况，必须得去看看。

果不其然，三叉沟一路往上，云杉阿扁叶蜂的危害非常严重，一片一片的云杉死去，一棵棵枯树像赤裸裸的亡者，给森林开了个大窟窿，而这些窟窿又把焉支山的这点疮疤暴露给了天空。

这是最严重的地方。徐站长说，就是这一片，曾经很稠密，飞机打不进来，人工又背不上水来，所以没有办法。

技术员何明突然惊呼，看，一对云杉阿扁叶蜂正在交尾，现在正是繁殖的时候。

看，这只虫子已经把针叶吃完退出来了。

看哪，地上死了厚厚的一层，它们已经完成了使命……

徐站长提醒做个记号，之后一语不发。我抬头上看，活着的云杉稠密地挤在一起，阳光被分化得星星点点，它们高大的树冠遮住了天空，像解不开的一个咒语。

以人工的力量根本喷不到树的高处，更何况这儿距离护林站几十公里，没有水源，只有一条羊肠小道，除了靠人工背送，再没有任何办法进行水源、药物及器械的供应。而虫害面积大，地形复杂，人工的力量怎么可能做到?

这真是一个巨大的难题,也许只有政府下投入飞机防治那么大的狠心,这样的难题才能够从根本上解决。否则,云杉阿扁叶蜂有可能会成为焉支山最大的敌人。

出了三叉沟,为了走捷径,徐站长要带我们翻过一个山梁。我已经累得双腿打战,一说话就使劲咳嗽。几个年轻人也走走停停,倒是走在前面的徐站长看不出有什么不适,走上几步就停下来指导我们不要直上,要走成"之"字,那样会省点力气,会轻松一点。

年轻的吴多龙悄悄告诉我,他们站长经常进山,腿脚都锻炼出来了,他可以在山里跑上八九个小时,回去睡上一晚,第二天又进山了。他还说,其实好多老护林员都有这功夫,都是日复一日练出来的,他们将来也会有这功夫的,还需要使劲往山里跑呢。我听了想笑,但又笑不出来。

徐站长发现了一株山丹花并指给我们看,红艳艳的山丹花低着头盛开,鲜艳得有些孤绝。这巨大的发现立即为我们增添了力量,在焉支山遇到山丹花是幸运的,它往往会给人以绝处逢生的希望,在世外开,却在尘世上活。

大家惊讶地飞奔过去,纷纷拿出相机和手机拍了起来,仿佛见到了焉支山的美丽女神。

徐站长呵呵笑着说,焉支山里的山丹花确实稀罕,一般都是一株一株生长,都在高处,数目很少。

山丹花有顽强的生命力,它之所以生长在高处,我想会不会是因为它们生长的环境受到了威胁,才一步步后退到了这里?

匈奴统治河西的时候,山丹花可是匈奴女子做胭脂的主要原料。那时的焉支山就叫胭脂山,而山丹花叫胭脂花,可见当时的山丹花有多富足。而我后来才知道,我们翻过的那个山梁叫狼洞沟梁,顾名思义是狼群曾经居住的地方，人迹稀少。大概狼也爱花，能够相安无事，山丹花因此退到了这里，但一路上丢失了无数伙伴。

徐站长告诉我们，大黄山培育基地今年培育的山丹花，根据目前的情况看会成功，那样的话，以后就完全可以大片种植和繁育山丹花了。这真是一个令人振奋的好消息，山丹花又要回来了，它将会开在山丹的每一个地方。

马莲花盛开的地方叫黄草湖，它像一道裂缝，深深地隔开了焉支山旅游景区和柴塘资源站，避免了云杉阿扁叶蜂向南蔓延。

我们老远就看到了绿如碧毯的湖滩，湖滩里有羊群、牛群、马群。有一匹黑马私自离开群体在湖岸上飞奔，飞奔过来，又飞奔过去，调皮得像头骡子。我们也调皮地对着它喊：嗨，你好啊！它停下来看了看我们，慢慢走进了马群。

往前走了几步又看到一只旱獭，像个孩子一样爬在洞口向我们张望，像是在窥探敌情，又像在招呼邻居，看着我们从它的门前经过，一点儿都不害怕。其实一路上我们都能看到许多旱獭，它们远远近近地与我们保持着距离，既机灵又憨萌。

绕过旱獭，继续向前，稠密的马莲淹住了我们的膝盖，如果稍不小心摔倒了，它们就会迅速地淹没我们，做了我们的被子。马莲一旦站住根，其他草就慢慢退出了，能留下来的，都是些长不过它的，压不住马莲的气候。

行走间，一大群羊风团一样冲上山头，又风团一样冲下山头，像是吃饱了闲得慌，追着风玩。后来有人告诉我们，那是牧羊人赶着遛羊呢，不然羊吃饱了睡着不起，会降低羊肉的品质。

焉支山之所以气场丰富，是因为藏着无尽的好风水。当地老百姓都这么说。黄草湖的西端，是柴塘资源管护站的旧址。远远看到两座废弃的房子，一座土建，一座砖建。徐站长说土建的是一代林站，快垮塌了；砖建的是二代林站，基本完好；而第三代就是我们早晨出发的地方——柴塘资源站，为了交通和信息方便，已搬上了山头。

旧站址见证了几代人守护焉支山的历史，那里原本完全被隔离，没有电，没有信号，水和食物靠山外输送。而已搬迁到山外的老百姓，也只有来放羊的时候才能够遇见，守山的人见了，就像见到亲人一样，向他打听山外的事情。

像这样的资源管护站旧址在焉支山里还有七八个，它们都有传奇与沧桑的历史，记录了守护焉支山的一代代护林人平凡而不朽的过去与不为人知的寂寞生活。

房子的南边有一石碑，碑上正面抬头刻有"陈氏世系"四个大字，据说这里是陈户镇范营村陈家的老坟，陈家在清朝出过一个驸马，因此，陈家的后人就在这里立了石碑。我趴在二代林站的窗户上往里看，什么也没有找到。我想起去年我们闯入高坡护林站废弃的老站址时的情景，破旧的房子门开着，地上有废弃的铁炉，墙上有破烂的工作制度。

制度提到了死亡，人心就有点收缩。

六种火灾要报告……

造成一人以上死亡和重伤的……

徐站长站在高处，喊了一声：多美啊，咋看都看不够，越看心情越好，越看越舍不得这里。

他的一声叫喊，打破了大家对死亡的恐惧和猜想。

徐站长就出生在焉支山外的范营村，从小跟着父母在焉支山里种庄稼，也算是老"焉支"了。那时候条件差，人拉着架子车，或驴拉着架子车。一天来回只走一趟天就黑了，下山的时候后面要有人使劲拉着架子车，不然它就会滑下坡去，拉车的人和驴都抵不住。那时候的他们只拿着馍馍和水，年复一年地在山里种地，种了一代又一代。所以徐站长不但在山里走不厌，反而对焉支山还有深厚的感情。所以他说，焉支山就像家一样，别人是体会不到的。

隔着柴塘老林站和新林站的那个山梁叫营盘台子，我们爬上营盘台子的时候，突然都欢呼了起来。前方高高的信息塔上，那几个开车先回去的人在抄写数据，太阳烤得他们满脸满脖子是汗，远远看去，他们和铁塔一样油光发亮。

蕨　麻

1

葛家山在甘肃省张掖市山丹县大马营镇前山村，四周群山怀抱，村内树木稀少。环村而绕的山上有烽火台，台碑上标识"明长城——葛家山烽火台"。朋友葛成爱告诉我们，现在看到的这个烽火台是明代的，是目前保存最完整的。另一个山头有清代的，已毁，几乎看不清了。而最高的那座山上，是汉代的一个，如今已经倒塌，只剩一堆废墟。

葛成爱是葛家山人，远近闻名的能人——种地能手。

葛家山离山丹军马场很近，出一个山口，再过一条河就到了，所以葛成爱就在军马场承包了几千亩土地种燕麦，而只在村里种了几亩蕨麻试验田。

蕨麻，土名叫棒棒，小时候我在河滩和水沟里挖过，其肉呈白色，味甜，外皮呈咖啡色且有点苦。我所见的蕨麻亲水，即便种到地里也长不成好蕨麻，所以葛成爱种的蕨麻并非此蕨麻。

蕨麻为多年生草本植物，匍匐茎，在节处生根，着地长出新植物，又叫小人参，具有补气养血、健脾和胃、生津止渴之功效。因此，有头脑的葛成爱便从青海引来蕨麻种子，在泉头上租了六亩地种了起来。起初还担心不出苗，结果苗出来太稠了。第一年收入就相当可观，一亩地纯利润最少两千元，最高产的地块达到五千元。最省工省事的是，蕨麻只种一次，之后的每年三月按时挖就行了。过了三月，蕨麻就长馋了，不受人们的欢迎了。葛成爱说，如果葛家山的地理位置处在富硒地带，蕨麻就完全可以申请富硒纯天然食品，那样的话，葛家山的蕨麻可就吃香了。

葛成爱这个名字注定要被葛家山的历史记住，因为他生下来背上就背着个"包袱"，在人群中很典型。还有他脑子灵，本事大，不仅是村里最早进城开店的人，也是最早回村带头致富的人，他这棵"葛家山的蕨麻"，无论是在村里还是在城里，无人不晓。

如今种啥啥赔的情况下，葛成爱从来没有赔过，他不仅在军马场种燕麦种得好，而且在村里种蕨麻也种出了奇迹。

2

远远的几个羊群移过来，牛混在羊群里，从这个山头吃到那个山头便牛羊不分了。甚至它们还要相互关照，走在同一条道上。前山村后湖队的石队长将牛羊放到坡上，和葛成爱打了个招呼，之后便和牛羊一样悠闲起来。

"帮我们挖蕨麻吧。"

石队长半理不理，一边看坡上的牛羊，一边看着地里挖蕨麻的人。

"那个老年人说话有水平得很，你们叫他过来。"石队长突然说。

我们扭头望去，只见不远处一个地埂上坐着另一位放羊的老人。

于是我们扯着嗓子喊，爷——爷——

听到我们的喊声，老人起身走了过来。

老人穿着一件很旧的中长呢子外套，青裤，绿球鞋。身上背着编织袋改小的包包。帽子很旧，渗出了白白的汗圈。我知道这应该就是母亲让我找的那种渗透了脑油，放在烧热的青砖上后，人坐在上面可以根治痔疮的"老帽子"了。老人戴着茶色眼镜，农村老人都想有一副石头镜——清凉，养眼，戴起来有派头。但听说很贵，也轻易碰不上好的石头。所以在村里，能够戴上好石头镜的，一定不是普通人。

老人胡子花白，只剩一颗门牙，说话时漏风，但口齿清晰。老人姓封，村里的人都叫他封爷，我们也叫他封爷。封爷说他们家原来在陈庄，后来搬到葛家山的。封爷在农业社的时候就放羊，今年七十四了，放了一辈子羊，精神还不错。封爷的两个孙子在城里上学，儿媳妇一边伺候，一边在城里打工。儿子在打井队打工，我以为是山丹的打井队，结果石队长说在外地的打井队。我问封爷在外地的哪里，封爷说不上。

说话间，封爷抢起鞭子追着一股旋风就打。石队长笑着说，封爷打旋风呢。

我诧异极了，问封爷为啥要打旋风。封爷说，旋风里藏着小鬼，咋能叫小鬼缠你们呢，当然得把他们打走。

我们放弃了关于旋风的话题，从和封爷的谈话中知道了葛家山是块富地，水草丰茂，牛羊成群。一个歌诀就是明证，封爷唱道：

> 葛家山，一团团，
> 当中是个大阳盘，
> 牛羊养得一河滩。

一河滩！一河滩的牛羊有多少！

封爷又说，这里有三件宝，黄参、蕨麻、地经草（地耳），马粪填炕热的好。原来葛家山这个地方天生就长蕨麻。一代一代的蕨麻不知喂大了多少代葛家山的孩子。葛成爱引来的蕨麻品种为圆形，高产，个大，肉头足。我突然想，这么好的产业应该引起政府的重视，抓住时机，普及种植，让葛家山的蕨麻回到葛家山，让农民有钱挣，从而留住农民，也留住村庄。

封爷说他放着三十只羊，一天十来个小时。早晨出门时喝口开水，开水是说啥都要喝的，然后再背上一壶，带几个馍头就走了。

我知道以前的山丹人把吃早饭叫作喝开水，在白开水里泡上馍馍吃一碗，就算是早饭。条件好些的放点糖或盐，条件不好的，啥都不放，只在开水里泡些馍馍。像封爷这样的老人喝开水已经几十年了，所以还叫"喝开水"，他们之后的几代人无论是在城里还是在农村，都把"喝开水"叫作吃早餐，于是"喝开水"就被替代了。封爷说一天不喝开水都不行，嘴干，口渴，舌头拌泥，就是身上背的水也不起作用。

我们不相信现在还有人这么喝开水，就问封爷："你喝的开水放牛奶或者鸡蛋吗？"封爷摇着头摆手，说啥都不放。

"为什么不放一点，您不喜欢吗？那些东西可以增加营养。"

封爷说："不是不爱，我的两个孙子都在城里上学，花费大得很，儿子的经济负担重啊。"

我们有点不太相信，这原来是他们的生活状态？我转身去车上取酸奶、苹果、饼干，全部要给他，可他只要了一罐酸奶，别的死活不要。他说，人不能这么做事，吃点就行了，不能拿人家的东西。我把东西塞进他包包里，他念叨了好几遍，并说我们是带着温暖气道的人，对待人不分等级。

3

蕨麻挖起来容易，拾起来特别费事。我们拾了一小盆，几个小时就过去了。葛成爱和朋友要去马场看地，他今年又在那里承包了两千亩土地，给蒙牛实业和现代牧业种燕麦呢。他要去看看雪化得怎么样了，过几天就到下种的时候了，地里能进人不。马场的地紧靠祁连山，经常被雪覆盖，有时候种地就被推迟了。

他问我们，想不想跟他们去军马场看看，想去的话，就一起走，若不想去，就在葛家山等他们。没想到大家竟然都愿去，军马场虽然都去了多次，但紧靠祁连山根那块儿却很少去过。早听说那里气势磅礴，景色优美，不同的季节有不同的风景，从来都看不够。

车子出了葛家山的山口，前面一下子开阔了起来。有那么一瞬间我想了想那个山口，是不是封爷所说的被斩断的龙脉，封爷说葛家山周围有好多龙脉被后人斩断，所以村子荒了，人们都离开了村子。

车子经过一条干河坝时，一对乌鸦正在对叫。一只在河这边的电线杆上，另一只在河那边的电线杆上。电线杆上都搭着窝，乌鸦在窝里哇——哇——，像是在议论着什么，又像是在嘲笑着什么。

到三场八队的时候，队长已等在了那里，他知道哪些地好，哪些地孬，八队的地都由他负责往外承包。葛成爱的地就是他给承包的，都是最好的地，地租达到了一类地的价格，一亩地租六百五十元。军马场的地虽然墒情好，又肥沃，却被定为三类地——因为海拔高，气候冷，风雪又多，所以耕种期短。但由于这里能种出世界上最优质的燕麦，招来了国内各大牧业收购。于是人们纷纷都种起了燕麦，传统的大麦和油菜被冷落，燕麦成了山丹军马场的香饽饽。我就说嘛，汉武帝在这里把汗血宝马都养出来了，这里的草当然不是一般的草，这里的土地也不是一般的土地，种出来的燕麦当然也不是一般的燕麦。

然而种燕麦也不是那么容易的事情，春天种的时候最害怕下雪，一下雪地就湿得不能种了。如果连着再下上几天，种植期就完全被错过了。所以种地的时候瞅着天晴，就必须全部种完，如果稍一迟缓，不是种个半拉，就是错过一年。

而到了秋天，也同样是害怕下雪，割倒的燕麦要晒干才能出售，在地里晾晒的时候，如果下一场雪，燕麦就全部被雪埋了。等到雪融化了，燕麦便湿了，只能接着再晒，但如果还没有晒干又下一场雪，那这一年的燕麦就只能等到明年春天雪化了再卖。因为收割的时候，就是天气越来越冷的时候，祁连山的降雪接二连三地就来了。

几代军马人都曾以自己是军马人而感到骄傲，他们一直在对儿女灌输做一个军马人是多么骄傲的思想。可后来他们再也骄傲不起来了，他们守着的老产业没处用了，部队不用马了，地种不过一类、二类地区了。而他们原隶属总后勤部的身份也移交给了兰州军区后勤部管理，然后一直往下走，最终于2001年移交给地方管理，隶属中农牧公司，实质上就相当于民营企业了。他们的儿女不得不离开，军马场已经没有了供他们生活和传承的东西，仅有的土地也只够父辈们糊口，那地上再种不出"军马"的子孙了。

虽然昔日的军马人正在一天天老去，但这几年燕麦还是改变了军马场土地的命运。现在，谁还会再说军马场的地是三类地呢，人人都知道已经比一类地还值钱了。

宝贵的土地总能生长出宝贵的物质，关键还要有热爱土地的人。葛成爱当然不会错过这块土地的第二次大梦，他一年比一年胃口大了，一年比一年承包得多了，总是尝着了甜头，不然你以为他会玩那么大的游戏吗？

队长带我们来到了地里，与祁连山是伸手就到的距离，你能感觉到祁连山顶雪的寒气辐射过来，也能够看到巍巍祁连冰碴一样锋利的光芒。风对它是无用的，风可以把我们吹进车里，却不能把祁连山吹动一步。这里的土地黑黝黝的，吸足了祁连雪水，深耕过的土壤沿着祁连山远伸到了天边。祁连山有多长，土地就有多宽广。

队长说现在气候变暖，祁连山的雪线后移了，我们站的地方以前基本就是湿地，不知不觉地下水就会渗出来，把脚挪开，水就渗满了脚坑。

"5月20日以后就可以开播，今年春天雪下得少，到时候土壤湿度刚刚好，回去做准备吧。"

告别了队长，葛成爱拉着我们朝一条捷路向军马二场的九队走去。九队又叫作四墩，那个"墩"就是汉、明长城留下的烽火台。烽火台十里一个，到这儿正好是第四个，所以这儿就是"四墩"了。

四墩并不远，从耕地中间的小路穿过去，翻一个山坡就到了。可是在翻那个山坡时，我们的车子被"泥"住了，冲了几次都冲不出去。膝盖深的泥底下，是还未解冻的硬土层，一加油门，车子就被滑得扭到一边了。我们咋看都完了，眼看太阳要下山，这是一个荒无人烟的地方啊！万一出不去呢？

葛成爱不让我们下车，我们也下不去，下去就会像车子一样被"泥"住。他在沉稳地调转着方向盘的幅度，一次次加油猛冲，却还是冲不出去。而他却说，能出去的，这地方他熟悉。有那么一瞬间我也看出了他的无助。后来，他瞅了半天前面的地形，说了声"坐好"，突然就加大了油门，车头稍向路边一斜，从没有路的地里冲上了山坡。

到山坡上就看见了四墩，四墩是一个农队，那里有四栋楼房，住着队里所有的人家。四墩孤零零地出现在一块地上，周围都是空旷的土地。我们远远地看见四墩上空有几朵云，云挡住了下午的阳光，正好把影子投在了楼房的四周，楼房就更亮了，金色的阳光照着楼房金色的墙壁显得极度玄幻。云影在慢慢地移动，似乎楼房也在慢慢地移动。

"那不就是海市蜃楼吗？！"不知是谁一字一句地说。

车子在移动，云影变化着在移动，低矮的事物在移动，四墩在移动。

车子并不是直线在移动，而是左拐一下，右拐一下，不停地与"海市蜃楼"变换着角度。葛成爱说像这种海市蜃楼其实很多，不同的季节会出现不同的海市蜃楼，我们就生活在海市蜃楼里，随着时间的变化在变化。

又一个人说："原来海市蜃楼也在这里，并不只在电影里。"

我却突然感到，我们都生活在一种虚幻里，明明是一些正常现象，却非要把它看成是"海市蜃楼"。我看还是葛家山的蕨麻传奇又靠谱，可葛成爱却说，明年不种了，没有军马场的燕麦种起来容易。

救　援

远处飘来一辆车，泛着银色的光，是一辆越野，向河边拐了下去。

大概是河里有事，下去办事去了。但一辆越野车下河会有什么事呢？这地方我们搞不懂的事情太多，心血来潮的事情也太多。

我们坐在帐篷外面吃午饭的时候，那辆车还在河里来来回回地慢慢走。捡石头？或者抓鱼？车子走得越来越缓慢了，有些吃力。一半轮胎已陷进水里，车终于停了下来。

吃完饭我们走进帐篷午休，狗睡在帐篷外面，下午的风又刮了起来。

午休的我们被一阵狗叫声吵醒。

帐篷前面的公路上站着一个人，不敢前来，又不愿意离去。他卷着两个高高的裤管，赤脚穿着皮鞋。见我们出了帐篷，便大声喊，师傅——师傅——

这里很少见到一人独自出现的，如果只身一人，那一定是发生了什么。因为一个人既不可能徒步走进哈尔腾草原，也不可能徒步走出哈尔腾草原。若走不出去被困在草原，晚上不是被冻死，就是被野兽袭击，或者被哈尔腾黑到绝望的夜晚吓死。

我们走过去才知道他就是河里那辆越野车上的司机。他说他的车陷进河里去了，求我们帮帮忙。

我们问，怎么会陷进河里去呢？明明河里有水，而且泥沙松软，为什么要把车开进河里去呢？

他说拉着领导要去河对面的公路，然后沿着那条公路返回。他说河里水大，车过不去，可领导说能够过去，他们曾经过去过。领导还说，河里水大，车不敢熄火。

我们问，油多吗？别烧干了。

他说，早晨来的时候加满了油箱。

他说车上连他五人，领导一家子和亲戚，都下来推车，推不出去，只好返回车上。只有他下水过河，向我们求援来了。

我们就开了皮卡车下河去给他拉车，可是一会儿又回来了，皮卡根本拉不出来，他们用无线电话打到城里求援，城里的人说离我们不远的地方正好有一辆挖掘机在作业，可以过来帮忙。那人就回到河边去等挖掘机，河道里刮着大风，天已经冷了起来。

我们一边干活，一边用望远镜看看河里，搁浅的车子纹丝不动。车上的人一直坐在车里，河里有水，他们下不了车。但那个人又进到了水里，前后左右弯着腰看着车子。车搁浅在河里一动不动，河水在流，又像是静止，好像整个河流被搁浅了，只有时间在变。

挖掘机走得很慢，河里的人只好等着。风不停地刮，天越来越冷。我们干完下午的活回到帐篷的时候，天已经黑了。挖掘机好像到了，正在救援，河道里的车灯闪来闪去。一直到晚上九点多钟，河里的人与车才陆续走上公路。有人来我们帐篷这里停放挖掘机，说是明天再来开走，现在太晚，已经开不出去了。

第二天有人来开挖掘机，我正好在帐篷，问他们昨天救援的情况，那人说，开越野车的司机被冻坏了，两条腿可能保不住了。

吴　莉　甘肃省张掖市山丹县人，甘肃省作家协会会员。2011年开始写诗、散文，有作品收入《中国诗歌地理·女诗人诗选》《新世纪诗选》《诗与远方·如梦敦煌》等。出版有诗集《塞上歌》。

翻译

［美］库尔特·冯内古特　◎陈东飚　译＼

Thanasphere

Thanasphere

［美］库尔特·冯内古特

◎陈东飚　译

7月26日，星期三，中午，田纳西州塞维尔郡各个小山城里的窗玻璃，都被远处大烟雾山西北坡传来的一阵爆炸的冲击和闷雷震得啪啪作响。爆炸的大致方向是埃尔克蒙特西北十英里的树林里戒备森严的空军实验站。

空军涉外情报局说："无可奉告。"

那天晚上，内布拉斯加州奥马哈郡以及艾奥瓦州格伦伍德郡的天文爱好者们，分别独立报道了一个小点在晚上9：57越过了圆月的表面，新闻专线上出现了一阵兴奋的骚动。北美各大观测站的天文学家则否认看见过它。

他们撒谎了。

在波士顿，7月27日，星期四的早晨，一个很积极的新闻记者找到了伯纳德·格罗辛格博士 —— 一位年轻的空军火箭顾问。"越过月亮的有没有可能是一艘飞船？"新闻记者问。

格罗辛格博士对这个问题付之一笑。"我本人的看法是我们又要开始新一轮飞碟恐慌了。"他说，"现在这时候人人都会看见飞船在我们和月亮中间。你可以把这告诉你的读者，我的朋友：至少再过二十年也不会有什么火箭飞船能离开地球。"

他撒谎了。

他知道的比他说的多得多，不过比他本人以为的略少一点。他不信有鬼，比如说——并且对Thanasphere尚无了解。

格罗辛格博士把两条长腿搁在凌乱的桌面上，看着他的秘书引导失望的新闻记者穿过门，经过武装警卫。他点上一支烟，想先放松一下再回到无线电报务室的陈腐空气和紧张氛围中去。你的保险箱锁了吗？墙上的一张标牌在提问，是一个勤奋的安全主管贴在那儿的。这标牌让他心烦。安全主管、安全法规只有拖慢他的工作，让他考虑他没有时间考虑的事情。

保险箱里的秘密文件不是秘密。它们说的是众所周知了几百年的东西：根据基础物理学，一枚朝X方向，以每小时Y英里，被发射到空间里的飞弹，必然会以Z弧度行进。格罗辛格博士修改了这个公式：根据基础物理学和十亿美元。

迫在眉睫的战争已经提供给他尝试这个实验的机会。战争的威胁是一个偶然，他身边的军人是一个令人不快的工作条件——实验是问题的核心。

并无任何未知，他思忖，在可信赖的物理世界中找到了满足。年轻的格罗辛格博士微微一笑，想起克里斯托弗·哥伦布和他的船员，他们并不知道自己前方是什么，他们对不存在的海怪惊惶不已。或许今天的普通人对太空也是同样的感觉。迷信的时代仍在延续。

但飞船上那个距地球两千英里的男人并没有未知需要恐惧。阴郁的少校艾伦·赖斯应该没有什么惊人的东西要在他的无线电里报告的。关于外太空他只能确认理性早已揭示过的东西。

美国的各大观测站在紧密合作进行这个项目，报告说这艘飞船目前正按预想的轨道以预想的速率绕地球移动。很快，在任何时刻，史上第一条来自外太空的信息都可能在无线电报务室中收到。广播是在一个超高频段上，此前从未有人发送或接收过信息。

第一条信息来得很迟，但什么也没出错——没有什么可以出错的，格罗辛格博士再次向自己保证。是机器，不是人，在为飞行导航。这人是一名单纯的观察者，将他引向那孤独制高点的是万无一失的电子大脑，比他自己那个更迅捷。他对他的飞船拥有掌控权，但只是为了向下滑翔着穿过大气层，倘若它们载他从太空归来。他配备了足以待上好几年的物资。

甚至这个人在某种程度上像足了一台机器，格罗辛格博士满足地想。他很敏捷，很强壮，不动感情。精神专家从一百名志愿者中选中了赖斯少校，并预言他的运转会像火箭发动机、金属船体以及电子控制装置一样完美。他的规格明细：身材魁梧，二十九岁，第二次世界大战期间五十五次执行任务飞越欧洲而无丝毫疲劳迹象，一个无子女的鳏夫，忧郁而孤独，一名职业军人，一个工作狂。

少校的任务？很简单：报告敌方领土上空的气候状况，并观察发生战争的情况下制导原子飞弹的精度。

赖斯少校现已被固定在太阳系中，在地球上空两千英里——很近，真的——从纽约到盐湖城的距离，还不够远，连极地的冰盖都看不到很多。用一支望远镜，赖斯不用费什么劲就能辨出小城镇和船舶的航迹。望着这个蓝绿色的巨球，看见夜色围着它徐行，云和风暴在它脸上扩展出的涡旋必定是摄人心魄的。

格罗辛格博士掐灭了他的烟，几乎立刻心不在焉地又点起了一支，大步穿过走廊，来到装有无线电设备的小实验室。

富兰克林·戴恩中将，"塞克洛普斯计划"的头儿，坐在无线电报务员旁边，他的制服皱巴巴的，领子开着。将军期待地盯着面前的扩音器。地板上散落着包三明治的纸和烟头。倒满咖啡的纸杯立在将军和无线电报务员面前，就在格罗辛格待在那儿等了一夜的帆布椅边上。

戴恩将军对格罗辛格点了点头，用手示意安静。

"艾布尔·贝克·福克斯，这是道格·伊塞·查理。艾布尔·贝克·福克斯，这是道格·伊塞·查理……"无线电报务员疲惫地沉声说着，用的是代号，"你能听见我吗，艾布尔·贝克·福克斯？你能——"

扬声器噼啪作响，随后，报务员调到最高音量，一阵轰鸣传来："这是艾布尔·贝克·福克斯。来吧，道格·伊塞·查理。完毕。"

戴恩将军跳了起来拥抱格罗辛格。他们白痴般大笑着猛捣对方的背。将军从无线电报务员手里抢过麦克风："你做到了。艾布尔·贝克·福克斯！完全对路！那是什么样子，小子？那是什么感觉？完毕。"格罗辛格的胳膊搭在将军的肩头，急切地俯身向前，耳朵离扬声器几英寸。无线电报务员把音量调低，好让他们能从赖斯少校的声音里听出一点有质量的东西。

声音再次传了过来，轻轻的，犹犹豫豫。那调门让格罗辛格有点不安——他一直希望它是清脆、锐利、高效的。

"地球这一面是暗的，刚才非常暗。我感觉我好像在降落——你们说过我会降落的。完毕。"

"有什么问题吗？"将军焦急地问道，"你听上去好像有什么事——"

没等将军说完，少校就打断了他："听啊！你们听到了吗？"

"艾布尔·贝克·福克斯，我们什么也听不到，"将军困惑地望向格罗辛格，"什么——你的听筒里有某种杂音吗？完毕。"

"一个孩子，"少校说，"我听到一个孩子在哭。你们没听到吗？就是现在——听啊！——现在一个老人想要安慰他。"他的声音似乎越来越远，仿佛他不再是直接对着麦克风说话。

"这不可能，太荒谬了！"格罗辛格说，"检查你的设备，艾布尔·贝克·福克斯，检查你的设备。完毕。"

"现在越来越响了。那些声音更响了。我听不太清你的话，声音被它们盖过了。就像是站在一群人当中，每个人都想同时博得我的注意。就像……"声音渐渐消失了。可以听见扬声器里"嘘"的一声。少校的发射器还开着。

"你能听到我吗，艾布尔·贝克·福克斯？回答！你能听到我吗？"戴恩将军呼叫。

嘘嘘的噪音停了。将军和格罗辛格茫然注视着扬声器。

"艾布尔·贝克·福克斯，这是道格·伊塞·查理。"无线电报务员呼叫，"艾布尔·贝克·福克斯，这是道格·伊塞·查理……"

格罗辛格的眼睛上遮着一张报纸，挡住了无线电报务室天花板上刺目的灯光，他装束整齐地躺在专门搬来给他用的行军床上。每隔几分钟他就拿他长而纤细的手指捋过乱作一团的头发并咒骂几声。他的机器原本运转得很好，一直运转得很好。但他没有考虑到的一样东西，是里面那个该死的人，他失败了，毁掉了整个实验。

他们已经努力了六个小时，想要跟那个从钢铁小月亮上面俯瞰地球并且能听见他的声音的疯子重新建立联系。

"他又出现了，长官。"无线电报务员说，"这是道格·伊塞·查理。进来，艾布尔·贝克·福克斯。完毕。"

"这是艾布尔·贝克·福克斯。区域七、十一、十九和二十三上空天气晴朗。区域一、二、三、四、五、六多云。风暴似乎正在区域八和九上空成形，以每小时约十八英里的速度向西南偏南移动。完毕。"

"他现在好了。"将军说，如释重负。

格罗辛格依旧仰卧着，头上还盖着报纸。"问问他那些声音。"他说。

"你没再听到那些声音吧,有吗,艾布尔·贝克·福克斯?"

"你什么意思,我听不到它们?我听得见它们比听得见你还要清楚。完毕。"

"他昏头了。"格罗辛格一边说,一边坐起来。

"我能听见。"赖斯少校说,"也许我正在听见。这应该不会太难验证。你们要做的就是查一下是否有一个叫安德鲁·托宾的在1927年2月17日死于印第安纳州埃文斯维尔。完毕。"

"我不太明白,艾布尔·贝克·福克斯,"将军说,"安德鲁·托宾是谁?完毕。"

"他是其中一个声音。"一阵不舒服的停顿。赖斯少校清了清嗓子,"他声称他兄弟谋杀了他。完毕。"

无线电报务员从凳子上慢慢地站起来,脸色灰白。格罗辛格按着他又坐了回去,从将军已然绵软无力的手中拿过话筒。

"要么是你精神错乱了,要么就是史上最头脑简单的恶作剧,艾布尔·贝克·福克斯,"格罗辛格说,"你是在跟格罗辛格说话,如果你认为你可以耍我的话,你比我想的还要笨。"他点点头,"完毕。"

"我没办法非常清晰地听到你们了,道格·伊塞·查理。抱歉,只是那些声音越来越响了。"

"赖斯!讲清楚!"格罗辛格说。

"听着——我现在接收到这个:帕梅拉·里特太太希望她的丈夫再婚,为了孩子。他住在——"

"住口!"

"他住在达蒙地1577号,在纽约斯科西亚。完毕并退出。"

戴恩将军轻轻摇了下格罗辛格的肩膀。"你已经睡了五个小时,"他说,"现在是半夜。"他递给他一杯咖啡,"我们又收到了一些信息。有兴趣吗？"

格罗辛格呷着咖啡："他还在胡言乱语？"

"他还是能听见那些声音，如果你指的是这个的话。"将军把两份没打开的电报扔在格罗辛格的膝头，"觉得你大概愿意充当打开这些的人。"

格罗辛格笑了："动手去查了斯科西亚和埃文斯维尔，是吗？上帝保佑这支军队吧，如果所有的将军都像你这样迷信的话，我的朋友。"

"好吧，好吧，你是科学家，你是主脑。所以我才希望你来打开这些电报。我希望你来告诉我究竟是怎么回事。"

格罗辛格打开其中一份电报：

哈维·里特登记于斯科西亚达蒙地1577号。通用电气工程师。鳏夫，两个孩子。亡妻名帕梅拉。您是否需要更多信息？R. B. 费莱，局长，斯科西亚警察局。

他耸耸肩，把电报递给戴恩将军，然后打开另一份电报：

记录显示安德鲁·托宾于1927年2月17日死于狩猎意外，兄弟保罗为商界名流，拥有安德鲁开创的煤炭实业。若需要可提供进一步细节。F. B. 约翰逊，局长，埃文斯维尔警察局。

"我并不惊讶，"格罗辛格说，"我早料到这类东西了。我猜想你现在一定坚信我们的朋友赖斯少校已经发现外太空里住满鬼魂了吧？"

"嗯，我会说他绝对发现那里住满了什么东西。"将军说。

格罗辛格把第二份电报在手心里揉成一团然后朝房间对面扔去，差一英尺而没扔进废纸篓。他交叠起双手摆出耐心的、神父一般的姿势，那是他在讲大一物理课时用的。"一开始，我的朋友，我们就有了两个可能的结论：要么是赖斯少校疯了，要么是他在玩一场精彩的骗局。"他捻着自己的两个拇指，静等将军消化这份智慧，"既然我们知道他的幽灵信息是跟真实的人有关，我们必定会得出结论——他一直在筹划，而此刻正在实施某种骗局。他在起飞前就弄到了那些名字和地址。天知道他希望由此达成什么目的。天知道我们能做些什么好让他停下来。那是你的问题，要我说的话。"

将军眯缝起眼睛："就是说他想要撬坏这个项目，是吗？走着瞧吧，老天在上，走着瞧吧。"无线电报务员在打瞌睡。将军捅了一下他的脊背："留心着，军士，留心着。继续呼叫赖斯直到找到他为止，明白吗？"

无线电报务员只需要再呼叫一遍。

"这是艾布尔·贝克·福克斯。进来，道格·伊塞·查理。"赖斯少校的声音很疲惫。

"这是道格·伊塞·查理，"戴恩将军说，"我们已经受够你那些声音了，艾布尔·贝克·福克斯——你明白吗？我们不想再听到任何关于它们的事情了。我们看穿了你的小游戏。我不知道你现在的具体坐标，但我知道我会把你弄下来，然后在莱文沃斯的一堆石头上面扇你巴掌，速度快得能让你把你的牙齿留在那里。我们互相理解了没有？"将军把一支全新雪茄的尖儿狠狠地咬了下来，"完毕。"

"你们查过那些名字和地址了吗？完毕。"

将军望向格罗辛格，后者皱着眉，摇了摇头。"当然查过了。这什么也证明不了。你就是在哪儿弄到了一份姓名和地址的清单而已。那可以证明什么？完毕。"

"你说那些名字都查过了？完毕。"

"算了吧，赖斯。就现在。忘记那些声音，听见没有？给我一份天气报告。完毕。"

"区域十一、十五和十六上空局部晴朗。区域一、二和三上方是一片稳固的多云。其余全部晴朗。完毕。"

"这还差不多，艾布尔·贝克·福克斯。"将军说，"我们会忘掉那些声音的，是吗？完毕。"

"有一个老太婆在用德国口音喊着什么。格罗辛格博士在吗？我想她是在喊他的名字。她劝他不要把弦绷得太紧——不要——"

格罗辛格探身到无线电报务员的肩头，啪地关掉听筒的开关。"这些廉价、恶心的把戏都见鬼去吧。"他说。

"我们就听听他要说什么吧，"将军说，"还以为你是个科学家呢。"

格罗辛格挑衅地瞪了他一眼，啪地打开听筒，靠后一站，两手搁在屁股上。

"——在用德语讲什么，"赖斯少校的声音继续着，"听不懂。或许你可以吧。我听上去是什么就给你什么：'Alles geben die G·tter, die unendlichen, ihren Lieblingen, ganz. Alle——'①"

格罗辛格调低音量。"'Alle Freuden, die unendlichen, alle Schmerzen, die unendlichen, ganz。'②"他虚弱地说道，"就是这么结束的。"他坐到行军床上，"这是我母亲最喜欢的引文——歌德的什么话。"

"我可以再威胁一下他。"将军说。

"为什么？"格罗辛格耸耸肩，笑了笑，"外太空充满了声音。"他神经质地大笑起来，"有东西给物理课本加料了。"

"一个征兆，长官——这是一个征兆。"无线电报务员脱口而出。

---

① 意为"一切皆为诸神所赠，无限者们，赠予其所爱毫无保留。一切——"
② 意为"一切欢乐，无限者们，一切痛苦，无限者们，毫无保留。"

"你到底是什么意思，一个征兆？"将军说，"所以外太空里全是鬼喽。这并不让我吃惊。"

"那就没什么可以让你吃惊了。"格罗辛格说。

"完全正确。如果有什么可以的话，我就会是一个差劲的将军了。据我所知，月亮是生干酪做的。又怎么样呢？我要的只是有一个人在那里告诉我，我瞄准什么就能打中什么。我根本不在乎外太空里发生什么事。"

"你没看到吗，长官？"无线电报务员说，"你没看到吗？这是一个征兆。当人们发现所有的灵魂都在那儿的时候就会忘掉战争了。他们什么都不会想，只会去想那些灵魂。"

"放松点，军士。"将军说，"没有人会发现它们的，明白？"

"你不能压制这样一个发现。"格罗辛格说。

"如果你们认为我不可以，你们就是傻瓜。"戴恩将军说，"你们打算如何把这事告诉任何人而不让他们知道我们有一艘火箭飞船在那儿？"

"他们有权知道。"无线电报务员说。

"如果其他国家发现我们有飞船在那儿，那就是第三次世界大战的开始。"将军说，"现在告诉我这就是你们想要的。敌人不会有任何选择，只有放手一搏把我们炸个稀巴烂，在我们可以拿赖斯少校派任何用场之前。而我们别的什么也做不了，只有放手一搏先把他们炸个稀巴烂。这就是你们想要的吗？"

"不，长官，"无线电报务员说，"我想不是的，长官先生。"

"好吧，我们可以试验一下，不管怎样，"格罗辛格说，"我们可以尽可能多地查明那些灵魂是什么样的。我们可以把赖斯送到一个更宽的轨道上，查明他能听到多远的声音，他是否——"

"不可以动用空军的储备，不可以，"戴恩将军说，"赖斯去到那里可不是为了这个。我们不可以乱逛瞎逛。我们需要他就待在那儿。"

"行，行，"格罗辛格说，"那我们就来听听他要说什么吧。"

"调他进来，军士。"将军说。

"是，长官。"无线电报务员摆弄着表盘，"他现在似乎没有在传输，长官。"一台发射器的嘘嘘声切入了扬声器的嗡鸣，"我猜他又进来了。艾布尔·贝克·福克斯，这是道格·伊塞·查理——"

"国王·双X光·威廉·勒沃，这是达拉斯的威廉·五·斑马·斑马·国王。"扬声器说道。这声音有一种柔和的拖腔，音阶比赖斯少校的更高。

一个男低音答道："这是奥尔巴尼的国王·双X光·威廉·勒沃。进来吧W5ZZK，我听你很清楚。你听我怎么样？完毕。"

"你清楚得像一口钟，K2XWL——25000兆不多不少。我正想缩减我的航差，用一个——"

赖斯少校的声音插了进来："我听不清你，道格·伊塞·查理。那些声音现在是一团持续的轰鸣。我可以捕捉到他们说的只言片语。格朗特兰·惠特曼，那个好莱坞演员，在说他的遗嘱被他的侄子卡尔篡改了。他说——"

"再说一遍，K2XWL，"拖腔的声音说，"我一定是误会你了。完毕。"

"我什么也没说，W5ZZK。格朗特兰·惠特曼是怎么回事？完毕。"

"那一大群声音慢慢平静下来了，"赖斯少校说，"现在只有一个声音 —— 一个年轻女人，我想。说得这么轻，我都搞不清楚她在说什么。"

"怎么回事，K2XWL？你能听到我吗，K2XWL？"

"她在叫我的名字。你听到了吗？她在叫我的名字。"赖斯少校说。

"干扰这个频率，该死的！"将军叫道，"吼啊，吹哨啊——做点什么啊！"

清晨经过大学的车流骤然齐鸣喇叭，怒气冲冲地停下，因为格罗辛格正心不在焉地闯红灯穿过马路，准备回他自己的办公室。他吃惊地抬起头，喃喃地吐出一句道歉，急忙跑向街沿。他已经在距实验楼一个半街区的通宵餐厅用过了一顿单人早餐，然后他又步行了很长一段路。他原本希望离开几个小时可以清醒一下自己的头脑——但迷惑与无助的感觉依然跟随着他。世界有权知道，还是没有呢？

赖斯少校再没有信息传来了。遵照将军的指令，那个频率已被干扰。现在那窃听者除了一阵25000兆的持续哀鸣，什么也听不见。戴恩将军已在午夜之后不久向华盛顿汇报了这一困境。也许现在关于如何处置赖斯少校的命令已经下达了。

格罗辛格在实验楼阶梯上的一片阳光中停下，又读了一遍头版新闻报道，它别出心裁地占了一个通栏，标题是《神秘无线电波揭露可能的遗嘱欺诈》。报道讲述两名业余无线电爱好者，在非法试验本应无人使用的超高频段时，惊讶地听见一个人在不停地唠叨着种种声音和一份遗嘱。这两名业余爱好者已然触犯了法律，在一个未分配的频率下操作，但他们并没有对自己的发现闭口不言。现在世界各地的"火腿"们（即业余无线电爱好者）也都搭建设备来一起收听了。

"早上好，长官。早上天气不错，是吧？"一名正要下班的警卫说。他是一个开朗的爱尔兰人。

"明朗的早晨，很好，"格罗辛格赞同道，"西边有一点阴下来，或许。"他不知道如果他把自己知道的东西告诉那警卫的话他会说什么。他会大笑的吧，大概。

进门时，格罗辛格的秘书正在拂拭他办公桌上的灰尘。"你可以睡一会儿的，是吗？"她说，"说实话，你们男人为什么不把自己照顾得好一点，我真想不明白。如果你有一个妻子，她会让你——"

"我这辈子感觉从来没有这么好过。"格罗辛格说，"戴恩将军有什么话吗？"

"他十来分钟前在找你。现在他回到无线电报务室去了。他跟华盛顿通了半小时的电话。"

她对于这个项目是怎么回事只有最模糊的概念。又一次，格罗辛格感到了那份冲动，想要谈谈赖斯少校和那些声音，想要看看这个消息会在别人身上产生什么影响。也许秘书的反应会跟他自己当时的反应一样，耸一耸肩而已。或许这个原子弹、氢弹或者天晓得下一个什么弹的时代的精神就是如此——对什么东西都毫不惊讶。科学给了人类足以毁灭地球的力量，政治则给了人类一个公平的保证，就是武力必将被使用。没有什么惊惧的理由能盖过这一个了，但是灵魂世界的证明至少可以与它等量齐观吧。或许这正是世界需要的震撼，或许来自灵魂的话语可以改变历史的自杀进程呢。

格罗辛格走进无线电报务室的时候，戴恩将军疲倦地抬起头来。"他们要把他弄下来，"他说，"我们别的什么都做不了。他现在对我们没什么该死的用场了。"扬声器已经调低，鸣唱着被干扰的信号的单调杂音。无线电报务员在设备前面睡着了，他的头靠在他交叠的胳膊上。

"你又试过跟他连上吗？"

"两次。他现在脑子完全坏掉了。我试过叫他改变频率，给他的信息加密，可他就是不停地叽里咕噜，好像听不到我一样——在讲那个女人的声音。"

"那个女人是谁？他说了吗？"

将军奇怪地看了看他。"说那是他的妻子，玛格丽特。觉得这样就可以把他扔掉了，无论是谁，你不这么想吗？我们明智得很啊，不是吗？

把一个没有家庭羁绊的人送上天去。"他站起来伸开手脚，"我要出去一会儿。你的手千万别碰那个设备就行。"他一甩手把门在身后关上。

无线电报务员激动起来。"他们要把他弄下来。"他说。

"我知道。"格罗辛格说。

"这样会害死他的，对吗？"

"他可以操纵它滑翔降落的，等他一进大气层。"

"如果他愿意的话。"

"正确——如果他愿意的话。他们会让他脱离轨道并在火箭动力的帮助下返回到大气层。之后，就要靠他自己来接手完成着陆了。"

他们陷入了沉默。房间里唯一的声音是扬声器里被干扰的喑哑信号。

"他不想活了，你知道吗？"无线电报务员突然说道，"换了你会想吗？"

"估计这是你在碰到之前没法知道的事情。"格罗辛格说。他正在努力想象未来的世界 —— 一个始终与灵魂保持接触，生者与死者无可分割的世界。它注定会到来。别的人，在探究空间的过程里，必定会发现的。这会让生活变成天堂还是地狱？每一个无赖与天才，罪犯与英雄，疯子与普通人，现在和永远都是人类的一部分——在规劝、争吵、纵容、安抚……

无线电报务员偷眼望了一下门口："想再听到他吗？"

格罗辛格摇了摇头："现在人人都在听这个频率了。如果你停止干扰，我们都会遇上大麻烦的。"他不想再听到了。他困惑不已，痛苦不堪。死亡撤下了面具是会逼人自杀，还是带来新的希望？他自问着。生者会不会离弃他们的领路人，转而跟从死者的指引？跟从恺撒……查理曼……彼得大帝……拿破仑……俾斯麦……林肯……罗斯福？跟从耶稣基督？死者的睿智是否胜过——在格罗辛格能够阻拦之前，军士关掉了正在干扰那频率的振荡器。

赖斯少校的声音刹那间高而晕眩地传来："他们成千上万，成千上万，全都围着我，凭空站立着，像北极光一样闪闪发亮——很美，在空间里弯曲着，全都围绕着地球，像一片发光的雾。我可以看见他们，你们听到了吗？现在我可以看见它们。我可以看见玛格丽特。她在挥手和微笑，缥缥缈缈，超凡脱俗，美极了。要是你们能看得见的话，要是——"

无线电报务员打开了干扰信号。过道里传来脚步声。

戴恩将军大步走进无线电报务室，仔细看着自己的手表。"五分钟后他们就会动手把他弄下来。"他说。他把手深深插进口袋里，沮丧地垂下头来，"我们这回失败了。下一回，对天发誓，我们会成功的。下一个上去的人会知道他要面对什么——他会做好准备承受它的。"

他把手放在格罗辛格的肩上："你今后任何时间都必须要做的最重要工作，我的朋友，就是对上面那些灵魂的事情闭上嘴，你明白吗？我们不想让敌人知道我们已经有一艘飞船在上面了，我们也不想让他们知道如果他们尝试的话会遇到什么。这个国家的安全取决于这事是否能成为我们的秘密。清楚我的意思了吗？"

"是，长官。"格罗辛格说，对除了保持安静以外别无选择感激不已。他不想成为那个告诉全世界的人，他宁愿自己跟送赖斯上太空一点关系也没有。发现死者对人类有什么影响他不知道，但那冲击会是可怕的。现在，像其他人一样，他将不得不等待历史的下一个狂野的转折。

将军又看了看手表。"他们就要把他弄下来了。"他说。

7月28日，星期五，下午1：39，英国邮轮"摩羯座"从纽约市驶出二百八十英里，正开往利物浦，无线电报告有一不明物体坠入海中，在船右舷的海平面上扬起了一道高耸入云的间歇泉。据说有几名乘客在那东西从天而降时曾见到某物在闪闪发光。在抵达坠落现场后，"摩羯座"报告说发现海面上有死掉的鱼、激荡的水，但却没有残骸。

报纸暗示"摩羯座"看到的是一枚射向海洋以测试射程的实验火箭。国防部长立刻否认有任何此类测试正在大西洋上空进行。

在波士顿，伯纳德·格罗辛格博士，这位年轻的空军火箭顾问，告诉新闻记者说"摩羯座"观察到的或许是一颗流星。

"看来很有可能是这样，"他说，"如果这是一颗流星的话，它到达地球这件事，我认为，应该是本年度最重要的科技新闻之一。通常流星在穿过平流层之前就已经烧没了。"

"对不起，先生，"记者插话道，"平流层外面有什么东西吗——我的意思是，有什么名字来称呼它吗？"

"呃，其实'平流层'这个术语是有点武断的。它是大气的外壳。你不能确切说出它的边界在哪儿。在它外面仅仅是，呃——死空间。"

"死空间——这就是它的正确名字，对吗？"记者说。

"如果你想要更花哨点的东西，或许我们可以把它写成希腊语，"格罗辛格戏谑地说，"Thanatos，这是表示'死亡'的希腊语，我想。也许相比'死空间'你会更喜欢'Thanasphere'。它有一种很不错的科学腔，你不觉得吗？"

新闻记者礼貌地笑了。

"格罗辛格博士，第一艘火箭飞船打算什么时候进入太空？"另一个记者问道。

"你们这些人漫画书读得太多了，"格罗辛格说，"过二十年再回来吧，也许我会有一个故事给你。"

库尔特·冯内古特（Kurt Vonnegut，1922—2007） 美国黑色幽默文学的代表人物之一。擅长以喜剧形式表现悲剧内容，在灾难、荒诞、绝望面前发出笑声。其代表作有《五号屠宰场》《猫的摇篮》等。2007年4月11日，冯内古特因病在曼哈顿逝世。

陈东飚 20世纪90年代以来出版的翻译作品计有纳博科夫的《说吧，记忆》、博尔赫斯的《博尔赫斯诗选》、埃利·威塞尔的《一个犹太人在今天》、叶芝的《日记》、艾兹拉·庞德的《阅读ABC》、华莱士·史蒂文斯的《坛子轶事：华莱士·史蒂文斯诗选》、巴塞尔姆的《巴塞尔姆的60个故事》《巴塞尔姆的40个故事》、帕斯的《泥淖之子》、卡森·麦卡勒斯的《伤心咖啡馆之歌》等，并在《今天》等海内外文学杂志发表《当代印度诗选》《保罗·穆尔顿诗选》《C. D. 赖特诗选》等翻译作品，现居上海。

艺 术

少年对中年的仰视
——读村上春树《挪威的森林》

◎李颖超

我们承受青春如承受一场重病

村上春树的文字隐忍清冷，散发出淡淡颓靡的气息。这种感受源于作者字里行间对世界清醒的绝望，以及终将面临殊途同归的死亡。

从《挪威的森林》里，我看到了孤独和寂寞，看到了悲哀和无奈，看到了被压抑被扭曲的感情和欲望，看到了成长的痛苦。

一代人老了，就会有新的一代又站起来，人会老，但青春的气息却是相同的。一代又一代的人在青春里迷惘，在青春里成长。青春中的他们看不懂青春的文本，随着时间的流逝，以前看不懂的书慢慢看懂了。而一旦参透了这一切，便已不复青春。

一转眼，村上过了七十岁，一代又一代的青年依然在他的《挪威的森林》中寻找着青春的影子，寻找未来的答案。

村上春树所描述的国度虽然离我们很遥远，但终究是人的世界。而人类，总是有很多共同点的。

我们都会老去，可渡边、直子、绿子，却成为永恒的存在，停留在青葱岁月里。这本书写爱情，写青春，写美景，写离弃和疏远的世界；

写性，写同性，写死亡。村上春树用舒缓的笔调，使整个故事充盈着死亡与铺天盖地无法言说的寂寞。

随着那透着淡淡厌世气息又真实到无奈的人物一点点地浸染我心，书中的每一个人物似乎都在神经质地活着，漫无目的地生活却又深深地被生活所包围。

"死并非生的对立面，而作为生的一部分永存。"

书中一共提到四个人的自杀，木月、直子、直子的姐姐和初美。这些莫名其妙但又沉闷的自杀摆到读者面前时，确实有点让人感到不能承受之重。读完后忽而满腹悲凉，忽而心中聚集如云，翻滚不息。

随着年龄的增长，我发现成熟的标志是开始不断地参加红白喜事。当身边的亲友撒手人寰时，每一次的葬礼都让人反省活着的人该如何更好地活着。

我从来都没有这么慢地读完一本书，开始时是耐着性子往下读的。记得有人说过，一本书如果前几页不能吸引你的话，那就不要浪费时间了。这本书恰恰是前半部分色彩比较暗淡，文字冷硬，情节又拖沓，而我自己的心境又常常游离于小说的氛围之外，很难与之相融合，所以读得很艰难，而且中断了很久。

尽管它一直在我的眼前，一伸手就能触及，可是我一直对它进行着自动隔离，安静地享受着时光中的彼此封存。直到某一天，我在人潮汹涌的街头缓缓前行，被人潮挟裹着像飞溅之尘，内心一片荒凉。进了家门什么也不想做，随手拿了这本之前看了几页的书，心意沉沉地读下去。看完最后一页，就像是做了一个冗长繁乱的梦，刚刚醒来。

冷的时候有谁陪你？所有难以忍受的冰冷孤独，村上春树在书中都娓娓道来。

有些书会在莫名其妙但是恰恰好的那个时间点蹦到你眼前，然后你翻开它，讶异于它与你当下心情的契合。

当我怀着一颗中年人的心，重新返回这个故事时，却又收获了新的感动。

村上春树告诉我们城市里有爱，告诉我们这爱中有忧伤，还有厌倦。

最终，他告诉我们：再慌乱的世界也要好好地洗澡，好好地喝酒，好好地吃东西，好好地和想见面的人见面啊。

我们为什么喜欢读书？我想真正的好书，应该是人人心中有，却是人人笔下无的。无论人物的性格如何怪僻、如何迥异于常人，我们总能从中找到一点自己的影子。我们每个人都是孤独的，恰恰每本书中的人物也都有着孤独的一面；我们每个人都是迷惘的，恰恰每本书中的人物都有着迷惘的一面……就是这样，我们慢慢地被这本书吸引，随着书中人物的悲欢离合而悲喜交加，从而寻找一种内心的救赎。

我们经历的一切，都是为了今后更好的生活。

有人说过，这本书适合所有年龄段的人读，青春期去接触性，年纪再大一点去感受爱情，三十岁的人学着去努力工作，四十岁的人感慨人生，再老一点的参悟生死。

人生如同转轮，兜兜转转，青春时光如白驹过隙。青春和回顾青春本来就是两回事。青春意味着对童年的告别，对一个因年龄带来的更加严酷的生活的观望。我很庆幸自己在最适合的年龄读了它。

渡边的第一个恋人直子，是他高中同学木月的女友，三个人经常一起约会聊天而丝毫不会感觉到尴尬，虽然那时候，渡边与直子的交流微乎其微。变故发生在他们十七岁那一年，一天，渡边与木月打完桌球后，木月没有留下任何的话语就在家中自杀了。一年后，远离家乡读大学的渡边同直子邂逅。此时的直子已变得美丽而忧郁。两人见面时总是在落叶飘零的东京街头漫无目的地走个不停。

直子二十岁生日的晚上两人发生了关系，不料第二天直子便不知去向。很久以后，直子来信说，她住进一家远在深山里的精神疗养院。渡边前去探望时，发现直子已经有了成熟女性的丰腴与娇美。短暂的相聚之后，渡边同直子道别，表示永远会等着直子。

返校不久，由于一次偶然相遇，渡边开始与同学绿子交往。绿子同内向的直子性格截然相反，渡边内心十分苦闷彷徨。一方面念念不忘直子缠绵的病情与柔情，一方面又难以抗拒绿子大胆的表白和迷人的活力。找不到方向的他给直子一封封写信，总没有回音。不久却传来直子自杀的噩耗，渡边失魂落魄了一段时间后，在直子同房病友玲子的鼓励下，去找绿子，开始新的生活。

《挪威的森林》里有太多太多的爱情，就像森林里有各种各样的树木一样，它们播种、发芽、长大、抽枝，却没有开花结果。这本书，给我印象最深的是直子、绿子、玲子和初美这四位女性。

那些花儿

直 子

直子作为一个精神障碍病人出现，注定了她只能作为一个寄托，成为一个情结的载体，她太过纯粹。我对她只有同情没有喜爱。因为她总是向后看，她忘不了姐姐的死，也忘不了木月的死，而他们的死纠结成一张网，将她牢牢捆住，让她喘不过气来，她的神思总在游离，连微笑也是惨淡的。

直子非常依赖木月，直子对木月的爱情，实际上更是一种依恋，以至于木月死了，直子就不知道该如何生活了。直子和木月青梅竹马，从小一起长大，互相抚慰，互相支撑，他们有自己的语言、自己的世界。但是，他们不可能永远不长大。他们总有一天要离开自己熟悉的一切，到一个他们不熟悉的、完全陌生的世界里。

直子没有什么朋友，男性朋友基本上就木月和渡边两个，直子虽然已经成人，但是心理上她还是很不成熟，她用孩子的逻辑去看待这个世界，去对待别人，并且拒绝长大。

木月死了，直子内心渴望着有另外一个人来代替木月，来爱自己。

直子是一个谦卑到有些自卑的人，认为自己没有权利去要求别人什么，没有权利要别人来爱自己，没有权利去爱另外一个人。直子太压抑，和渡边在一起的时候，大部分时间都在走路，不停地走啊走，都不说话。让人仿佛听得见他们脚下被踩得咔咔响的落叶。

直子二十岁生日的那个夜晚，窗外下着雷雨，渡边与直子有了第一次的亲密接触，随后，渡边问了直子一句，你没有和木月做过爱吗？是啊，为什么不对青梅竹马的恋人打开身体，却对一个刚交往了一年的男子打开身体？

这句话极大地惩罚了直子。她心中的"不应该"压垮了她。

其实，身体的诚实，远胜于我们的理智。

直子去了精神疗养院后，与渡边通过书信交流。

信息时代剥夺的美好里面，最令人惋惜的莫过于书信这一温情脉脉的交流方式。对于主人公们来说，书信是两人之间最重要的交流方式。逝去的书信、逝去的时光我们感同身受。那样的时光，慢得只能以写信这一种方式与人谈心，可以三四个月都在期待与不安中只为等待一封回信。

木月和直子是走到极端的人，从小生活在自己以及爱人设定的桃花源中，不愿面对现实，不愿在生活中接受任何的不完美，于是一个在高中毕业前夕自杀，一个在失去对方后进了精神病院，最后依然选择自杀。

直子本质上是属于木月的。他们在内心建立了与正常世界隔离的生存模式，这模式仅仅适用于一起长大的他们，既不能进行消除或重置，也不能与之共存。

木月去世后，直子就失去了与其他男性相处的能力，她艰难地寻找着"没有木月的我"的生活方式，终于没有找到。木月已成为她的一部分，而她没能做到将这一部分从自身剥离出来。不能摆脱童年，不能独立成长，不能拥有完整的自我，也无法接纳别人。一个走了，一个必须追随而去，在另一个世界里互相依偎、取暖。

渡边尽力将她拉回到现实世界中来，她感受到了，积极配合，同时也深深意识到自己努力的徒劳。于是清醒地选择了自己的归宿。

渡边去疗养院看望直子的那个夜晚，直子在窗前脱光衣服，展现月光下的身体，那些活色生香的文字让读者眼前真的出现了那样一个直子。

她过于完美的身体只适于欣赏，她"黑暗中的裸体"是纯粹自我的象征，并不适合在每个悲欢冷暖的夜晚紧紧相拥。

无法挽救直子，渡边充满了深深的自责。

直子死后，渡边独自背上行囊，从一个地方到另一个地方漫无目的地走，困了就倒在公园或者马路边睡觉，就这样一直持续了两个月，形容枯槁。

人性本质是孤独。孤独是能致命的，多少自杀都源于孤独。那些挣扎在孤独里的人，渐渐适应了只剩下自己的日子，而另外一些人，给自己制造了期待和幻想，寄希望于有人可以依靠。

人的一切欲望和爱，都是为了消除孤独感。就像孩子床头的小熊，紧紧抓住一点什么，似乎就安全得多。但到了一定年纪后，你会发现，终究还得自己去面对一切。

绿　子

绿子是很多读者喜爱的女孩，她真实、率真，不矫揉造作。对她来说，口红是比纸巾更重要的东西。能用汗水解决的问题，她不会用泪水。

绿子进入令她不合群的贵族女校，母亲的早逝与父亲的久病没有夺去她乐观的个性，她会省下买胸罩的钱去买厨具，练一手好厨艺，只为了取悦自己，会大胆地向渡边性暗示。她讨厌一切规则。一个男人，若不能令她折服，还是趁早远离她为好。因为如若不是她的最爱，那就要有足够的宽容和心胸，才能头顶各种绿帽。这样的一个绿子，让渡边既无奈又依恋。

绿子是一个有些恋父情结的女子。从小"刚一撒娇，就被（父母）抢到一边去"。

她对渡边说："我总是感到饥渴，真想拼着劲儿得到一次爱，哪怕仅仅一次也好——直到让我说可以了，肚子饱饱的了，多谢您的款待。一次就行，只消一次。然而他们竟一次都没满足过我。"

绿子是透明的，把内心所想的一切，都毫不犹豫地表现出来。

绿子很简单，全书只有她一个人很阳光地活着。

绿子和直子一个明艳一个素淡，一个耽于繁华一个离群索居，是两个截然不同的人，抑或说她们是一个人的内外两面。

也许直子与绿子在渡边心中的地位，暗示了日本民族对待自己古典压抑的传统和奔放现代的西方摇滚的态度。

绿子和渡边在天台谈话、啜饮啤酒、共享下雨时光……在一切一切再细微不过的日常琐事中发现点滴的美好，发现值得让人为之珍惜的幸福。

辛苦操练厨艺的绿子，喝了薄酒的绿子，对着渡边自弹自唱的绿子，在医院里比护工更娴熟照料父亲的绿子，忍住寂寞不给渡边回信的绿子，坐在长凳上写绝交信的绿子，统统那么鲜活。

渡边大概是绿子遇到的对她最好的人了，她发现自己可以和渡边谈任何自己没法跟古板的男友谈的事情且毫无禁忌，可以一道看色情电影，对其内容还津津乐道地一起讨论，他俩在一起显得自在而轻松，完全是一种开放、坦诚的相处方式，他俩对话时甚至会用一些粗俗的言语，他们自己却觉得非常开心。

绿子挨过苦难也受过冷漠。但这些都奇妙地转为回报自己、好好生活的动力。因此在遇到渡边的时候，她才会勇敢地一个劲儿咚咚咚敲开他的心门，才会对渡边说："我信赖你，喜欢你，不愿放弃你。"

绿子能够从现世中寻找滋养她的养分。在医院照顾身患绝症的父亲时，亲戚偶尔来探望，饭吃了一半就很难过地放下筷子，见她吃得干干净净，便说："绿子这么有胃口，我可难受得根本吃不下东西。"绿子的回答很坦率："问题是，看护的人是我呀。别人偶尔来一趟，充其量不过是同情！接屎接尿接痰擦身子都是我一个人干。要是光同情就能解决屎尿，我可以比他们多同情五十倍。"

当然，绿子也有很多缺点，尤其是穿衣的品位让人诟病，喜欢穿短得让人侧目的裙子，喜欢爆粗口，像她说的，她就是个小民。父母双亡后的绿子打电话给渡边，哭求他带自己去看A片——"要最肮脏的那种"。她无疑是俗的，自我愈合能力极强。任何一个人的离开，都不会让她长久陷入苦海。

如同直子一样，绿子也看出了渡边的问题所在。"你总是蜷缩在你自己的世界里，而我却一个劲儿咚咚敲门，一个劲儿叫你，于是你悄悄抬一下眼皮，又立刻恢复原状。"对这莫名的冷淡，绿子只有离开。

直子死后，渡边阴郁了一段日子，玲子出院与他聊天，短暂的陪伴让他终于放下了过去。

后来，他去找绿子，在车水马龙的闹市给绿子打电话。

而绿子，一直在等他。

绿子是一个有缺陷但也有温度的人，她永远在与我们心中的直子比较，争夺着我们的内心。

男人一生中总有那么两个女人，一个白玫瑰一个红玫瑰。他与红玫瑰的爱情是纯纯粹粹的，这个女人的形象是完美的、高贵的、纯洁无瑕的，只是这段爱情终是镜花水月。而白玫瑰属于现实生活，她是有烟火气的，会让身边的男人听见她熟睡时的呼噜声，会执着于几角钱的菜价，男人更多地看到的是她满头的发卷和宽大的睡衣，就像一个没有滤镜和美颜的摄像头，她是具体的琐碎的真实的。而男人最终的归宿，只可能是这样的女人。

曾经读过这样一句话："当你先后爱上两个人不知如何选择时，选择后者吧。因为你已经不够爱前者了。"

玲 子

玲子是直子在疗养院的病友。她从四岁开始弹钢琴，几乎把钢琴视为生命中唯一的目标看待。学了十几年的钢琴，玲子不仅在音乐会上拿过名次，在大学里的成绩也一直名列前茅，毕业后还准备去德国留学。然而，在即将毕业展开锦绣前程的大学四年级，她的小指突然不会动了，却检查不出病因。

玲子迅速崩溃，勉强大学毕业，也只能在家里收学生授课。理想与现实的巨大落差让她的精神出了问题，还好，她出院以后收了一个学生，这个前来学琴的男子真心实意地爱上了玲子，并且顶住各方压力跟玲子结了婚。

在失去了钢琴这个梦想之后，玲子摇摇欲坠的人生终于觅得了可以信赖的伴侣，她结婚生子，一心一意在家里做家务、照看孩子，在生活的琐碎中体味幸福的感觉。

玲子一生的祸福都是音乐所赐。她后来又收了一个学生，那个长得像画一样的少女是个同性恋，遭到玲子拒绝后，心机深沉的女学生怀恨在心，对玲子恶意陷害，玲子的情感大厦轰然倒塌，自杀未遂，不顾丈夫的一再挽留，强行离了婚。

玲子说："我不愿意拖累任何人，不愿意把自己这种整天为脑袋断弦而心惊胆战的生活强加到任何人头上。"

玲子爱丈夫，但她不愿意成为他的包袱，在她意识还清醒的时候，选择了远离家园，将自己关进山区的精神疗养院。

玲子的女学生是现世规则的化身。她的自我已经完全异化到现世的规则里。她自如地运用这些规则，将周围的人玩弄在股掌之上。

玲子因为这个美得如画上剪下来般的女孩而精神失常。

"我从四岁就开始弹钢琴，但想起来，却连一次都没有为自己弹过。"疗养院的八年生涯，尤其是遇到直子和渡边后，她最终在现世和自我间达成了一个微弱而和谐的平衡。

玲子说，我们知道自己的不正常，这就是我们跟正常人不同的地方，所以才会住进给精神病人准备的场所。

玲子不同于直子的秀丽妩媚，也不同于绿子的活泼大胆。她虽然已经人到中年，却依然与她那"坚挺的头发"一样精神十足，与从未谋面的渡边第一次见面就熟稔地聊天。

玲子从钱包里拿出女儿的照片给渡边看，开始回忆过去。

对于直子与渡边的恋爱，玲子也是洞悉所有的见证者。

知道自己"不正常"的人，可以说是对自己的灵魂不撒谎的人。很多所谓的正常人，早就习惯了自欺欺人，但对灵魂来说，他们又能算得上正常吗？

在《挪威的森林》中，那些死去的人，仿佛他们的人生和我们正常人不在一个维度里。

某种程度上，玲子受直子的影响很深，直子死后，玲子穿着直子留下来的衣服，和渡边一起用音乐和歌声为直子办葬礼，他们一首接一首弹着琴、唱着歌，心有灵犀地相互拥抱，了却了对生者和死者形式上也是灵魂上的安慰，这是本书最令人难忘的片段之一。

借着玲子的友情和陪伴，也随着时间的流逝，渡边终于告别了过去。

没有人能够拒绝成长的疼痛。

所谓成长，最终不过是学会如何内心平静地活在这个世界上。没有人能够帮助一个人去成长，成长是各自的朝圣路，每个人有每个人无法逃避的挑战。

初　美

初美是一个光彩照人的女性，书中对她的描写不多，只在和渡边最后打桌球那晚有了浓重一笔，就这一晚，使渡边永远不能忘怀。

她娴静、理智、幽默、善良，她深爱着永泽，并给予他无限的母性的宽容。她穿着午夜蓝的漂亮洋装，化着精致的妆容，涂着淡色口红的嘴唇形状美好，戴着金色的小耳环，脚穿形状高雅的红色高跟鞋。

人和人的磁场是不一样的。

渡边用出租车送初美回宿舍途中，目睹初美的风姿，强烈感到她身上有一股尽管柔弱却能打动人心的魔力。直到十二三年后才在异国那气势逼人的暮色中，恍然领悟到"她给我带来的心灵震颤究竟是什么东西——它类似一种少年时代的憧憬，一种从来不曾实现也永远不可能实现的憧憬"。

对渡边来说，"东大也罢外务省也罢，唯一羡慕的，就是你有一位初美小姐那样完美的恋人"。

然而这样的女子也自杀了，多么美丽的风景啊，她应该享受到同样匹配的幸福啊！

初美的梦想是："结了婚，每晚给心上人抱在怀里，生儿育女，就足够了，别无他求。我所追求的只是这个。"

但初美选择了一个错误的爱人，却又不肯放手。离不开一个人的极致，大概就像在冬天的早晨不想离开被窝的感觉。初美对永泽的爱正如火红的夕阳那样，包容一切，温暖而又凄美。如果她后来遇到一个她爱的人就好了，如果她少爱永泽一点，少执着一点就好了。

永泽是一个自顾自往前走的人，任何人都无法阻止他达到目的，任何人都无法减缓他的脚步。也许因为偶尔的机缘他会与人同行一段，但是，该抛下任何人的时候，他都会毫不犹豫地抛下，而且心里不会有任何的不安。

他是令人绝望的，冷得让人望而生畏。这样的人，可能错过平凡人都可得的幸福，却可以取得普通人望尘莫及的成就。

这个世界上，的确有这样一个群体，他们充满力量，却是冰冷的。

美丽的初美走了，永泽给渡边来信写道："由于初美的死，某种东西消失了，这委实是令人不胜悲哀和难过的事，甚至对我来说。"渡边把这封信撕得粉碎，此后与永泽绝交。

初美象征着我们一生中都在仰望的难以企及的美好，她就是我们心中一个温柔的梦。

佛家有云，怨憎会，爱别离，求不得。

木月死了，死在最年轻的岁月。选择死去的人有他们的权利。选择继续活下去的人也有自己的权利去争取幸福。

直子也死了。寂静山林中，山风吹遍山谷，她和我们必然消失的青春一样，逝去是必然的结局。

还有玲子，在疗养院里逃避纷繁人世。他们都是残缺的灵魂、残缺的人。人间有太多的残缺需要填补，有太多的不愉快发生，有太多的不公得不到慰藉。

挪威的森林，是直子脚下的潮湿孤独，是绿子头顶跳跃穿梭的光影，是玲子手中流出的忧伤音符，是打开窗户后一整片的浓密森林。

木月、直子、玲子、初美遇到的那些坎儿，以绿子的人生经验看来，都是小事吧。在大多数的读者看来也都是些微不足道的事，或者说即使是什么重大挫折，咬咬牙也能挺过去，而遭遇在一帆风顺的人身上，却是永远都无法恢复的创伤。

对一路这样辛苦长大的普通人而言，生活就是现实，有了问题就迎头解决和克服。太过顺利平坦的人，遇到风吹雨打，更容易凋零。对于不同的生活和现实，经历能救活一个人，也能杀掉一个人。

所以在自己的身心都还健康的日子里，囤积力量对付创伤吧，经历会成为创伤的解药。借用永泽的一句话：不要同情自己。

都说世界很现实，但是其实打败我们的往往不是现实，是我们自己扛不住。

人活着就是因为：他愿意活着

日本人对性的态度受西方影响较大，渐渐形成了自己的性文化。《挪威的森林》提到了同性恋，有看黄色电影和援助交际的描述，日本民族是一个性矛盾的民族，既保守又开放，既规范又扭曲。

日本人对爱情和肉欲的明确界限，对死亡的执迷简直让我们尴尬到手足无措。

书中关于性，最美的描述是直子夜间把自己的身体展现在渡边面前的情景。渡边在半睡半醒之间看到直子梦游一般向自己走来，慢慢褪下睡衣，星光下的直子仿佛就是上帝完美的艺术杰作。然后直子又慢慢穿上睡衣，消失在卧室里。这一段是有画面感的，相当唯美。

这本书的情色描写无疑是上乘的。"性"的确可以是诸多事物的载体，比如情感，比如伦理道德，很多作者把握不好"色情但不下流"这个度。村上春树分寸恰好地拿捏了这个度，描写得客观且直白，色而不俗。

在《挪威的森林》中，村上构造了一个现代寓言：个人如何在自我与现世间达成一个平衡。

一个孤独的人，寻找着另一个孤独的同类，可是就算找到了，即使肉体结合了，却不能真正理解活着的意义。人生在世，谁不孤独呢？大部分人，只不过是缺少关注感的孤独而已，那算什么孤独，不过是寂寞。

我们遇到的问题就是快乐要么来得太容易，要么迟迟不来，当你看别人时，觉得自己孤独，也许只是因为你寂寞；当别人看你时，以为你很孤独，也许只是你不愿意将就他罢了。

孤独，在这篇小说中是一个经常出现的字眼。读完此书，心中隐约地明确，这是一本极度私密化的读物，也是给予每个人心灵深处的一份与"孤独"的共鸣。

越是孤独的人越需要听众。

我们永远无法向他人传达自己蔓延无边的绝望，尤其是在那许多没有准备的夜里，这是可以感同身受的深刻的孤独。

一个好作家不是什么都能写，而是把自己能体验的感觉写到极致，村上把孤独的一种状态写出来了。

村上春树所写的这种青春，是一个中年人跨过时光回望凝郁的沉淀，是与某个特殊的年代的孤独与死亡交织在一起的沉重的青春。

在小说中不时能读到这些熟悉的名称：披头士、滚石、列侬、麦卡特尼、沙滩男孩、鲍勃迪伦、西蒙与加芬克尔……难免会感到与村上春树心有戚戚。回想起那些熟悉的乐曲、曾经的往事，仿佛这些不仅仅是渡边的故事，也是我们的故事。

《挪威的森林》是一部悲伤的小说，但是《挪威的森林》也是一种治愈，而且是种更深层的治愈，不是故事内容，而是通过说出故事这种形式，原原本本展现悲伤，当悲伤被讲述、被完整呈现出来时，它也就得到了宣泄。

但是，对于还不曾有足够生活体验的年轻读者来说，触碰到这种悲伤只会觉得困惑、病态，所以包括名著在内的很多书并不是都适合年少时阅读。很多事物都是这样：初闻不识曲中意，再听已是曲中人。

想起那句禅语："六十年前，老衲看山是山，看水是水；三十年前，老衲看山不是山，看水不是水；现在老衲看山还是山，看水还是水。"

也许村上春树是在写一个关于主人公成长的故事——学会坚强，学会成熟。也许他在讨论爱情的多种可能形态。更或者，所有人都不过是一个人内在的不同侧面。

"人活着就是因为：他愿意活着。这就是人生的意义。期望生——这就是生的最大秘密。"

在一个冬天的雪夜读完了这本书的最后一页，抱着膝盖，对着窗外闪烁的霓虹灯发了好一会儿呆，直到桌上的热茶都变冷了才回过神来。青春的路，这段旅程的开始已经变得有点模糊，如同天边遥远的星光。人生这条单行道上，青春不给人任何的参照物。

人生就是这样：尚未佩妥剑，转眼便江湖。

书的结尾是渡边的内心独白："我在哪里也不是的场所的正中央，不断地呼唤着绿子。"把它与开头的"献给许许多多的祭日"对照来看，叫人如梦初醒，不觉心中一颤。

我们不能够对着身边的一个人说说真心话，因为他不是同类。我们却可以对着电脑那边的另一个人说说真心话，未必是信任，不过是陌路。

年少时我们意气风发，坚信没有什么不可以，真正成长后才明白，我们太渺小，什么都无能为力。成人与孩子的分界线，也许正在于这诸多无奈后的自知之明。

"风的气息，光的色调，草丛中点缀的小花，一个音节留下的回响，无不告知我秋天的到来。四季更迭，我与死者之间的距离亦随之渐渐拉开。木月照旧十七，直子依然二十一，永远地。"

挪威的森林，是死者的安魂曲，也是青春的墓志铭。

每个人都有属于自己的一片森林，迷失的人迷失了，相逢的人会再相逢。所有的青春，终将远去，却从未消失。

最后，我想提一提"敢死队"，只要读到他，我便会忍不住笑出声来。

这一生匆匆，期万物美好。

李颖超 生于20世纪70年代，中国作家协会会员、编审。有小说、散文发表在《花城》《散文》《湖南文学》《文学界》《朔方》《西部》《绿洲》《新疆文学》《伊犁河》《文艺报》《北京青年报》《天津日报》《新疆日报》等多家报纸杂志。已出版《醉蝴蝶》《风过留痕》《赶大营》等散文集、长篇小说、话剧剧本十三部。现居乌鲁木齐。

唯青山永恒

——读聂作平长篇历史小说《青山夕阳》

◎远　人

尚未出版之前，我就读完了聂作平的长篇历史小说《青山夕阳》的电子版。

是的，我是这部小说的第一个读者。

在他完成当日，我就提出先睹为快的意愿。电子版收到后，短短两日，一字不落地读完，不禁有话想说。以诗歌进入文坛的聂作平在今天以历史随笔著称，事实上，聂作平的才华绝不局限于某种文体。诗歌、散文、随笔、评论、小说，没有聂作平未曾涉足的领域。每个领域的文体，他都从来没让读者失望。只是，他的历史随笔和游记随笔建树太高，以致淹没了其他方面的成就，最被忽略的就是他的小说了。我一直觉得，聂作平如果专心小说，早成小说大家，可惜，过于丰沛的才华不会让他专注于某种单一体裁。

言外话打住，转入正题。

一

《青山夕阳》是部历史小说，这与聂作平对历史的研究相得益彰。小说主人公是明朝的杨慎。杨慎何许人也？一般读者知道的恐怕不多，熟悉的则更少，如果说起《三国演义》的序词《临江仙》就无人不知了。小说中没注明该词作者，以为"滚滚长江东逝水……"出自罗贯中之手的不在少数，但那阕词的作者正是杨慎。

即便如此，不研读历史的人，还是未必了解杨慎。我觉得，选择杨慎，是聂作平对一位不该被忽略的历史人物献上的敬意，也是他对历史小说一次胸有成竹的出击。

说聂作平胸有成竹，是因为写小说不难，难的是写历史小说，即便三分史实、七分虚构的《三国演义》，难也就难在那三分史实。史实对小说的意味是拘囿，是束缚，是画地为牢的藩篱，它决定了作者无法天马行空地展开想象。

就体裁来说，历史小说是对小说家有无才华的巨大考验。

聂作平经受住了这一考验。

历史小说的撰写者往往采用时间顺序，想写长点的话，可以从主人公的出生写到死亡，展开主人公的丰富一生；想写短点，截取主人公最吸人眼球的片段，譬如详写读者期待的男女情感，或者人生（尤其政治）中大起大落的部分。聂作平这部小说三十余万言，是不折不扣的长篇了。令我意外的是，聂作平采用的既不是以时间为线索的垂直方式，也不是片段似的集中写法，而是以多人的视角，层层围猎，交织起杨慎各个时期的侧面，组合成整体的丰富。可以说，聂作平突破了历史小说的传统写法，更像是吸收，然后消化了当代西方小说家如福克纳、昆德拉等人的多视角表现手法。这种手法容易让读者感觉某种现代感，事实是，聂作平采用这一手法时，并不让人觉得有西方的现代感，从头至尾，我们看到的就是一部完整与彻底的中国小说。简言之，聂作平刷新了今天中国历史小说的创作模式。

更意外的是，这种多视角手法并非贯穿全书首尾。小说分为并不平均的三个部分，在作者笔下，是"甲编""乙编"和"附编"三个部分。"甲编"分量最重，占据全书的三分之二左右，该部分由七个人的讲述完成；"乙编"则是杨慎的自我言说；"附编"更出乎意料，由聂作平以作者身份登场。三个部分紧密衔接，形成无法分割的整体。

"甲编"登场的七人身份各异，分别为司礼监秉笔太监王有根、说书人柳麻子、杨慎夫人黄峨、嘉靖皇帝、杨府老管家杨敬修、杨慎的父亲内阁首辅杨廷和，最后讲述的竟然是名叫丁黑牛的长岗岭土匪。从这些全部第一人称的讲述者身份可以看出，为了将杨慎的故事说得精彩，聂作平的化身对象从端坐龙椅的天子到占山为王的土匪，这些叙述者身份的巨大落差，也折射了杨慎一生的跌宕起伏——唯有起伏，才可能接触到形形色色的人物，才可能让我们感受杨慎被历史掩盖的动荡一生。

小说中使用第一人称，往往意味着"我"是主角，但这部小说又决定了"甲编"中出场的每个"我"只可能是旁观者，只可能围绕杨慎这一核心进行展开。因此，不论"我"是天子还是土匪，是太监还是管家，是男人还是女人，都不可避免地将自己与杨慎的交集、认识进行细致入微的讲述。

这是对作者的考验。

讲述者身份的不同，决定了行文的风格不同、语气不同，论述事件的深浅不同。在这一点上，聂作平以其出色的文笔，恰如其分地表现了每个讲述者的言辞风格。在面对七个人的篇章时，聂作平运用了七种不同的叙述风格，每种风格都成熟得令人惊讶。这是聂作平对小说语言的掌控之体现，我还觉得，在一部小说中对各种小说语言进行集中尝试，也表明了聂作平对小说具有隐秘的雄心，所以他不愿意选择容易为之的传统方式。

"乙编"的讲述者为全书主人公杨慎。即使杨慎在小说中亲自出场，我们也能看到聂作平的匠心独运，同样不以生平自述的方式开始，而是令人惊讶地从杨慎对死亡的认识，甚至就是从死亡开始。语不惊人死不休是每一个写作者的梦，如何做到，无不取决于作者的功力深浅。就全书的写作手法来说，"乙编"已有"甲编"的丰富铺垫。"甲编"的七人既在述说杨慎，也在述说自己吊诡到起落无常的人生。换言之，读者已在"甲编"展现出的纷纭繁复的生活中，看到杨慎身处的时代，看到造成时代种种的来龙去脉，看到一个朝代的各个角落，看到永恒不变的人性，看到忠诚与背叛、怜悯与残忍、阴谋与磊落、卑劣与宽容，看到伤痛与鲜血、灾难与信仰……所有这些，都如万川归海般一步步指向杨慎。

到"乙编"时，汇聚杨慎身上的所有线索再一次散开，奔涌不息地前往一个叫生活与官场的地方。那里所有人有交集，但有交集的人不一定知道他们的交集源头。譬如太监王有根永远记得自己和九岁的杨慎第一次相见的全部细节，但在杨慎那里，恰恰又是消失在遗忘里的生活片段。这其实就是每个人最真实的感应，你记得的，恰恰是我遗忘的，我记得的，又正是你对我有所进行的，我只是不知道你为什么这么做。杨慎的确不知道王有根为什么在对其廷杖时手下留情，正如"甲编"出场的七人纷纷对读者展现他（她）的所思所想，杨慎却不一定知道那些或一面之交、或终身相依人的全部内心，同样，那些人也难说深入了杨慎的内心深处，在这一交织与未交织的缝隙，是故事走向结束、小说得以开始的空间。所以不能忽略，每个人的讲述空间，也就是聂作平进行换位思考的空间，每个讲述人既在讲杨慎，同时也在讲自己为什么有那样的行为，为什么时代会有那样的结果。读者眼里的大奸大恶和大是大非，都被当事人以为是对的，都可以为自己的行为找到情感与逻辑的缘由。所以，在杨慎的夫子自道开始之前，读者已然面对一个被忽略的常识，即历史是丰富的，绝非只有非黑即白的两面。读者同时还会看到，每个人都是有局限的，包括主人公杨慎。因此，采用多视角，便得以从局限中书写层次。聂作平将其运用得充分而自如，它扩大了时代的含量，拓展了小说的宽度，展现了不同的社会阶梯和不同的因缘际会，它们共同围绕一个充满必然的时代核心。所以，杨慎亲自担纲叙述的"乙编"才构成旋涡中的旋涡，重心中的重心。读者终于从旁观走向时时不忘的人物，那是作者精心布局后托出的核心。

全书结束的"附编"令人意外，是因为这一部分完全是聂作平以作者的身份在小说中登场，更意外的是，这部分的行文似乎是作者在写一篇亲历的散文。我们这时候会发现，聂作平的文风从一开始，似乎就抹除了散文与小说的界限，这点在他的其他著作中也体现得十分明显，散文如小说，小说如散文，这是一个优秀写作者对语言认识与实践的深度结合。"附编"当然离不开杨慎。在全书结束的篇章里，我们看到的是聂作平与杨慎的奇妙缘分，今天心仪杨慎的郑先生和杨慎的后人，都与聂作平发生冥冥中的交集，令我们感到，作为一个不会被历史抛弃的人，杨慎总会以这样那样的方式在今天现身。所以，杨慎以某种遗物的方式进入聂作平的生活，他提笔写下来，是抒发一种情缘的起始，也是整部小说既出乎意料，也堪称完美的尾声。

读者不必追问，聂作平手上果真有杨慎的那件木鱼遗物吗？整章"附编"的叙述事件是真实的吗？我想说的是，一部有质量的小说，恰恰是抹去真实与虚构的界限，一如聂作平的语言在抹去散文与小说的界限。我以为，读者在这时面对的，才是一部有血有肉、真正称得上作品的作品。所以，阅读这部历史长篇，我们不可能不看到聂作平对小说的根本认识，不可能不看到他对小说这一体裁的驾轻就熟。

二

小说需要故事，但又绝不是单纯地讲个故事，而是通过叙述，塑造出人物性格，表现出人物所在的环境。在聂作平笔下，杨慎的性格令我们时而浩叹，时而唏嘘。天子信方士、贵妃胁后宫，既有土木堡之变，又有兄弟夺位的背景，令读者在面对激流汹涌的时代时，难免有不寒而栗之感。重要的是，这些背景又绝非作者虚构。乱世也好，盛世也好，不痛不痒的庸世也好，时代永远高于个人。我们总说性格决定命运，其实时代也决定命运。杨慎的命运的确折射出他的性格，折射出他的时代。少年得志是多数人的渴望。正因为是渴望，才说明它不是多数人能实现的梦。杨慎在年纪轻轻的二十四岁便高中状元，令人感觉其前途一片光明。在小说中，我们时时读到一个亲切而又自然的称呼——"杨状元"。理所当然的是，大明一朝，状元不止杨慎一个，作者和作者笔下的人物愿意将这一称呼独独送给杨慎，就在于后者代表了多数人的梦想实现。但实现状元的梦想不等于实现全部人生的梦想。在中国传统知识分子那里，"学而优则仕"是无法绕开的人生之路，出身官宦、功名在握的杨慎也自然而然地走上了这条路。

但路难行。中国历史中最屡见不鲜的就是奸臣得志和忠臣蒙冤。感觉仕途难走的，都在于当事人的选择不是屈从，而是逆流而上。这其实就是性格的选择。

杨慎的性格在遭受廷杖时表露无遗。他一手发动的"左顺门哭谏"换来两次廷杖。他与监刑太监骆家印有段精彩对话。当骆家印问杨慎的"大逆不道"是受何人指使之时，杨慎的回答是文庙的"孔孟"二人。这就是杨慎的性格反映。身为状元，自然熟读儒学经典。但反过来看，即便是朝廷的任何一个奸臣，谁又不是因熟读儒学而踏上入仕之途？小说中这个细节引人注目，就在于杨慎的血脉深处，无不充满念念不忘的圣贤教诲。因此，我们可以说杨慎的性格单纯，可以说他只服从自我，但更不能不说的是难能可贵。因为像他这样，将血脉中的一切带入生活不是所有人能做到。从古至今，这样的人永远是少数，是凤毛麟角，但又恰恰是这些凤毛麟角，才使中国传统的士大夫精神薪火相传。所以，杨慎能够忍辱，能够负重。哪怕在今天，我们也不陌生"良知"总被时时提起，之所以提起，唯一的原因，就在于它的缺少。所以，当杨慎在"乙编"出场时，聂作平交给读者的第一身份，不是春风得意马蹄疾的年轻状元，而是"一名永不赦免的充军罪犯"。罪犯令人不齿，但在杨慎身上，我们反而看到一种风骨。在聂作平那里，以小说彰显风骨，我们可以说是他对杨慎的行为和生平充满敬意，也可以说是他面对今天的某种失去而试图唤回，就小说而言，也不失一种先声夺人的创作手法。身在人生的低谷，伴随一生的回忆才可能在沉重中展开。读者也才能从中看到比回忆更沉重的历史本身。杨慎的性格和时代也才可能在这样的时刻得以展开，让我们看到他从自以为"未来是一条铺满鲜花和掌声的锦绣前程"中终于走向"颠沛流离，郁郁不得志"的困顿生涯。

事实上，"乙编"的重点倒还不是回忆曾经，尽管杨慎的交代远涉自己出生之日，该部分的重心还是集中在他"流放云南永昌卫的漫长岁月"。作为读者，我们能看到杨慎在烟瘴之地的种种生活，看到他接受命运的同时，也在"神前发愿，不作诗文"，自承"得活一日是活一日"，但也正像聂作平在一篇早年随笔中写过的那样，"生活在哪里都一样，激情在哪里都相同"，因为官场一样，人性一样。杨慎最奇妙的感叹是，"在一个天威难测的年代里，像我这样的人活着就是奇迹"。我们的确从中发现，整部书中，与杨慎发生冲突的不是某个奸臣，而是至高无上的当朝皇帝。普通读者总是奇怪，皇帝为什么不信任忠臣？实际上，在帝王那里，无所谓忠臣与奸臣，重要的是迎其所好，是与自己的性格不发生冲突。所以，我们在书中看到的杨慎悲剧，不是他真的触犯了哪条刑律，而是他的行为时时与嘉靖的性格形成冲突。为呈现嘉靖性格，聂作平在"甲编"中就借嘉靖之口，悉心刻画了嘉靖的登位过程以及如何对待生母的入宫礼仪时和内阁发生冲突，读者从中能看出嘉靖强硬非常的性格，更激烈的冲突是嘉靖一定要让"父皇在太庙享有一席之地"，事件导致他与内阁的冲突达到顶点。表面看，这是礼法的冲突；深入看，则是性格的冲突。嘉靖的这些行为看似与杨慎无关，但不刻画嘉靖的性格，读者就不会了解，嘉靖对杨慎的憎恨为什么会达到"永远不原谅"的地步。聂作平以生花之笔为读者描述了种种事件的来龙去脉，拨开事件，读者又无不面对一种一种性格。这是小说需要的内核，因为性格存在，读者才看到活灵活现的人物，天子也好，官员也好，平民也好，都无不在自己的性格指引下，进入看似身不由己、实则只可能是自己选择的生活。

所以，我们未尝不能说，杨慎的一生，是自己选择的一生，也是他早已预料的一生。

三

认真来说，即便头顶"明代三才子之首"的桂冠，杨慎的人生故事在数千年的中国历史上也谈不上多么与众不同，比他更悲惨的有之，比他更无辜的有之，比他更富戏剧性的就更有之了。所以，选择杨慎作为一部长篇小说的主角，有一种冒险性在内。更何况，这些年有目共睹，国内走红出版界的历史小说，无不以帝王或雄杰为主角，似乎唯其如此，才能占据更广阔的读者市场。

聂作平选择的既非帝王，也非大众耳熟能详的时代枭雄，甚至，说杨慎是不折不扣的冷门也没什么不恰当。所以我有点好奇，聂作平为什么甘冒风险？

问题萦绕上来之后，我忽然想起了黄仁宇的《万历十五年》。黄仁宇选择的不过是中国历史上平淡无奇的一年。在黄仁宇撰写之前，那年发生的事极少进入过历史学家的视野。到了黄氏笔下，这一年却是"以前发生大事的症结，也是将在以后掀起波澜的机缘"之年。想到这里，我有点明白聂作平为何选择杨慎了。读过全书，我极为强烈的感觉是，杨慎的一生虽谈不上惊涛骇浪（当然也不平淡），但在那个开朝两百年，已历十一帝，巅峰已过，开始落叶纷纷的朝代，杨慎始终像一棵孤独的大树，不顾一切地抽出鲜活的新芽。不论关注者多寡，这片绿叶的珍贵性却绝不容后人忽略。今天研究明史的人，大都将目光集中在波澜壮阔的开朝立代之上，集中在朱氏帝王们的起伏更迭之上，集中在大厦将倾的晚明风云之上。有明一朝，被文学史津津乐道的，不再是风流自诩的白衣卿相，而是落拓江湖，以小说揭开表达新手法的几个说书人。以施耐庵、罗贯中为代表的小说家固然名垂青史，却难说是那个时代真正以文载道、名节无疵的士人。另外不能忽略的是，明以前的历朝历代，跃登前台的士人们已垒筑起一座座彪炳千秋的不朽高峰，不知是否因此，导致很少有人将目光投入在明朝中叶的某个士人身上。

聂作平通过这部小说，为我们刻画了一个重要时代的重要士人。

什么是士人？简单来说，士人就是灰暗时代中不熄的亮点，是暗夜里的火花。所以读者看到，与杨慎交往之人，无不被他高洁的人格吸引——土匪出身的管家与他终生为伴；千里外第一次见到他的丁黑牛也承认"杨慎这个名字我是早就知道的"，因而不敢以杨慎的救命恩人自居；得知被杀手追赶的是杨慎，阿妮立刻出手，解除了杨慎的危难……所有这些，其实都在告诉我们，不论帝王想做什么，天下人对杨慎的尊重与尊敬都发自天然，就因为杨慎是他们内心深处的亮点与火光，这是每一个时代不可缺少的精神支撑。所以，聂作平浓墨重彩，刻画了这一支撑，也就是刻画了一片死寂中的鲜活。更何况，明朝作为汉人统治的最后一个王朝，杨慎身上携带的，是一种源远流长的传统气质。在今天来看，这一气质与其说在杨慎身上走向了结束，不如说它开始了一种全新而漫长的沉淀。

从这个角度来看，杨慎具有独一无二的价值和意义。

必须强调，在页页惊魂的史册上，历史人物本身就携带足够多的故事，乃至任何一部历史小说的虚构部分很难比历史本身更为夺目。聂作平的行文让读者难以区分，他笔下的故事哪些是史实，哪些是虚构，不管怎样，这部长篇的结构与彰显的内涵，已经让读者无暇分辨真实与虚构。这也是小说的成功之处。它要求的只是读者细心体会杨慎的内心，体会他如青山般永恒的挺立。即便他在今天的存在是沉默，这也恰恰是青山的气质所决定。或许，聂作平想刻画、事实上也成功刻画的就是一座人文的青山，它对我们今天这个时代的意义非同凡响。青山可以沉默，可以被忽视，但没有人可以否认它的存在，否认它的永恒。它代表的是天地间的尊严与格局，这恰恰是我们今天最需要的人文浸润和人文关怀。

所以，杨慎值得一写，聂作平这部《青山夕阳》值得我们认真细读。

（《青山夕阳》，聂作平著，四川文艺出版社2019年11月出版）

远　人　1970年出生于湖南长沙。中国作家协会会员。有诗歌、小说、评论、散文等近千篇作品散见于《人民文学》《中国作家》《诗刊》等海内外百余家书刊及数十种年度最佳选本。出版有长篇小说、散文集、评论集、诗集等个人著作十九部。现居深圳。

特稿

孟　悦＼人类世版图与人类世的物

人类世版图与人类世的物

◎孟　悦

在2016年8月召开的开普敦国际地质大会上，科学家小组正式提出将1950年后的地球由"全新世"（Holocene）改称为"人类世"（Anthropocene）。称之为"人类世"，是因为人类已成为最有主导性的地质力量（telluric force），乃至定义了一个新的地质时期。用环境史家罗宾（Libby Robin）的话说，"已经有大量证据证明，人类改变了地球的生物物理系统""不仅是二氧化碳，而且包括氮的循环，大气层和整个地球的气候体系"。最早提出这个新地质时期是在2010年，直到2016年，这个理论才由地层学研究的证据所证明。科学家们认为，这之前的全新世是地球在走出冰川纪以后进入的一个稳定、相对温暖的时代。在这个时代万物开始生长，农业文明在全球四个地方同时发源，并在一万多年里达到极致。如果没有意外，这个平稳温暖的全新世时代本可以延续三万年之久。但是近年来全新世的延续已经被人类的活动搅乱，今天地球已经离开这个平稳的时代，进入了人类世这个充满不确定性的危机四伏的新地质时期。人类世从什么时候开始迄今仍然是科学家们继续探讨的问题，诺贝尔获奖者、大气化学家P. 克鲁岑（Paul Crutzen）把蒸汽机的发明和煤的大量使用看作"人类世"的滥觞。斯特帆（Will Steffen）和格林沃德（Jacques Grinevald）则在克鲁岑和J. 麦克尼尔（James

McNeill）研究的基础上，指出了"人类世"的各种指征在1950年后呈现出全盘性"大飙升"的趋势（The Great Acceleration），不仅温室气体陡然增长、地球温度和海洋酸度直线上升，而且全球经济活动指标也呈现激增之势，乃至地球生态在九个方面已濒临崩溃边缘。2007年，斯特帆、克鲁岑和麦克尼尔的共同研究进一步强调了生态危机自20世纪中以来的加剧，1950年以来，全球温室气体的增长达到了以往一切时代总和的四分之三，而过去三十年的温室气体达到了过去一切时代总和的一半。尽管人类世似乎有不止一个"始点"，但科学家们显然一致同意，这个新地质时期在我们有生之年已经开始。

科学家和批评界是在三种意义上使用"人类世"这个概念的。首先是地球地质学家们对人类世的界说，稍后则是多个学科的科学家根据"地球体系"的研究而作出的界定，而第三个是批评界约定俗成的用法，指谓那些由人类活动造成的地表景观的改变。地球地质学家有关人类世的论述是以地层学研究为基础的。地层学从年代久远的岩石和冰层中搜集各种证据，不仅包括动植物的化石，也包括二氧化碳和甲烷等温室气体的含量以及化学成分如氮的含量、水质的变化等等。比如地球地质学家会证明过去一百五十年间人类已经改变了50%以上的水资源，或地表的氮已经大部分是人工合成的。地球地质学家们正是根据这些证据来论述人类活动如何主导了地球表面物质构成的变化，人类对地表的影响达到了多大的范围。所以规模是地球地质学家们的重要概念。从"地球体系"的角度来研究人类的科学家们在此基础上进一步扩展了人类世的概念，不仅着眼于人类对地球影响的范围和物质构成，而且强调"地球体系"本身引发的不可预见的后继反应。他们把地球分为五大相互关联的领域如生物圈、大气圈、水文圈等，强调它们之间的互相勾连的效应。地质学家专注于人类影响地球的范围，而地球体系科学家们关注于理解地球体系的变化以寻求安全地回到全新世状态的可能性。比如2009

年，科学家Rockström等人指出，地球体系的变化有九个极限，分别为气候变迁，海洋酸化，臭氧层破坏，氮与磷循环失衡，全球水资源使用、土地使用、生物多样性的损害，大气层污染、化学污染。其中生物多样性的损害已经完全超越了地球体系的极限，而化学污染和大气层污染等还没有具体测量。而人类作为引发地球系统改变的始作俑者，和地球体系之间的关系不是一对一而是多发的、多边的，其中包含更多不可见的因素，更不可逆料。这些变化的不可逆料性必须成为理解人类与地球关系的重要部分，人必须理解自身最终也必然是地球体系变化的承受者。

人类世这个新地质时期的界说对生态人文学提出了问题和挑战。它对人与地球之间关系的新的描述使我们不得不重新思考关于人和人类社会的基本定义。地球地质学家们关于"人类是一种地质力量"的描述实际已经涉及了人类本体性的问题：如果说天外的陨石、地壳的运动在过去曾经左右了地球的命运，那么现在推动地球变化的主导力量却是人这个物种，是人类集体所选择的生存方式。人类的生存因此被呈现为一种前所未有的深刻矛盾：人类一方面"如同火山系统、地质板块、太阳的周期活动、地球绕日运行轨道的变化那样，改变着地球的运作"，同时，有着生老病死的人，不论是个人还是群体，又不可改变地是生物圈的一分子，和生物圈所有生物一起承受地球系统崩坏、气候变迁所带来的毁灭性灾难，因此是自己引发的一系列变化的牺牲品。也就是说，人类既是地球体系变化的肇端者，又是地球体系变化的承受者，既是导致生态灾难发生的罪魁祸首，又是生态灾难的受害人。人类早已不仅是在地球上留下些"足迹"的客人，作为对地球有主导力量的物种，人类的行为正在左右着地球系统的功能；但同时，人类又无法左右因此造成的生物圈的破坏和生物多样性的损失，无法左右人本身的生死。在这个意义上，人类经由和地球体系的关系而形成了自相矛盾的自我关系。这种自相矛盾的自我关系使人文学科所熟悉的文明与自然、外在与内在、人与环境等等一系列二项分野彻底坍塌。在人类世面前，离开人类谈"自然"和"环境"，或者离开地球史和生物多样性谈人类社会的政治和文化价值，都不免带有某种想象的缺失。我们作为人类世的人，实际上面临着与自身关系的危机。

"人"大概是"人类世"这个概念在生态批评领域最具争议性的主题之一。有些强调非人类行动重要性的批评者，认为人类世这个字眼本身就给了"人"太多重要性和决定权，"人"甚至代表人类中心主义的复出。的确，生态批评包含对人类中心主义的严肃反思，而这需要对人与物之间分别进行彻底消解。在这个信念下的确有出色可贵的著作问世，比如班尼特（Jane Bennett）的著作《跃动的物》（*Vibrant Matters*）强调在宇宙中物质作为能量的本质和能动性，这种能动性的物质的历史使人的历史降落到从属性的甚至可有可无的地位。《物质生态批评》（*Material Ecocriticism*）的作者们也强调物质在元素层面的互通性和可互换性，从而消解人与物、人与他者的想象分野。这些可贵的努力从非人类中心的角度反思历史文化，引进有关"非人类"主体的历史意识，建构了对人类中心主义的有力批评和独创性的方法论。但是，很多生态政治的核心问题，特别是那些与伦理相关的暴力、平等、责任等问题，依然是和人直接有关，无法被"非人类"主体所取代的。人类世这个概念最有政治意味的地方正是它对人的结构性的内在分裂的揭示。地球生态危机说明人类对自身行为的深刻的政治无意识，它来源于一套在现代历史中建构的政治压抑机制。历史学家杰夫·弗来索兹（J.Fressoz）说得清楚，地球生态危机的发生并不是由于人类的无知，而是源于对地球生物圈的"有意放弃"（Losing the Earth knowingly）。承认地球生态危机是个人和群体意愿（willfulness）的产物，意味着承认人类自我分裂的政治性和结构性。这一点与马克思所说的人的异化，《寂静的春天》的作者卡森所说的"人对生命的背叛"有深刻的相通之处。而人类世摆在人文学者面前的挑战是，既是地球系统破坏者又是地球生态灾难承受者的我们，还有没有能力去意识到这个深刻分裂，又如何从历史、文化、政治和人文学的角度言说和反思这个分裂。

我观察到，由于生态破坏的紧迫性、严重性，当代中国已经出现了富于人类世特征的摄影、电影和诗歌作品。人类世这个新地质时代的样貌构成了这些作品的母题和影像、价值和伦理上的矛盾，以及情感内容和批评角度。这当然不是说这些摄影人、导演、诗人是先自通晓了人类世的概念，然后以创作对号入座。这些作品毋宁是邀请观者和读者以类似"人类世"那种地质生物考古学式的目光来观看、来领悟。也可以说，它们之所以是人类世的作品，是因为它们规定了读者和观者去"看"或"读"的方式。这里，我是在最简单的意义上使用"地质生物考古式的目光"的，它指的是一种观看和思考生态事件的方法（而不是科学程序），即通过观察生物残余和其他地质物，了解曾经发生的地球生态事件。当读者或观者把作品的图像、意象和描述看作生态事件的残留时，他就理解了作品。而在人类世的目光下，人类的个体和群体在地球生态事件中那种自相缠绕、自相矛盾，既是施动者又是受害方的特点比任何时候都更加清晰。也许可以说，人类世的摄影和诗歌直接地来自这个新地质时代矛盾的深处。

视觉文化特别是摄影和纪录片成为当代为环境发声的首要方式也许并非偶然。人类世虽是科学界定，却包含特定的视觉意味。地球地质学家们对地球的观察包含了某种让你把地层和大气层当作书本和影像的断面来"读"或"看"的可能性。环境媒体批评者Medody Jue的比喻很形象，她认为从非技术的媒体角度看，人类世的地球就像是巨大的记录仪或巨大的底片，生态变化和人类行为像投射到底片一样印载在地球的层面里。这个明快的比喻突出了人类世的特有的视觉特点。当然，全新世时代的地球也是富于视觉特征的记录仪，而如果说人类世的记录和全新世的记录有什么不同，那就在于在人类世这里，人类在地球留下的是自己的负像，是自己当时看不到，只有事后才能看到的负像。在某种意义上，地质气象和地质生物学家观察人类世化石的方式就是这样一种视觉方式。他们从标志了人类影响的那些化石和残余物中，觉察到地质结构和地球体系的整体性改变。富于人类世特征的摄影和电影在很大程度上也带有这种观察方式。它们固然是"纪实"的，强调的却不一定是镜头在事件发生时刻的"在场"，而是要求观者对地球层面里各种迹象和数据做"事后的"综合观察，以至于不经过这样的综合观察，就无法理解所看到的对象。在知识的意义上，地质和生物考古学家们通过对生物残骸的阅读了解了过去的地球生态事件，比如气候的升温和恐龙的消亡，从而给了我们事实层面的真相。而在伦理和觉悟的意义上，人类世激活了一个类似于人在弥留之际那样的毫无隐藏地、洞彻地反观一生的机会。在这个弥留之际的微光下，现代以来人类历史的整卷录像在一个超越当事人时代的层面上"重放"，经受更高层面的伦理道义上的审视和评判。富于人类世特征的摄影和纪录片在某种意义上类似于这样一种对自身残骸的观察、对生前录像的"重放"。

我曾在一幅摄影作品中看见了人类世的特点。这幅摄影清晰地展现了"人类世摄影"的特征并不是因为它的纪实性——它不仅是生态圈遭到破坏的现场报告，还因为它包含的某种地质档案的特点。这幅摄影让我们看到，厚厚一层生活垃圾，包括废塑料、石灰和其他建筑废料被填进水洼，上面又盖了一层土壤，土壤之上将会建造钢筋水泥的城市。而令人触目惊心的是，这里所有看似熟悉的物质都已经发生了实质的变异，有的死亡，有的带来了死亡。最底层的水洼说明这里曾经具有的湿地地貌特征，但在拍摄时，它已经是不再有任何生命迹象的死水。曾经孕育过无数物种的湿地在这里永远地消失了，镜头摄下的，不过是湿地的残骸。而倒入水洼中的垃圾，不论是否有资源价值，都是无法直接回归和融入生态系统的"异物"，它们要么是被投进生态系统的外来物，要么像石灰等建筑垃圾那样是反生态的、有杀伤性的物。覆盖在垃圾之上的土壤也许还能叫作土，但它下面却不再是同样的大地，而是连地质成分都已经改变的、掺杂了毒物和异物的大地，土不过是用来掩盖毒物和异物的表皮。重点在于，只有当我们意识到这里的物质都已经是地质层面中的铭文、生命的化石和残骸时，才会明白这幅影像实际上不止是影像而已，而是指涉着人与地球历史上的一桩生态事件。而我们越是把这些物质的图像当作地质断层和化石来解读，就越是能够深入这桩人为的地球生态事件的内部，看到它的真实、荒谬、暴力和政治性。在这个意义上，这幅摄影所赋予我们的，是一双类似于未来地质和生物考古学家那种辨析人类世化石的眼睛。这双眼睛下暴露出来的是人类所创造的、自然无法消化的物，如何成为生态系统的致命杀手。时至今日，这些掩藏于地表之下的有害物仍然毒害着地下水源和地层系统。

对于人类世的讨论一直集中在历史断代即人类世开始的时间上，而受地球地质学家或地球体系科学研究者们观察方式的启发，我认为人类世概念的意义还在于它开启了特殊的物质研究维度。我曾以"人类世的物"的概念来泛指那些由人类制造以及因人类过度使用而发生变异的、对生命体系和地球生物圈具有杀伤力的物。"人类世的物"最早可以追溯到克鲁岑首次提出"人类世"概念。他将人类世的始点设定在蒸汽机发明的那一年，看上去似乎过分强调了欧洲历史上独有的"工业革命"在地球历史上的重要性。但从物的角度看，这位地质科学家用蒸汽机所强调的与其说是工业时代，不如说是煤这种特定的物，是煤如何被大量使用乃至到了改变地球物质构成的地步。彭慕兰在《大分流》中也指出，没有煤，蒸汽机以及后续的一系列工业过程都不会实现。也就是说，与其说是蒸汽机发明了煤，不如说煤的发掘使蒸汽机得到推广。煤可以说是第一种"人类世的物"，它在成为人的重要经济和生活能源的那一天起，对生命和地球就带来了前所未有的危害。在今天，煤炭燃烧造成的雾霾对生命健康造成的威胁有目共睹，而煤炭燃烧形成的黑炭早已是冰山和冰川融化最直接的肇因，这已经远远超出了蒸汽机的影响力。因此这里我想把对克鲁岑的诠释推进一步，用"人类世的物"来包括继煤之后人类所"发明创造"的那些有害于生命和地球体系的物质。煤尚还算是地球固有的物，19、20世纪以来，很多对生物圈和地球系统有杀伤力的"物"是地球原本没有、人类制造的。这些物包括人工合成的化学元素以及农药、塑料、化肥、各种重金属、核辐射物和其他种种。更重要的是，这些对生物圈和生命体系具有杀伤力的物，很多是没有办法被地球体系所吸收消化、无法归零的。我们每天生产消费的工业和生活垃圾有一小部分也许会随着时间降解为土壤，但大部分即使成为分子，也无法降解和还原为生态体系的一部分。正因此，这些曾经建构了文明骄傲、成为人类生存依赖的物，才构成地球生物圈毁灭的威胁。

和人类世的物密切相关的是生态暴力概念。人类世的提法把人类的生存方式本身作为对生物圈的施暴。后殖民主义和对资本、帝国的批判已经把现代历史读作资本、战争、殖民掠夺和国家操控下的充满暴力、不公和阴谋的历史。而包括人类世批评在内的生态批评则把这个暴力提到了物种间的政治层面，而人类世的物就是人类对其他物种施暴的工具和中介。即使人类不是森林、生物物种、海洋的直接杀手，但借由每天都在生产、使用并赖之为生的"人类世的物"，人类的每个成员都参与着这场波及全球、针对所有物种、所有生态难民包括每个人自己和家人的暴力。实际上，人类世的物的暴力性必须在罗布·尼克森提出的生态慢暴力意义上才能昭明。尼克森把慢暴力定义为在空间和时间上发生了转移的暴力，也就是说，施暴的证据和结果在空间和时间上发生了双重转移，在空间上被转移到更边缘也更不可见的地区，同时在时间上被延后，被转移到未来的一系列点上。他列举了许多中时空转移的慢暴力方式，比如将被施暴者"非想象共同体化"（unimagined community）。慢暴力的概念可以非常准确地描述"人类世的物"的作用，或者说"人类世的物"非常深刻地反映了慢暴力的过程。它可以说是一种施暴人不在现场的施暴，而由于塑料等物质本身不可生物降解的特性，它还可以说是一种施暴人死后的施暴，而由于塑料等使用者并没有要伤害环境，它还可以是施暴人没有暴力动机的施暴。经由"人类世的物"，人类成员没有动机、不在现场、无法控制地参与这一场规模浩大的慢暴力。这场暴力中，整个生物圈和其他物种已经并还在遭受的伤害不会因了抹除了人的痕迹就一笔勾销。因此，人类必须为已经并仍在进行的生态施暴承担责任，进行反省。

在这个意义上，塑料是最具典型意义的"人类世的物"。塑料如此深入了人类日常生活的每个角落，从食品商品包装到水瓶牙刷化妆品，从锅碗瓢盆家具到购物袋，几乎我们使用的每个物体上都有塑料。这种看似无害的人造物一旦被生产出来，就不可能回归生态系统。一只塑料袋即使反复使用，其平均使用时间最多不会超过十五分钟，但它的寿命却会有万年之久。塑料可以在物理层面降解，它的形态会分解，甚至可以化为粉末。但实际上，这种物理的降解却不是生物意义上的降解，它的粉末不能还原为土，它即使是分子的时候也仍然是塑料。因此这种人类最日常的物，构成了对海洋物种的最大威胁，直接带来海洋物种的消亡。据统计，每年有八百万吨塑料从全世界的江河湖海陆地漏入海洋。海洋科学家发现，倾入海洋的废塑料会因阳光照射而分解成小片，在海流推动下漂浮游走，乃至在全球各个大洋形成大面积的"塑料海洋涡流"。20世纪90年代，摩尔船长在加利福尼亚西面空无一人的北太平洋海域发现了第一片塑料涡流，当时它的面积有两个得克萨斯州那么大。涡流中的塑料浓度很高，一平方海里包含着了二百万片碎塑料，碎塑料在一份海水中所占的比例是浮游生物的七倍。三十年后，塑料涡流在全球已经发现五到六个。这些大面积高浓度的塑料涡流直接带来海洋生物的病痛和死亡。海洋生物很自然地吞下这些塑料，并且被渔网和塑料制品缠住身体无法挣脱。科学家们指出，由于海洋鱼类身体里满含塑料，现在已经不存在真正自然的、体内不含塑料的鱼类了。而各种海鸟，尽管并不栖居水下而是生存在海岛，但因无法区分色彩绚丽的塑料片与"可食物"及浮游生物，也同样惨遭伤害。据统计，目前包括企鹅、海鸥、海洋信天翁在内的所有海鸟中，60%体内已经含有废塑料，而二十年后，体内含有废塑料的海鸟将扩大到99%。没有什么能比这个数据更深刻清晰地说明塑料的聚集已经打破超出海洋生物多样性的极限，而地球系统极限即将被打破是地球系统科学家们发出的最严重的警告之一。

栖居于中途岛的海鸟信天翁的遭遇，最典型地表达了其他物种被"人类世的物"伤害的过程。这座岛屿远在人类文明活动范围之外，却处于北太平洋著名的塑料涡流中心。塑料制品如牙刷、打火机和废瓶盖进入了信天翁的体内，导致它们衰竭而死。据摄影评论家鲍崑说，2015年，当摄影师乔丹的摄影作品在连州摄影节上展出时，观众几乎不相信眼前的事实，他们询问这些塑料是怎样进入鸟腹的，是否是摆拍的结果。乔丹不得不用一段他在中途岛解剖信天翁尸体的视频记录来解释原委。这些死去的信天翁只有几个月大，它们的父母每天从四周的海域中叼来这些鲜艳的"食物"喂给自己的幼雏，并不知道那早已不是海洋生物而是令幼雏痛苦死亡的塑料。即使它们知道，恐怕也难以逃脱同样的命运，因为塑料涡流的浓度如此之大，每一份浮游生物必然伴随着六至七倍的碎塑料。更恐怖的是，每一片塑料袋、牙刷或打火机碎片都会多次重复地导致不同海鸟的死亡。在信天翁死亡后，尸体经过风化而腐烂消失，裸露出来的废塑料必然又被误认作食物而进入下一只小信天翁的体内，在几个月内导致下一只信天翁的死亡，如此轮回，看不到穷尽。在这个意义上，这些摄影展现的是惊人的人类世图景：人类引以为荣的

"发明创造"把这座远在天边的海鸟栖居地变成了它们尸骨累累的坟场。平均只有十五分钟使用寿命的塑料袋,在我们死去的几千年后,仍会在地球的某个角落造成某只海龟或海鸟的死亡。而人类本身正不可避免地受到海洋塑料囤积的影响。海洋里的塑料微粒进入海洋生物后,正在以食品的方式回到人类腹中。鱼的身体已经充满聚丙乙烯等塑料物质,海盐、海带、海藻也同样。塑料微粒曾经带给海鸟的一切病痛,不论是心脏疾患还是血液疾患,都迟早会降临到人类身上。

"人类的物",充分不过地表达着人类的自相矛盾的伤害和自我伤害、施暴和自我施暴。人类以自己的创造力对地球和其他物种形成伤害,反过来又成为其牺牲品的过程,形成了人类世时代人的自我关系和自我定义的核心。

孟　悦　现任教于多伦多大学东亚系。著有*Shanghai and Edges of Empire*、《人、历史、家园》、《浮出历史地表》(与戴锦华合著)、《历史与叙述》等专著。并写有关于历史、文学、文化研究方面的多篇学术论文。

光　明

匆匆那年（小说）

◎汪破窑

真正对深圳有一个大概的了解得益于八卦东。八卦东把食指放进嘴里，蘸了蘸口水，翻开那本十六开的中国城市地图册，指着大公鸡最下面的一个小黑点说，这就是深圳。我们听了莫名地亢奋，蠢蠢欲动，手也忍不住搓了搓，虽然誓发了几次，最终我们没有成行。八卦东笑我们是语言的巨人行动的矮子，我们默认了，私下里我们说他何尝不是呢。我们喜欢和八卦东在一起，尽管槐树湾村的人说我们是一群不务正业的二流子，可是他们哪里知晓这群二流子也有梦想呢。也许在他们的眼里，我们的梦想只能是一个梦，永远无法实现，可我们不这样认为，我们坚定地认为我们的梦想是那么实际，就像获取汉江水一样容易，只需我们往地上插一根竹竿就能汲取水来。

每天吃了饭我们就会聚在一起。现在的我们没有了任何束缚，我们没有东游西逛的习惯，我们只是喜欢像在学校时一样扎堆聊天。中考结束了，不出意外的话，我们面临的就是继续从事父辈的工作，我想也根本不会出什么意外，中考就意味着我们这一生的学习生涯画上了句号。如果硬说会有什么意外发生的话，那一定是发生在文子身上，他有个亲戚在县供销联社工作，走个后门把他弄进供销系统打个临工也是有这个可能的。文子不抱多大的希望，毕竟是亲戚，亲戚也要求爷爷告奶奶，自己想想都不容易，又何必去麻烦人家呢。八卦东说，亲戚会不会帮忙是一回事，亲戚愿意帮忙能不能帮上忙又是另外一回事。八卦东的分析是有道理的，他常把老师辩得瞠目结舌，窘红着脸盯着八卦东。八卦东往往不顾及我们的感受就把话抖搂出来，我们都认命，命摆在那里，一眼能看透，不要戳破嘛，这样就太没有意思了。一眼看到头的人生让人觉得这样活着没有意思。我们有点儿不甘心，毕业就失业我们也见怪不怪了，但在这样平淡如水的日子里仍盼望着能加上那么一丁点酸甜苦辣的味儿。谁不想给自己安置一个虚拟的梦想呢，就算一生虚度，那梦想也足以让我们厚着脸皮顽强地生存下去。我必须给自己制造一个缥缈的梦想，沉浸其中永远不要醒来。八卦东这人就是这么讨厌，他总是残忍地把沉浸在梦中假装不要醒来的我们给生生叫醒。

你们是不是在说王老师？呵呵，对不对？不用问，我就知道。八卦东的身子像他的语速一样旋即到了我们身边。每一次聚会，他总是最后一个出现，这样也就显示了他为尊、我们为从的关系。八封东见面的形式和开场白一般都是以这样的方式开始的，特让人讨厌，又特让人期待。

你们知不知道王老师为什么能当教导处副主任？八卦东故作神秘地问。

我们相互看了看。没待回答，八卦东机关枪似的"嗒嗒嗒"抢先说道，我知道你们肯定不知道，但是我是知道的。

我张了张嘴，八卦东仍然没有给我说话的机会，他说，她肯定跟徐校长……八卦东笑了笑，那笑意从他的眼角里嘴丫边流了出来，有一点坏坏的味道，傻子也能听出他话里的意思。八卦东总能给我们带来一些新的东西，也许是一件旧事，也许我们也知道，但从他嘴里说出来就不一样，哪里不一样我们也说不上来，这玩意儿只能意会不能言传，总的来说吧，就是听起来那么新鲜那么有意味。八卦东给我们的生活增添了一点味道，这也是我们喜欢和他玩的原因。

我们众星捧月般地围拢在八卦东身边。我们几个人的位置是固定的，就像领导出席记者见面会一样，谁站在中间，谁站在左边，谁站在右边，这些都是有讲究的。八卦东笑了笑，低着下巴，很神秘地说，你们知道不知道，二平在深圳一家夜总会上班。我们摇了摇头。他又说，听说是在干什么DJ，一个月有几千块。DJ是什么玩意儿我们不知道，但是一个月几千块打死我们也不会相信，当县长也拿不了这么多钱，何况一个打工的。

然后八卦东沉默了一下，往往这个时候他是在想事情，我们一般不会打扰他。我们静静地看着。过了一会儿，他像做了一个艰难的决定，说，要不我们去找二平，让她帮我们找一份工作，总比待在家里强吧。我们沉默了，找二平我们有些不愿意，对深圳我们却很向往。我们很惆怅，八卦东说去找二平已说过好多次了，一直没有兑现，有一次他把行李都收拾好了，我们以为他下定决心去深圳了，结果第二天他又笑眯眯地出现在我们面前。八卦东看到我们的表情，也觉得没意思了，只好转移话题。他说算了，不说深圳了，还是说说我们的失业者协会吧。八卦东的话像是一阵风，把我们的惆怅吹走了，阳光从我们眼里露出来，我们又有了精神了。

这段时间我们在谋划成立一个"失业者协会"，我们在为成立全国失业者协会还是世界失业者协会而伤神。这件事已经耽搁了好些天。这样下去不行。看得出来八卦东准备得很充分，他可能查了一些资料，这样他就可以引经据典旁征博引。八卦东分析说，全国失业者协会只能算作一个国家级的民间组织，到了联合国就没有了发言权，要搞就搞大的，我们成立世界失业者协会，虽然也是一个民间组织，但名头大。我们点了点头。他加重语气说，总部就设在我们村。设在我们槐树湾？大三嘴巴抿了半天，没忍住，扑哧笑了。八卦东瞪了他一眼，脸色有点不好看。大三没有注意到八卦东的面部表情，边笑边说，笑死我了，笑死我了，一个世界级的组织设在我们村，还是总部。八卦东严厉地说，在我们村设总部怎么啦？咋的，你还瞧不上我们槐树湾？大三不笑了。八卦东接着说，再说以后我们还可以在武汉、北京、上海设立分部嘛。他顿了顿，以后其他国家想成立这个组织必须向我们申请，由我们审核批准后他们才能成立，以后我们还要召开世界失业者扩大会议，各个国家、地区的失业者协会必须来我们这儿参会，想想看，是不是很牛！说完，八卦东双手抬起，一副君临天下的姿态。

然后八卦东长吁了一口气。我们知道这个时候他肯定要发表什么感慨了。果不其然，他铿锵有力地说，深谋远虑，行军用兵之道，非及向时之士也。这也是八卦东常挂在嘴边的一句话。说完他又仰起了脖子乜起了眼睛，接着他叹了一口气，很无奈地说，说了你们也不懂，我解释一下吧，用现在最通俗的话来说，就是眼光有多远，世界就有多大。八卦东所说的"通俗"两字就是"没有水平"的意思。虽然我们有一些不服气，在心里还是挺佩服八卦东的。比如他刚才说的这句话吧，我们耳朵都听出茧了，可是至今我们也不能把这句话说全，更搞不明白是什么意思。

是的，如果我们先把世界失业者协会的牌子挂起来，以后谁再挂必须得到我们的许可才可以，否则就是侵权，小六子附和着说，我们还可以收取一部分挂牌费，也可以向失业者协会的会员收取会费。小六子认真的样子非常好笑，这个时候我们却笑不出来了，我们在幻想着世界各国、各地区争着抢着来向我们申请挂牌，成千上万的人排着队向我们缴纳会费。

八卦东说，收会费就不必了，失业者协会，顾名思义，就是没有工作的一群人，他们哪里有钱给我们呀。当然，如果我们能帮他们解决工作问题，象征性地收一点费用也是未尝不可的。我们不是为成立失业者协会而成立失业者协会，我们成立的初衷就是要帮助那些失业者实现就业、致富，实现世界大同。

听他这么一说，我顿时觉得我们的失业者协会更加高大上了，我若有所思地点了点头。小六子用力拍了一下我的头，我的头皮阵阵发麻，而后才感觉到电酥般的疼痛。小六子嘲讽地说，你点个屁头呀，好像你懂了似的。我白了他一眼，正要反驳，八卦东双手一抬，手掌向下轻轻一压，示意我们不要闹了。我向日葵似的望着八卦东，学生般地聆听他的讲话。

八卦东正了正声腔，拖长了音说，我们这个失业者协会呀，以后的发展趋势还要往学历教育、技能培训、工作介绍、开办各种实业等方面发展，不断提升失业者的综合素质和工作技能，创造就业条件，确保不让一个具备条件的劳力失业。八卦东说完，右手猛地往上一扬。我们看着他，只有敬仰的份儿。八卦东的话通俗易懂，显而易见，他是故意说得这么直白的，好让我们吃透弄懂他的讲话精神和掌握好精髓要义。我年龄小，现在还不往就业那方面想，八卦东所说的学历教育、技能培训却吊起了我的胃口。

小六子说，好倒是好，远景规划我们也有了，万事开头难，那我们下一步该怎么办呢？

八卦东果断地说，当然得挂牌子！

我憋红了脸问道，咋、咋、咋挂？

文子等了好久，终于逮住了这个机会。他说，挂牌要到县工商局申请，我们要提前注册这个商标，以防被其他人盗用。文子看了看我们，我们都没有说话，他拍胸脯说，这个事交给我就行了，工商局就在我姑父家附近，我对城里熟，这个事交给我就行了。文子自告奋勇，他说他百分之百能搞定。

八卦东对文子的话给予了充分肯定，他点了点头说，文子说到点子上了，既然提到了商标这个事，我认为很有必要，只要我们先注册了这个商标，以后没有经过我们的允许谁都不能用！八卦东口气坚定果敢，好像这事已经板上钉钉了。

我这时想打个哈欠，可能是昨天晚上看《戏说乾隆》的原因，我太喜欢春喜了，他们都说春喜不好看，可我就是喜欢她活泼俏皮、乖巧可爱的样子，我连看了三集，就连中间插播广告时我去撒尿也是速战速决，生怕漏掉一点内容，连放主题曲我也要听全的。八卦东以为我要说话，指着我说，你是不是要说"好呀好呀"？我赶紧捂住嘴巴，点了点头。在这样的情况下，我和大三是没有发言权的，我话说得费劲，他们听得更费劲，有八卦东在的话，我基本上是没有说话的机会，我一张嘴就会被他及时制止，他每一次制止都会得到大家的赞赏。大三不说话是因为他长得太瘦，大家喜欢调侃他，或者说欺负他。小六子就经常欺负大三，他右手把大三的头一扣，一转，大三整个人跟着转，像一只陀螺。大三内心是强大的，也是有攻击性的，他不甘心受人摆布，有时他也会插话发表自己的意见，并且多次尝试武力反叛，未果。小六子是八卦东坚定的拥趸，他们俩经常联手平叛，大三次次反叛均以失败告终。八卦东经常语重心长地说，人要有规矩意识，如果每个人都不按照规矩办事，你不听我不听，那么一种无法无天的风气就会盛行。在这种风气的影响下，诸侯纷起王室衰微，岂不天下大乱。八卦东的话看似说给大三听，其实也有告诫我们的意思。我们想挑战八卦东和小六子，但力量明显不足。有小六子在，八卦东这个核心地位基本上没有动摇过。有八卦东在，小六子像吃了肾宝片，腰杆挺得很直。我、大三一直与文子友善，文子家有电视，没事我们就去他家看电视，多少个空虚无聊的假期我们都是在文子家的电视机前度过的。文子多次私下表示出对八卦东的不满，一种同室操戈的意味很浓。文子可能还在等待，待到浓得化不开时，他才会出击。小六子每次调侃大三，文子不仅在语言上甚至在表情上都没有任何表示，他现在还不能确定我的态度，我的态度对他来说至关重要，可以起到千钧一发的作用。虽然我们整日里混在一起，文子顾虑我与八卦东没有出五服的这层关系，他一直在等，一旦我和他结成同盟的话，八卦东的位置就岌岌可危了。

八卦东说，要成立世界失业者协会必须要有自己的制度、行动纲领、指导思想等等，不然就如无头苍蝇四处乱撞，会撞得头破血流。八卦东说完，望着我，虽然我说话不利索，文笔却是公认的，倒不是我能写一手漂亮的字，主要是我的语句通畅，而且字迹工整，犹如钢板刻出来的一样。

我说，我我，我写。

我们再次见面时，我已把章程写好了。我是满意的，我是下了功夫的。字体一笔一画，一丝不苟，苍劲有力。我说，世、世界……

八卦东说，世界失业者协会章程拟好了？

我吃力地说，好好，好了。

八卦东问，在哪儿？

我从口袋里掏出章程，那是我查阅了大量资料，花费几天时间撰写的，又用了一天时间誊写在信纸上。

八卦东接过来看，眉头越皱越紧，我的心也跟着紧了。八卦东用领导般亲切的口气说，营长，看来你还是下了一番功夫的。我听了他这种口气心里有些不舒服，老觉得很别扭，想了半天才想出来，八卦东一向以讽刺话来与我对话，他刚才叫我"营长"而不是"结巴营长"。我的耳朵已经不能适应八卦东的变化了。我的这个绰号得益于电影《突破乌江》。自从大家叫我结巴营长后，我说话愈发结巴了，像舌头打了个结，怎么也利索不起来。这并不影响我们五个人的友谊，尽管我们龃龉不断。八卦东加重语气说，但是——这个"但是"又让我把心提到了嗓子眼儿。我静静地看着八卦东。八卦东右手食指点了点信纸说，但是，最关键的问题你没有写上。最关键的问题是什么，我们心知肚明，都装出一副与己无关的样子。

八卦东见我们没有动静，问道，营长，怎么能没有领导班子呢？一个章程里最重要的就是要有组织架构，如果没有这个组织架构，其他的内容写得再好也是白搭，这就好比是有一万名士兵，但没有将军元帅，仗怎么打？你打你的，我打我的，这怎么行嘛。人无头不行，鸟无头不飞。是不是？

我窘迫得脸红了，搔了搔头说，我、我，不知道、怎、怎、么写？

不知道怎么写，那我们现在就敲定下来，你赶紧给我补上。八卦东说。他说的是给我补上，说明他已经把这个协会当作自己的协会了。

我点了点头。

今天我们就把章程完善好，然后去县工商局注册。八卦东说完看了一眼小六子。小六子轻轻地眨了一下眼睛。

大三抢着说，我看还是让文子当失业者协会的主席吧，他有亲戚在城里，申请注册没有他不行，论功行赏的话也应该是他。

小六子马上反驳，你知道个鸟！世界失业者协会是谁最先提出来的？

大三愣了，说是我们一起想出来的。

小六子举起右手做出一个要打人的动作，他以为会吓住大三，没想到大三只是缩了一下脖子，并没有像往日迅速溜走，眼睛死死地盯着小六子。小六子很惊讶，他说，大三，我告诉你，这个失业者协会主席一定要庆东当。

八卦东笑了笑，那股子傲慢从眉眼间毫无顾忌地肆意地倾泻而出，多么招人恨呀，但是他偏偏用领导般和蔼可亲的语气对小六子说，也不能说得这样绝对，我们还是要讲究民主嘛，我们也要征求一下营长的意见嘛。八卦东的眼神柔和而温暖，就在我的目光与他的目光对上的一刹那，我看出他假装镇定的眼神里充满了慌乱。我扭头看了看文子，文子白白胖胖的脸上泛起了红晕，他无所适从地看着我，充满了期待。我知道，他心里没有底，他那种忐忑的心情和可怜的表情多么让人同情，也唤醒了我的良知。我说，我、我们，按姓氏，笔、笔画，来排。

文子双掌一击，发自肺腑地感慨道，好！好啊！这个主意好！

八卦东怔住了。小六子怔住了。大三怔住了。八卦东的眼神如打翻的蜡台正在愤怒地燃烧，我直直地对上去，目光丝毫没有退让，我对我今天的表现表示满意，我非常高兴我能如此镇静。我看了看文子，我的话太意外了，他内心翻滚的窃喜已经从他的兴奋得手足无措的样子上赤裸裸地呈现出来，刚才那突然的一击掌和一叫好，更是将这种心情表露无遗。

是的，他们谁也没有想到我会说出这样的话。文子大名叫于博文，八卦东叫曾庆东，我提出姓氏笔画来排是下了一个套，就算你想反驳说不按姓氏笔画排，按姓氏拼音排也轮不到八卦东。这才是让文子叫绝的原因。

小六子想了想，犹豫了一下才说，按姓氏笔画排，那你们平时把庆东叫什么？

我们对视一下，都没有说话，八卦东只是我们私底下的叫法，谁会当着他的面叫呀。小六子很得意地说，如果按姓氏笔画排的话，那庆东叫八卦东，八是两笔。

大三嘴角抽动，嘲讽地反问，八是姓吗？

八卦东狠狠地扇了一下小六子的头，责问道，你才姓八。小六子摸了一下头，沉默不语，把食指伸进嘴里，用指甲在牙齿上刮，刮出一层黄黄的东西，指头一弹，没有弹掉，他又用力吹，吹了好几次才把那黄色的东西吹掉。八卦东生气了，有些兜不住了，那怒气如起火的电线皮"叭叭"往下掉，他说，既然营长这样说了，那让文子当主席吧。说完，他尽量保持着愉快的微笑，如果是以前我可能会觉得这笑容发自肺腑，现在看来却像一个三流演员的拙劣表演。

大三仿佛打赢了一场仗，用胜利的口吻说，副主席让庆东当吧，按姓氏笔画应该是我王三当的。大三的话有些伤人了，让八卦东脸上挂不住，我以为他会拂袖而去，可是没有，他挤出一丝苦笑说，大三，那我要好好感谢你哟，然后笑着与我们一一握手，像电视里放的那些场面。

失业者协会班子成员就这么定下来了，世界失业者协会主席由文子担任，主持全面工作；八卦东任副主席，协助主席工作，分管外事工作；小六子任协会常委、纪委书记兼秘书长，负责世界各国失业者协会的廉政作风建设；大三任协会常委兼组织部长，负责世界各国失业者协会筹建审批及队伍建设；我没有想到我一个结巴竟然能担任协会常委兼宣传部长。我把组织架构一笔一画地写好，"五大常委"的排序及分工已尘埃落定。

我们决定每人出资五十块钱去县里注册，约定第二天一早七点到街上碰头。为了防止有人中途反悔，八卦东提前将钱收了。眼看着我们的宏伟计划就要实现了，我们有说不出的兴奋。八卦东再一次很正式很官方很亲民地和我们一一握手，严肃地说，明天不见不散。

第二天一大早我就起床了，我从文子家门前经过时，他家大门紧闭，他肯定兴奋得睡不着觉，我吹了几声口哨，按照以往的接头暗号，我吹了三声他得回一声，可是没有人应，我只得喊了几声，还是没有人应，我想文子是不是已经出发了，他太兴奋了。我埋怨文子有点不够意思，如果不是我这关键的神圣的一票，主席的位置铁定是八卦东的，他刚当上主席就抛下我独自走了，如此脱离群众，真不知他江山永固后会怎样对待我这样的"开国元勋"，想到这，我有一点"鸟尽弓藏、兔死狗烹"的感觉。路上我碰上了大三。接着，又碰上了八卦东和小六子，他俩有说有笑，见到我们才停止了笑声。现在六点多一点，天已大亮，霞光万道。这是一个阳光和煦的早晨。这样的天气总会让人心情舒畅，但我还是有一点小失落，因为文子，怎么说呢，早知道他是这一副德行，真不如让八卦东做主席算了。我心里懊悔着，低着头走路，用解放鞋的鞋尖踢着路上的小石子，石子如同燃放的爆竹在路间乱窜。阳光透过白杨树洒下来，弄花了林荫道。白杨树叶子墨翠欲滴，枝条尖上的树叶是嫩绿的，甚至是嫩黄色的。一副生机勃勃的样子，泛着光，风轻轻一刮，光滴落在路面上，摇晃着，阳光的碎影一会儿过来，一会儿过去，像河水泛着耀眼的光。我身上渐渐变暖了，有阳光的暖和味道，也有白杨树叶清新的味道。

街上已是一番热闹的景象，做生意的商贩开始忙碌了。八卦东和小六子坐在转盘的台阶上闲聊着。我和大三四处搜寻文子。

文子去哪儿啦？大三问。

我、我，哪、知道？

小六子说，走吧，文子他今天不会来了。

不不、不会的，昨说、好好的。

八卦东坐在台阶上跷起了二郎腿。大三小声问我，文子怎么搞的，怎么还不来呢？小六子说，走吧，我说他不会来了他就不会来了。我们不说话，四处张望，希望能从人群中找到文子。八卦东抬起左臂，看了看手表，说七点钟我们准时出发。我们又等了一会儿，仍不见文子的踪影。这时，停在不远处的班车按起了喇叭，仿佛催促我们出发。八卦东站起来说，走吧！说不定文子已经提前出发了，说不定他正在工商局等着我们呢。大三对我说，是呀是呀，说不定文子已提前到了城里。

我想也是，只好说，那、那，走、走吧。

八卦东大手一挥，一副伟人的气派，慷慨激昂地说，从今往后，我们都是一个组织的人了，以后大家有福同享有难同当。八卦东这几句话把我们都拴在了一起，看来他并没有在意我把神圣的一票投给文子。我心里暖暖的。

我们坐上了班车。路两边的白杨树飞速往身后跑去，我看到它们笔直的身影一闪而过，窗外的庄稼一大片一大片的，特别有精神。这时我才发现我离家越来越远了，心里空落落的，不是个滋味，好像自己要去一个很远的地方，再也不会回来。整天待在家里，我觉得很厌烦，到了真正要离开了又对它很依赖，我暗骂自己没出息，只是去一趟县城而已，又不是留在城里不回来了。

很快到了县城东站。我们下车后沿着马路向前走。我们漫无目的地走，我们没有进过城，不知道该怎么走。对于我们来说，县城就是远方，一个未知的世界，值得我们去探索。我们边走边好奇地打量路两边的建筑物、商店和人。城市与乡下的区别是从房子开始的。矮的房子也有两层，渐渐高楼多了起来，都是六层七层的，道路越来越整洁，过往的人穿着很体面，干干净净的，我们应该是进城了。

没有文子，我们照样进得了城。我在心里哼哼。

城里跟我们乡下不一样的地方真不少。乡下车少，行人悠闲；城里则是车来车往，路上的行人行色匆匆；道路两侧的商铺门口放着一个个很大的音箱，从里面传来流行歌曲，在我们镇上只有"一剪美"发廊才有音箱。我们在喧闹的街道上边走边看，时不时有人冲我们叫喊，推销服装、鞋子之类的物品。我们过一会儿就会看一下八卦东，城里小偷多，用镊子夹钱包，用刀片划皮包，我们的眼神是在提醒八卦东保管好钱。八卦东不说话，右手往裤袋上一拍，意思是说钱在呢。

太阳到了头顶，气温升高了，我心里慌得很，不停地用口水润湿嘴唇。穿过这条长街，我们紧张的心才放了下来。我感到有点饿了，肚子叫了几次，我不好意思开口，我看见大三揉了好几次肚子，我猜他早上也没有吃东西。路过街边一家包子铺时，从蒸笼里散发出来的香味使我迈不动步子了，我盯着蒸笼，又盯着一个食客手里的包子，我看着它一点一点地被他吞下去。大三用肘拐了我一下，八卦东和小六子正盯着我看。我尴尬极了。他俩笑了。我准备往前走，发现他们没有走的意思。八卦东犹疑了半天才说，你们是不是饿了呀？呵呵，对不对？不用问，我就知道。八卦东停顿了一下，又说，我猜你们早上出门时肯定没有吃饭，是不是？我就知道。走了这么远的路，都饿了吧。这时肚子又不争气地叫了，我忙点了点头。八卦东用商量的口气说，要不我们买一点东西吃吧。小六子立即响应，好啊好啊。八卦东说，那我们就用公款买，到时候AA制平摊。我们点头表示同意。八卦东说，我看还是买馒头吧，便宜，吃了耐饿。小六子说，好啊好啊，馒头经济实惠。我和大三跟着说好啊好啊。我们每人两个馒头，蹲在包子铺前大口地吞咽，全然不顾旁边一个肮脏、臭味扑鼻、落满苍蝇的潲水桶。八卦东吃完了，双手往潲水桶上面使劲一拍，白色的粉末伴随掌声一起落入桶内，里面的蚊蝇惊飞起来，嗡嗡嗡地四处乱窜，像轰炸机轰隆隆地起来又轰隆隆地降落在桶沿上。

有了两个馒头垫肚子，顿觉没有刚才那么饿了。干咽馒头，觉得少点啥，我们看了看门口立着的一个冰柜，里面放的是冰棒、雪糕、汽水，谁也没有开口。八卦东说，走。我们跟着说，走。我们一起向前走去。

工商局在哪儿？我们不知道，八卦东再次发挥了他口才的优势，问路噼里啪啦一大通，被问的人只得乖乖地"交代"我们要去的地方在什么位置。

我们走近了一个很大气的院落，门口蹲着两只很大的石狮子，一边一只，铁大门敞开着，门卫室有一个老头趴在桌子上睡觉。我们远远地看着，不敢走近。八卦东说，弟兄们，看到没有，院子里头有一棵橘子树。八卦东的话不用全部说出来我们已知道他的意思。八卦东示意我们小声一点，我们跟在八卦东的屁股后面蹑手蹑脚地溜进了院子。

橘树上面挂满了橘子，青乎乎的，和叶子一样，只是它们比叶子要喜人。我看着这橘子，立马不渴了，嘴里有一股酸水涌动，我偷偷地咽了下去，我看见小六子的喉咙上下滚动着。八卦东示意我们摘橘子，我们迫不及待地动起手来。八卦东踩在树枝上去摘上面一个大橘子，树枝"啪"的一声，断了，我们感觉不妙，赶紧往门外跑去。老头醒了，循声出来，大声喊道，干什么的。我们冲了过去，他张开的双臂僵硬地停在那里，不像抓鸡的鹰，倒像护雏的母鸡。我们已经跑得很远了，身后传来老头的骂声，小兔崽子！让我抓到没你们好果子吃。

我们一直跑到他看不见的地方才停了下来。我才发现大三不见了，我忙问，大、大三，呢？

八卦东说，是呀，大三呢？

小六子说，是呀，大三呢？

八卦东说，大三不会被老头给逮住了吧？

那、那咋办？

八卦东低头不语。我看了小六子一眼，小六子也低下了头。我急切地说，要、要、要不，我们，去、去救他。八卦东坐在马路牙子上，眼皮没有抬一下，说回去还不是找死，又补充说，不能为了他一个人而牺牲我们一个大部队。

我愁眉不展，搓着双手来回踱步。八卦东抬起头白了我一眼，厉声说，结巴营长，你来回走，把老子眼睛都转晕了！我怔了一下，小心翼翼地坐在八卦东身旁，我希望这个时候他能拿个主意。他没有出声。我们就这样一直默不作声。小六子剥开了一个橘子，青青的酸酸的味道弥漫过来，小六子嘴巴发出"叭叭"的咀嚼声。我嘴巴发酸了。

也不知过了多久，大三还是没有过来。八卦东打破沉默，说这样等下去也不是办法，要不我们先回去吧。

我睁大眼睛盯着八卦东，八卦东有些不好意思，他知道我心里的想法，辩解地说，我有什么办法呢，谁让他跑得慢呢。我梗着脖子说，要、要回，你们回，我在这，里等。其实我好希望他们能陪我一起在这里等大三，我怕大三被抓去坐牢。

沉默了几分钟之后，八卦东说，你在这里等好了，我可要回去了。他站起来，小六子跟着站起来。他先是犹疑地站了一会儿，然后走了，小六子也跟着他走了，留给我两个背影。我冲着他俩"呸"了一口，心里骂道，怕死鬼，胆小鬼。我很鄙视八卦东，早上他口口声声说要有福同享有难同当，眨眼的工夫那誓言就被现实击得粉碎。

我不知道该怎么办，一个人傻傻地干等，想着大三会不会被关进派出所，会不会挨打，见到他爸妈我怎么说。我蹲在地上，头垂着，小声抽泣着，而后控制不住失声痛哭起来。我的哭声掺杂在街上传来的嘈杂声中，显得那么无助。

哭什么？

我听到一个熟悉的声音。我抬头，忙用袖子抹干眼泪，是大三！他正咧着嘴巴冲着我笑呢。不知他什么时候站到了我面前，看他的表情应该有好久了吧。我站起来给了他一拳，他仍冲着我笑。他问八卦东他们呢，我愤愤不平地说，他、他、他们死，了！大三说，我就知道他们会丢下我不管！

我没作声，使劲地点头。

大三很神秘的样子，好像要告诉我一个秘密，我忙问，找，到，工、工商，局了？他说，找个屁！他接着说，那老头把我抓住了，没有骂我，也没有打我，只是罚我帮他搞了一下卫生，我把整个院子扫了一遍，呵呵，后来我又去门卫室扫，趁老头不注意，我把他桌子上的一包烟给揣进了兜里，呵呵，是过滤嘴的香烟，大三很得意地说。这时一支香烟变戏法似的在大三手里出现了，然后又是一支，又是一支，右手食指、中指、无名指、小指的指间各夹着一支烟，接着左手冒出了一包。我看了看，里面至少还有十支，我羡慕地看着大三。大三说，你闻闻，香得很。我把鼻子凑过去，一闻，真的很香。我说，真、真、香。我不认识那个烟，上面画着一个红色的塔和山，跟剪纸画一样。

大三说，这烟叫红塔山，十几块一包。

我不信，这、这、这么贵！

大三解释说，这烟是云南的烟，贵得很。

大三没有把烟给我抽，这么好的烟他舍不得给，我有些失望。路边趴着一只大黄狗，正安详地睡觉，一阵风吹来，黄狗身上的毛被吹动了，我惊奇地发现，黄狗眯着眼睛面带微笑。是的，千真万确，黄狗竟然在笑。我敢断定它这时正在做梦。一只狗所梦的或者说狗的梦想无非就是一根骨头。我的梦或者说我们的梦想无非就是成立这个世界失业者协会，现在这个梦想还能不能实现，我不知道。我把希望寄托在大三身上。我把目光投向了大三。

大三不慌不忙地把烟收起来，一副不忍释手的样子，他说，时间也不早了，我们也该回去吧。

我听了，慌了，急切地问，不、不、去工、工、工商……

大三打断我说，去个屁！还世界失业者协会，狗屁！他的脸拉得老长，铁青着，仿佛跟这个世界有仇。

他见我没有动，笑了，捂着肚子蹲了下来，边笑边指着我说，你个大傻帽！还当真了？就算我们真的去注册，工商局的会给我们注册？不骂我们是一群神经病才怪。大三大笑而去。

大三朝城外走去。我跟在后面。我很失落。说真的，我有一点不舍，毕竟我为此付出了大量心血，我还惦记着世界失业者协会宣传部长的位置呢。

路上，我们再没说什么。在返回的班车上，我也没有说话，大三也没有说话，好像在想心事，脸一直板着，跟班车的铁皮一样，也许他在为八卦东生气。如果今天文子在的话又会是一个什么结局呢？

后来文子告诉我，不知道是谁把这个消息告诉了他父亲，他父亲把他狠狠地揍了一顿，第二天天没亮他就跟父亲下地干活去了。我没有问是不是八卦东、小六子在后面使坏，再问就没意思了。此后我们"五常委"的关系明显疏远了，村子里也安静了许多。突然，又传来了八卦东要去深圳打工的消息，连行李包、牙膏、牙刷、毛巾、内衣、内裤都买好了。当听说八卦东要去深圳打工时，我们都不相信。因为这话他已经说过很多次了。然而，这次是真的。

八卦东是突然"失踪"的，他妈妈说他去深圳打工去了，在一个叫八卦岭的地方，我们更不信了，我们认为他肯定是去亲戚家玩去了。然而，这也是真的。

一个月后，八卦东给我写了一封信，如果仅从信的落款还不能说明什么，可邮戳清清楚楚地印着"深圳八卦岭"的字样，我们都信了，异口同声地说，还真有八卦岭这样的地方。我们觉得，八卦东到八卦岭打工是最契合不过的了。我在心里盘算要不要去八卦岭找八卦东，我不知道八卦东会不会接纳我，我也不知道八卦岭的工作好不好找。如果八卦东不帮我找工作，我至少还可以去投奔二平。

我必须出门远行，我正青春年少，不敢虚度时光，我怕时光会疯狂地报复我的中年和老年，那时的我将毫无还手之力。

汪破窑　湖北襄阳人。广东省作家协会会员，深圳市光明区作家协会秘书长。先后从事杂志编辑、宣传干事、文秘等职，也做过商人、工人，现供职于深圳市某政府部门。有小说、散文、诗歌等作品散见于《西部》《绿洲》《湖南文学》《广西文学》《当代中国生态文学读本》《中国新诗》等多家报刊，多篇作品获得各级奖励。

桥上开满苦菜花（散文）

◎王池光

从崇阳县城出发，沿246省道行驶五十多公里，一路蜿蜒曲折，山高水长，不到一个小时就到了鄂南边陲的金塘镇桥上村。一条小溪穿过一座古老的石桥经过群山之间的小村，清澈见底的溪水倒映着蓝天白云和群山。一切都是那么安宁，一切又是那么恬静。鸡鸭在房前屋后撒欢，牛羊在山坡吃草，农人在田边地角忙碌。小山村的房前屋后、田边地角、山野丛林到处都是郁郁葱葱、黄白相间的苦菜花，整个村子镶嵌在深深浅浅的绿色之中。

"羊乳茎犹嫩，猪牙叶未残；朝来食指动，苦菜入春盘。"提起苦菜，山里人并不陌生，它是不用耕种即可收获的自然馈赠。

苦菜，在粮食短缺物资匮乏的年代，人们满山遍野地寻找，成了养家糊口维持生命的救命草。

苦菜，在物质生活稍微改善的时候，被当作猪草喂养家畜，成了拿不出手也上不了席面的"狗肉"。

苦菜，在酒池肉林奢华显贵的今朝，大家又开始重视它，成了药膳兼顾自然健康的美味珍馐。

崇阳县地处幕阜山脉中段，境内大幕山、大湖山、药姑山等纵横交错，横亘开阔，属低山丘陵区，亚热带季风气候，日照充足，温和多雨，四季分明，为苦菜的生长提供了极为适宜的环境。

苦菜，虽然生在野外，长在田边、地坎、山沟，随处可以见到它的影子，但务工多年回家创业的付雪礼，将种苦菜当作自己的事业，依靠在深山里种苦菜成为一名让人羡慕的新时代职业农民。

古语云，穷则思变。大山沟里的农民要想改变，往往只有外出打工。然而，背井离乡外出打工，却要饱受朝思暮想的思亲之愁和长途奔波之苦。2015年，付雪礼随老板出差顺便回家探望父母孩子，乡村田边、地坎、路旁的苦菜不经意间吸引了他的眼球。"有吃的鸡鱼肉，没吃的苦菜粥。"付雪礼记得，小时候，母亲常常挂在嘴上的这句话。那时候，撒一两把米，掺杂在苦菜里熬一锅粥，就是一家人的美味佳肴，那是一种挥之不去的味道，付雪礼就是喝着苦菜粥长大的。

付雪礼不知道多久没有尝过家乡的苦菜了，于是吃饭的时候另外炒了一个苦菜，让他始料未及的是，老板一个人吃完了苦菜似乎还嫌不够。付雪礼看见老板只吃苦菜，不知道老板是为了给他节省呢，还是喜欢吃苦菜。饭后他委婉地问老板，老板说，苦菜是药膳兼顾的一个好菜，对身体健康具有不可小看的作用。付雪礼起初不以为然，查阅资料才恍然大悟。原来，苦菜，又名败酱草，为多年生中旱生草本，它适应性较强，广泛地分布在海拔500—4000米的山坡、草地、路边、田垄上，民间食用苦菜已有两千多年的历史，也常用作草药，入药历史悠久，始载于《神农本草经》。苦菜富含胡萝卜素、维生素C、钾、钙、镁、磷、钠、铁等多种元素，具有清凉解毒、明目和胃、破瘀活血、消炎利尿、排脓消肿等功效。

在外打工多年，也没有多少积蓄，倒是每次长途奔波回家，看到年迈的父母和年幼的儿子没人照顾，付雪礼有说不出的苦楚。家乡到处都是苦菜，农村人又不稀罕，但城市人却视之为自然健康的美味珍馐。于是，付雪礼茅塞顿开，萌生了一个大胆的想法，如果回家把苦菜做成一个地方的拳头产品，再卖到城市去，既兼顾了家庭，又有一个美好的发展前景，岂不是两全其美的好事？

付雪礼说干就干，然而，理想很丰满，现实很骨感。原以为回家创业，家里人一定会大力支持，谁知道竟遭到家里人的一致反对，这无异于给付雪礼当头浇了一盆冷水。乡亲们说什么话的都有。有人说，赚了几个钱就头脑发热了；有人说，漫山遍野到处都是苦菜，谁稀罕一把喂猪的野草；有人说，不是在外面混不下去了，也不会去做这花钱费力不讨好的事；还有说得更难听的，人没出息做不了大事，只能鼠目寸光，眼睛向着脚背，做这种无聊的事啦。

一时间，付雪礼回家种苦菜成了大家热议的话题。有好言相劝，不要把在外辛苦打工赚的几个钱打了水漂的，也有冷嘲热讽等着看笑话的。尤其是父母的态度非常坚决，两位老人说，农村人苦菜都吃腻了，看到了就想吐，城里人吃惯了山珍海味，谁还吃喂猪的苦菜？兄弟姐妹也向父母一边倒，坚决反对付雪礼种苦菜。虽然妻子柳富杰也是犹豫不决，但她还是支持付雪礼，这让付雪礼感受到很大的慰藉。

付雪礼绝不是心血来潮头脑发热，他深层次地分析了种苦菜的前景。同时为了证明种苦菜的可行性，他到处查找资料，甚至搬出三国陆玑的《毛诗草木鸟兽鱼疏》，耐心地向大家解释苦菜的功效。付雪礼认为，现在，物质生活有了极大的提高，人们普遍吃多了大鱼大肉，富贵病盛行，苦菜恰恰具有去油除腻、清热解毒、消暑止渴、凉血止痢的功效，富含人体需要的有益物质，具有极高的药用价值，大家都想吃得自然健康。因此，曾几何时，只有家畜才吃的苦菜，又开始端上有档次的酒席，而深山里自然生长的苦菜，又是绝对绿色无公害的有机食品，说不定到时候苦菜会成为城市供不应求的紧俏食品呢。

万事开头难。即使付雪礼说的比唱的还好听，家里人还是将信将疑，但付雪礼仍然勇往直前，家里人越是反对，他越要在这条路上寻找到突破口。很快，付雪礼注册了湖北珍叶农产品有限公司。紧接着雇请人工耕地整地，自己每天上街下乡，忙于公司的筹备工作，还要抽空跟妻子翻山越岭寻找苦菜苗。不经一番寒彻骨，怎得梅花扑鼻香？付雪礼经常在田边地角一蹲就是大半天，有时累得腰酸背痛了，还是坚持激励自己，阳光总在风雨后，不经历风雨，怎么能见彩虹？

一晃过去了两个月，苦菜苗子栽下去，长势也不错。天道酬勤，昔日光秃秃的荒山野岭，呈现出一片片郁郁葱葱的苦菜苗的美好前景。就在付雪礼对未来充满美好憧憬时，意想不到的灾难降临了。夏天连续不断的暴雨造成山洪暴发，千辛万苦平整出来的土地和一片片苍翠茂盛的苦菜被山洪冲得七零八落，两三个月的辛勤劳作前功尽弃，投入的资金也打了水漂。吃一堑长一智，付雪礼从教训中得到启示，只有清沟排渍，做好基地防洪工作才有保障。

经过两年多的开发和投入，自己的自留地全种上了苦菜，同时流转了一部分土地，基地从十亩扩大到三十亩，又从三十亩扩展到五十亩，苦菜基地的雏形基本形成，到2019年，基地发展到了一百多亩，苦菜基地已经初具规模，生态养生的纯鲜绿色食品——苦菜从深山沟里源源不断输入城市。附近城市的酒店慕名前来采购，并将苦菜当作酒店的特色拳头农家菜推广。在深圳开厂创业的崇阳籍老板尝到了苦菜不同寻常的"苦"头，也是纷纷抢购，"珍叶"苦菜端上了特区大都市市民的餐桌，良好的商业效应逐步在深圳形成。

苦菜，种植技术简单，一劳永逸，可反复采摘，亩产可达千斤。如果加工成珍品，价格就可以翻番。付出就有回报，一年下来，收入是外出务工的十倍。前景看好，付雪礼决定走高端精品路线，实施品牌战略，围绕"一村一品"发展思路做文章，以"品牌+农户"的模式，最终达到带动乡亲共同致富的目的。付雪礼一边学习一边实践，虚心向有关专家请教，终于掌握了一套可靠的技术，通过市场考察摸底，买回来一套必要的生产设备。付雪礼先将新鲜苦菜采摘回来，再把它洗净晾干，接着脱水冷却，最后把它晒干，分散装和盒装两种包装，实行线上直销和线下代销两种销售形式。还将苦菜放进烘焙机烘干，做成方便储运保存的绿色食品，可用来做苦菜干、苦菜茶、苦菜包子、苦菜饺子、苦菜粥、苦菜饭、苦菜汤等。

如今，苦菜已被人们当作一种健康养生的礼品，赠送亲戚朋友。付雪礼每天都在忙着向全国各地发货，大山沟里的苦菜既端上了千家万户的餐桌，也成了城市酒店不可多得的绿色生态食品。一个人富裕不算富，只有大家一起富起来才是真正的富。付雪礼采取"公司+合作社""基地+农户"的模式，鼓励村民加盟种植苦菜。付雪礼最大的愿望是尽自己的努力，依靠大山，因地制宜，带领乡亲们发展产业，进一步扩大基地，让桥上村漫山遍野都开满苦菜花，做好产品深加工，打响崇阳"珍叶苦菜"的品牌，让更多人青睐来自幕阜山的绿色食品。

王池光　男，出生于湖北，热爱文学，痴迷文字，从事文字工作，业余创作诗歌、散文、小说，作品散见于海内外报刊，曾荣登全国报纸副刊最美散文榜，荣获"第三届全球华人文学创作邀请赛"散文一等奖等各种奖项。出版小说《祸首》《梦断72小时》《商道情缘》等。现居深圳。

故乡如同一个梦想（组诗）

◎李凤琳

故乡的河

这个太阳隐匿的下午

我们久别重逢

穿过一片白杨树林

和仍旧碧绿的青草地

我清晰地听见你的流淌

你的血液快要干涸

皮肤被浅滩割裂

但我仍然感受到你的生命

和三十年前一样

我蹲下来，更近地触摸你

聆听你的呼吸和心跳

我什么都没说，我已经明白

那些失去的和期待的

那些能共同回忆的

都已经融入了彼此的生命

当落叶随秋风飘落
我知道我该转身告别
不必说再见
就像，每一次梦归故土
心里都有一条河流
打上故乡深深的烙印
四季奔流不息

故乡之秋

站在一幅巨大的油画前
我屏住呼吸
阳光抚摸每一寸土地
将金子撒落原野
稻田，房舍，树木
各自站成最美的风景
馨香在清风里浮动
仿佛我心里
正涌动一首温暖的诗

故乡的黄昏

太阳悬挂在山头
余热染透黄昏
狂欢在身后渐次谢幕
心已征服万水千山

如磐石一样愈加坚韧

黄昏依然像个梦想

今天没什么特别

世界仍然宁静

我走过的所有旅程

只是追寻另一个自己

给我一个远方

我日夜兼程，就为了到达这里

故乡的雪

时光跌落季节的裂缝

昨夜的梦被一场雪偷袭

山川披上洁白的头纱

半坡青松盛装傲立

旅人笑语敲碎几声鸟鸣

不小心洒落山涧

惊醒一群鱼的私语

溪边蜡梅傲雪

春的秘密已无处可藏

撷一抔雪的温度，烹煮人生

啜饮半盏冬寒，不诉离情

一缕乡愁，搁浅在千里之外

独享一隅静谧，聆听

迎春花的脚步，正马不停蹄

李凤琳　20世纪70年代生，湖北武汉人。深圳市作家协会会员，有散文、小说、诗歌作品散见于国内报刊。

文本与绎读

胡　亮／片　羽（组诗）

辛泊平／"我以外的我，诗以外的诗"

片 羽（组诗）

◎胡 亮

风流（致阿野）

好山好水付与性灵派，亥白先生不敢多让

船山先生。比如说巫峡，同时给兄弟俩

传授了诗篇，却被他们赠给了彼此。亥白的妻子

陈缃箬女史，以及旗山先生的妻子

杨古雪女史，也能幽然追随船山的尾韵。

而船山，为妻子林颀女史

画了一帧小像，很快收到了她的献诗。

他追随妻子的尾韵，在三九天，写出了和诗。

——这两首七绝，都清绝，

都写到了梅花。真是美妙得没完没了。

说到遂州张氏家族，还应该提到

饮杜先生、淑徽女史、怀芸女史和问筠女史。

……我的小卷尺，怎么丈量得了

乾嘉风流？罢了，且让我们再喝几杯桂花酒，

浑不管户外积雪盈尺。

无　辜

当我手持剑桥科技史，西山就显得
更加无辜。说到科技史，
想起兴奋剂：两者都是隐形制度的逆鳞。
这可是无敌的制度——
它设计了细腰蜂的细腰，设计了
大象的长牙，又让细腰蜂、大象和枯枝重返了
高高的树杪。

合乎礼

大象移动着巨腿，合乎礼。
细腰蜂一边采蜜，一边授粉，合乎礼。
饥肠辘辘的老虎抓住了小鹿，
或小鹿居然挣脱，合乎礼。
猎户放走了怀孕的母鹿，母鹿并没有因此
减少惊恐，合乎礼。
森林里没有人迹，合乎礼。

虚　无

从地下的虚无，到树根，再到树干和树冠，
还没有开通火车。
树皮表面密布着悬崖，里面却掖着无数座
细胞提灌站：借靠这样的坦途，

虚无将水和密令扬送给哪怕最边远的枝叶。

教育家

何谓西山？除了白雀寺，就是柏树、松树，
还有恒河沙数的幽灵。这些芳邻都是
伟大的教育家，他们小声
嘀咕，却被误听为群蝉聒噪，
——然而，不，嘀咕与聒噪都越不过
两指宽的西山路。
西山路以东，聋子与哑巴混成了茫茫。

神　殿

银杏树顺从了铁锹的癫痫病，顺从了
秋风的法典——以其无敌的柔韧。
而我的近视眼，无心地无视着
她的无语。秋天来了，
按照神秘人物的安排，我住进了市委党校
招待所。是在几楼的窗口呢，
我终于看清了银杏树的果实：
每颗都没有怨气，没有怒气，每颗都
致力于组合成——不是一把小算盘
——而是一串串青绿色的神殿。

保　密

西山以东，是西山路，西山路以东，是若干个
小区，小区以东，就是保密的渠河。
米兰丛生于渠河两岸，不欲暗薰加入任何男女。

冰酒（致阿野）

喝多了。喝多了。不断有人醺然离席，
最后剩下来你和我。
"如果善成全了恶……"
聊到这个话题，那就再开一瓶冰酒吧，
让我们转而聊到经霜的葡萄。

弹　奏

那个女生为考音乐学院，买回来一架从德国
进口的三角钢琴。当时秋风正紧，
十余只白鹭弹奏着流水，偶尔跃出鲫鱼
般的休止符。几只松鼠
弹奏着松针，无数松针相互弹奏，
根本分不清键盘或手指。
秋风的手指呢，也从黄叶滑向了真理般的枯枝。

教　堂

黄桷兰香了西山路派出所，香了手铐和刚到案
的小偷乙。这家伙让我想起了曾经就读
的县立师范学校：寒假前的某个深夜，
我们抓住了小偷甲，兴奋地，把他扔进了
男生宿舍前面的水塘。
……这么多年过去了，我才得以与这两个小偷
一起走进黄桷兰的哥特式教堂。

异禀（致阿嘎子金）

小仙女阿嘎子金，泪痣如晨星，她脱离了
凉山和青冈树林，来到一座不讲理的小别墅。
就如象牙脱离了象，犀牛角脱离了
犀牛，油彩般的尾翎脱离了
孔雀，美味的胸鳍、腹鳍和尾鳍脱离了
眼看活不成的鲛鱼……我是多么地担惊受怕：
即便只有几位，天才啊，祝愿你们
在自己的异禀中永远平安……

放　弃

移动公司升级了西山的基站，我仍然拨不通
任何一棵黑松。松针的万千电波
也接不通我的神经的银河系。就这样，

216

黑松和狐狸精在被辜负的刹那就精通了放弃。

巧　舌

从绵阳冲来了几条死鱼，干瞪眼，冲来了肉眼
看不见的坏消息。浪花里饱含着化学的巧舌
间谍，将涪江游说成了一个逶迤的未知数。

枯涩（致黄庭寿）

在你的花木山房，老朋友，且让我喝会儿
闲茶。窗外有山，有水，有白额的猛虎惊散了
白鹭。老朋友，白鹭是你的
坐骑，而猛虎是我的坐骑。
那又有什么关系？且让我们继续讨论
草书与新诗的枯涩之道。

羞　煞

暴雨的针脚，如此细密，几乎达到了即兴民主
的境界，根本分不清金桂和银桂，
——银桂居然又唤作玉桂。
两种桂树呢，也根本分不清金和银。
柔荑无耳，异香无眼，羞煞了我等自幼熟读
矿物学，以及词穷的植物分类学。
寄身于异香、柔荑与暴雨的万马，

我为分别心感到脸红，这张红脸又加入了
仿生学哑剧。也罢，自此后，
且将金桂唤作"木犀"，将银桂唤作"白洁"。

惨　败

是的，夹竹桃！在渠河右岸，我曾经发现过
这种来自波斯的植物。在茎的内壁，
在叶与花的夹层，在菁葵的密室，我发现过
悠然的电流和坦然的生产线，发现过
全部积极性的顶点：五十克乳白色的毒液。
这种毒液可以制成杀虫剂，也可以制成
强心剂（远逊于攻心计）。夹竹桃，
夹竹桃！就让我们联袂惨败给那个蒙面人。

照　看

我在森林里小住了两日。雨呢，说下就下，
说停就停。我赶走了脑子里的半首诗，
像驱散了乌云。到了深夜，
斑头鸺鹠敲响了面山的窗玻璃，提醒我照看好
肺叶内的润楠，照看好黑耳鸢、棘腹蛙
或蹼趾壁虎的分身：我以外的我，诗以外的诗。

仙　境

这片指甲大的仙境还没有被密探撞破：红尾
水鸲越来越多，斑鸠和黑尾
蜡嘴雀也越来越多，它们从玛瑙堆里选走了
黄色、黑色或灰褐色的草籽。

顾不得

蝉子倾泻下粗麻布也似的叫声，俄顷，又倾泻下
细麻布也似的叫声。两种麻布又突变
或渐变出无数种叫声。任何叫声
都顾不得醉醺醺的卡车碾碎了玉石，任何玉石
都顾不得麻布上的线头或小疙瘩，任何卡车
都顾不得叫声里的退堂鼓……

火　舌

火舌舔到了我的肺，惊吓了丛林里的哪怕
最顶端的阶级。水豚追不上红眼树蛙，
红眼树蛙追不上红鹿。棕榈和巴西果，
慢于水豚。浓烟呢，却快于四条腿的红鹿
或美洲虎。火舌舔到了我的肺，
眼看着最后两只青绿顶鹦鹉飞离了亚马孙。

修　改

你有几个小孩呢，蒙面人？是男孩还是
女孩？如果女孩没有小蛮腰，
而男孩长了枝指，你将怎么修改？
你将怎么修改女孩或
曼陀罗的微毒，怎么修改男孩或河豚的剧毒？

星　星

墨蚊儿是这样的极品微雕：体长仅为两毫米，
却分为十个腹节，还安装了精密
的长脚、触角、口器和小翅膀。
雌性有一对尾须，而雄性的最后两个腹节
可以随时转换为阳具。夏天来了，
它们经常凿通我的毛细血管，给养着
体内的飞瀑。它们有单眼，
也有复眼，也许能比我们看到更多更大的星星。

清　凉

这九棵老樟树见过晚明戏曲家汤显祖，还见过
南宋诗人范成大。它们的枝叶织成了
翠绿的低空，又与小河中的倒影
构成了精密的对仗。这九棵老樟树都是青少年
神仙，以翠绿的闭合环拒绝了

我的任何一根白发探针。这九棵老樟树讥笑了
我从网上购来的旅游鞋，又讥笑了
我从虎口得来的闲暇。这九棵老樟树，
把讥笑与慈航，都化成了枝叶间的一首首清凉。

云　泥

西山的森林放映着启示录：浅绿向深绿，深绿
向墨绿，黄叶入云，枯叶入泥。
浅绿、深绿和墨绿，是青凤蝶或黑凤蝶的翅膀，
黄叶和枯叶是虎斑蝶或枯叶蝶的翅膀，
云和泥是所有蝴蝶的翅膀。
看看吧，云和泥才完成了一次
扇动，组织部就任命了一批年轻的县长和局长。

浮　云

记得是在小学四年级，或五年级，我抄录了
《心经》，贴上床头的石灰墙。
几年后，又提前接受槐树和桉树的鼓励，
连续数日持诵了《陶渊明集》。
承恩了这样几次清氛与光明，我已渐渐
分不清卡车和浮云。在西山路，
在嘉禾路，每当看到卡车追尾了皮卡车，
我都会说漏了嘴：看吧，浮云追尾了浮云！

新　颖

暴风雨驱赶着万马——扰乱了街边那排青桔
单车，扰乱了晾满衣服的小阳台，
扰乱了手稿和文件的顺序，
也扰乱了我的眼睛。
西山却轻松地固守了无上的懵懂，
万马过尽——
给每棵树每棵草都留赠了无穷的新颖。

低　估

我低估了一丛蒹葭；过了几分钟，
又低估了一块黑黢黢的鹅卵石。
我目送一线流水，旖旎，收笔于有和无之间。
流水，鹅卵石，蒹葭——
我跌坐于一只瓢虫的甲壳，低估了万物相忘。

徒　劳

眼看快满四十五岁了。这个生日比上个生日
来得更是紧迫。
我决心学会散步，送给自己做礼物。
这门功课太难太难——
当草鱼跃出渠河，我并没有等到圆形波纹
恢复成条形波纹。当麻雀从这边枝头

跳上那边枝头，从叽叽喳喳的抑扬，
我并没有认清豌豆般的兴奋感，如何渐变为
胡豆般的惊恐感。
渠河，小树林，童年的豆荚……
这是多么大的恩赐，
就是多么大的徒劳。

藏　身

我可以藏身于一株野生枇杷树，果实酸涩，
不可食用。这样就比较难找。
也可以藏身于一丛野葛，长藤缠绵，
蔓延数丈，每片叶子都是我的头巾
或肩帔。这样就更加难找。但是，
不，你看看：一个电话，不过
十几秒，就把我连人带屡拎了出来。

然　而

我试着说了小半句谀辞，就得到了更多的葱
和烧饼。然而，爬不上树的鲫鱼
并无艳羡，不能到白云里
去兜风的锯蚁并无艳羡，胁下没有
生出双翼的矮种马
和吞不下鸽子蛋的瓢虫并无艳羡。

蜉 蝣

我要为一只蜉蝣写首诗：刚写出一行，
就写到它的青春痘。
又写出一行，就定然写到它的老年斑。
在两行闪电的中间，
我省略了无数的幽会、疗程和设计稿。

落 叶

从西山路二百一十八号，到西山北路
六百〇三号，要走七分钟。
而我，只走五分钟。
也就没有余暇领取任何一片银杏叶的无智。

苦肉计

我最近迷恋上了任何一片小树林，各种
植物日益亲切。藤，刺，锯齿叶，
都用清气取代了杀气。今天下午，
在一片小树林里，我发现了
一架被扔下的破沙发，在自己的胃里，
又发现了一颗生锈的钉子。
——必须消化掉这颗钉子！这是
一个沙发使用者的苦肉计，
这是所有小树林的静悄悄的决心。

道歉信

飞机穿过了雁阵，

穿过了蜂群，

穿过了无数不设防的翅膀。

飞机没有羽毛，也没有向造物主发去道歉信。

没开窍

布谷鸟会停上我的左肩，

翠鸟会停上我的右肩。

——如果我仍是一个没开窍的少年郎。

芳　邻

这株植物几乎每天都会获得我的忽视。

它寄居于这个小阳台，

已有十六年。一直到这个秋天，

我才有了一点儿看看它的余暇。

——它居然结满了小红果！

——就像首次结满了小红果！

我想象中的女贞比它更俊俏，然而

它就是女贞！此前十五年，

这株女贞对我隐瞒了珍珠。此后

若干年，它还将隐瞒什么？

一串串的星球？每粒小红果都沿着

自己的轨道，那么谦逊，而又不屑于
逼视我的近视眼，哦，不，我的铁石心肠！

坦然（致阿野）

我要绕道造访明月村，那里也许住着
一位故人。他有时候割韭菜，
有时候挖竹笋，写出佳句，交付流水。
天气越来越冷，他带我结识了
三棵幸存的马尾松。
——这已经足够！
我留下饮酒，或继续赶路，都是一份坦然。

群　贤

我再次步行上山。逐字逐句读到了结满果子
的银杏树，多刺的槐树，
绿得发黑的松柏，像是落满了枯叶蝶
的青冈树。还有渊博的斑鸠
和白鹤。从较高的虬枝，
到较低的虬枝，松鼠滑翔，抱着松果，
——这是多么英俊的惊叹号！
就这样，当我登上了不算
太陡峭的虚静，
已经拜谒了所有大师。

闪 电

明镜所照，皆是虚妄。而闪电，
让我看得更加清楚：
多少热泪，多少巨著，都已经化成了齑粉。

龙 吟

老住持召开僧团会议，若干清净比丘
列席。要传衣钵，须选高僧。
室内顿时纷然。当其时，
在青菜地里，那个挑粪的哑巴和尚
忽然发出了
几乎无人得听的龙吟。

水仙（致吴常青）

每到冬天最冷的时候，你就会快递来若干个
水仙球。只需要几个小道具，
比如说一点脏水，它就会从虚空摄来
茎叶。这茎叶由谁设计？嫩得让人
害怕，又绿得让人吃惊，
——仿佛只是为了折断，不，只是为了
把全部力量推向玛瑙的极地：
水仙开花了！
它不是我的倒影，也不是我的对象，

甚至还来不及生一场

冠心病，就遣散了最后一克拉异香。

我渴欲与它交尾。这是个坏主意，

也是个好兆头。——唯有水仙花，

还能够让我技痒，唯有水仙花，

还能够让我用孤掌抚摸这个娑婆世界。

寄　北

总有一样绝不会服软：要么是红叶小檗，

要么是积雪。当两者同时出现在北方，

似乎造就了小寒

与小暑的短兵相接。红叶小檗的椭圆形

浆果如同绛色繁星指点了积雪——

素颜的诗人啊，

让我们精通平静而不是哀愁。

蓝花楹

如果从每棵蓝花楹都看不到我的面孔，

如果从我看不到任何一棵蓝花楹，

我就已经与某个半神办理了

离婚手续，我就已经加入了索居的厄运。

杯中物

大地无尽藏，高山无尽藏，桉树、女人、喜鹊
和江河无尽藏。都是巨大的玻璃杯——
盛满了我。我也是巨大的
玻璃杯——
盛满了江河、喜鹊、女人、桉树、高山
和大地。万物俯饮，
并被俯饮……

万神殿

铁角蕨又多又密，好像是湿地的汗毛。
八角金盘略高于铁角蕨，风车草
略高于八角金盘。锈毛苏铁、
海桐、龙爪柳、芭蕉、槐树，还有金叶水杉，
搭建着青黄相接的天梯。
我的惊愕步步高，
翻越金叶水杉，仍未企及最高的真实。

迁 徙

当你说完这句话，"对于人来说，死亡还是
太深奥了"，儿子，我扭头望见了
西山路新栽的一排小松树，梢头的松针
又细又黄又嫩。深奥从来就不排除

恐惧，也不排除甜蜜。

这排小松树早就平静到不排除任何迁徙。

胡　亮　生于1975年，诗人、论者、随笔作家。中国作家协会会员，巴金文学院签约作家。著有《阐释之雪》（北京，2014；台北，2015）、《琉璃脆》（西安，2017）、《虚掩》（合肥，2018）、《窥豹录：当代诗的99张面孔》（南京，2018），编有《出梅入夏：陆忆敏诗集》（太原，2015）、《永生的诗人：从海子到马雁》（太原，2015）、《力的前奏：四川新诗99年99家99首》（沈阳，2015）、《敬隐渔研究文集》（合编，南京，2019）。创办《元写作》（2007）。获颁第五届后天文化艺术奖（2015）、第二届袁可嘉诗歌奖（2015）、第九届四川文学奖（2018）、2018年度十大图书奖（2019）、第三届建安文学奖（2019）。现居蜀中遂州。

"我以外的我，诗以外的诗"

——读胡亮的组诗《片羽》

◎辛泊平

一

　　我知道，我肯定会这样开始我的写作。以备忘的形式记录我在这个春天的感受，无论这篇文章是随笔还是评论。因为，只有这样写，我才会觉得自己依然是一个正在感受着的写作者，是一个有血有肉的人。面对眼前发生的事情，我无法做到以艺术的方式完成纯粹艺术的分析与判断。那不是我希望的写作。即使是评论一部作品，我也希望这种评论有当下的神经，有当下的痛点。或者，这是一种偏执。但是，我珍视这种偏执。对于生命而言，面对世界，面对生命的艺术，面对生命本身，甚至面对更具普遍意义的时间，不可能出现真正意义上零度的言说。

　　庚子年春天，一个注定在每一个人心中都会留下刻痕的春天，一个注定让所有人都无法回避的春天。谁也不会想到，疫情来得那么快，来得那么猛，来得那么广。每一天，都有让人不安的数字和让人震惊的行为，每一天，也都有让人感动的人物与事件。在这个特殊的季节里，我相信，所有人都有相同的愿望，但并不是所有人都有相同的姿态。灾难是一面镜子，可以照见人性的光辉和阴暗，可以照见灵魂的卑劣与高尚，也可以照见不同的人生状态和价值取向。这几乎是不言而喻的事情。然而，生活仍在继续，日子仍在继续。或许，这就是让人厌倦但又恋恋不舍的红尘世界。我们都在其中，没有局外人与无辜者。

就我而言，以往每一个春节都要面临一种情感的尴尬。回家或者不回，在父母辞世之后，成了一个问题，成了一个艰难的选择。父母不在了，家就没有了。这是国人的一种感受常识。那么，不回去似乎就有了堂而皇之的理由。然而，过年的感觉，其实远不是简单的血缘确认与肉体还乡，它还是一种生活记忆与文化认同。许多时候，说起过年，我会想起家乡那些曾经让人头疼的习俗和禁忌，比如扫屋子，比如杀猪、做豆腐，比如贴年画，比如除夕之夜的烟火和初一早晨的上坟，比如给长辈磕头拜年，比如大年三十与初一坚决不能说的话，等等等等。这一些，虽然不是具体的人生准则，却早已经成为我生命中的一部分。我无法割舍在一个特定的日子里那种自然产生的特殊的感受与记忆。所以，才会有那种纠结，才会有那份怅然。

而这个春节，疫情之下，个人的伦理必须服从社会的伦理。所以，纠结没有了，我可以坦然地对家乡的亲人说出不回家的理由，可以坦然地待在我熟悉的城市，安享圈子更为私密的人伦之乐。似乎一切都是那么自然而然，无须解释，也无须遗憾。在最初小区提倡隔离的那一周，我还以为会像2003年的"非典"一样，人们还可以比较随意地做点什么，比如出去遛遛，比如三五朋友找个地方坐一坐，而且，用不了多久这一切就会过去。这似乎并不是我一个人的想法。记得刚从天津回来的大年初二，我所在的城市，还有一些饭店在照常营业，那一天，还有朋友打电话约我出去喝酒。所以，那几天，也的确像刚刚享受假日一样，晚上追追剧，白天自然醒，醒来后随意看两页书，翻翻微信，在阳台上抽抽烟，侍弄侍弄花草。似乎也很闲适。

只是，随着形势的日益严峻，随着隔离模式的普遍化，我的生理节奏与生活节奏被强行打乱了，或者不如说，是自我的心理暗示，让这混乱成了常态。冰箱里的东西越来越少，餐桌上的东西越来越单一，朋友们都开始自觉地宅在家里。生活一下子失去了原来的节奏和期待。于是，心理节奏终于失调了。有那么几天，我几乎什么也做不了，只是深陷于不时更新的微信与新闻，在一种对当下与未来的猜测中消磨时间。读书、写作，都成了遥远的往事；与朋友聚会，成了奢侈的想象。但日子必须继续，生命必须展开。理性的作用，在这个特殊的春天做出了最恰当的回应。于是，我开始从书架上找出一些书，从电脑上找出一些电影。时间终于慢了下来，我必须适应这种慢下来的节奏。

接下来的日子，除了每天陪五年级的儿子读点《史记》之外，我重读了加缪的《鼠疫》、威廉·戈尔丁的《蝇王》、乔治·奥威尔的《动物庄园》和博尔赫斯的小说集；终于读完了早些年读了一半但没读下去的纳博科夫的《洛丽塔》和福克纳的《喧哗与骚动》；耐着性子啃完了其实并没有太懂的哈耶克的《通往奴役之路》和马尔库塞的《爱欲与文明》；甚至还翻了一遍丰子恺的散文与都梁的《亮剑》。电影也看了一些，关于灾难的，关于人性的，关于信念的，有老片也有新片，有商业片也有文艺片。这个并不重要。重要的是，在每日的阅读与观影中，心竟然慢慢安静了下来。因为，从那些似乎久远的故事里，我看到了生命的意志，也看到了生命中永存的爱意，以及它生生不息的理由。这是一种穿越时空的心灵安慰。但写作，仍然处于蛰伏状态，我无法开启。内心深处，仍有一种冲动，写一点像样的文字，记录下我在这个春天的感受，以及对生命与写作的思考与重估。

我希望有一个切入口，希望有一个机缘，让写作以自然的方式再次打开。而这个机缘就这样来了——远人兄转来了胡亮的诗歌。我承认，最初阅读的时候，我还是有一丝担忧，我怕写不出来。毕竟，在这个特殊的春天，如果不是和现实有真切呼应的诗文，很难有心灵上的感应。而没有心灵感应的文字，写再多也不是我想要的文字。所幸的是，胡亮的诗歌似乎就是在这个春天所有人都应有的反思，是人类面对天地万物应有的态度。

我一直都认为，阅读不仅仅是一种文字意义上的信息汲取，它更是一种生命的缘分。在特定的时刻读到特定的诗人与作家，这里面有必然，但更多的还是偶然，也就是那种说不清道不明的缘分。胡亮兄是早在诗歌论坛时就认识的朋友，虽然没有见过面，但名字早已有朋友的那种熟识和亲切。他是优秀的诗歌评论家，也是优秀的诗人。他的评论针对的是诗歌本体的构建，是诗歌内部规律的探究。所以，他的评论绝不是简单的诗人评介或现象批评，而是有体系有展开的理论研究。相对于他的评论而言，他的诗歌我读得不多。但我一直都相信，评论家诗人的诗歌写作更为自觉与谨慎，所以，自有他的稳健之处与独到之处。因为，他面对的不仅仅是经验与词语，还有对诗歌肌理的深切体悟与把握。

二

再次回到这个春天的话题。严峻的疫情之下，除了全民性的防治之外，还有更多的人在思考这病毒源自哪里。和当年的"非典"一样，就当下而言，在没有科学研究的支持下，所有的结论都为时尚早。但有一点，却是通过常识可以判断的。无论是"非典"时的果子狸，还是当下的蝙蝠，这些有人认为的"罪魁祸首"，都可能携带病毒，并通过人的嘴巴进入身体。先不说这是否就是根源，但起码可以向我们提供这样的信息：我们应该吃什么不应该吃什么，怎样吃，如何吃，这都不仅仅是简单的饮食问题，它还涉及人类面对自然万物的态度，涉及生命的伦理与自然的大道。

在《山海经》和《搜神记》里，我特别惊诧于古人对待天地万物的态度。在他们眼里，万物有灵，所以，面对自然万物，自然有一种亲近与敬畏。这是一种朴素的认知，更是一种与万物一体的生命意识。和庄子的《齐物论》一样，这种认知与意识，让人不得不正视自身的局限与卑微，因而，生出一种尊重万物、敬畏未知的情感与反应。然而，在科技文明决定人类走向的历史进程中，人类开始狂妄地相信自身的力量。于是，"人定胜天""人是万物之灵"这些在特定历史时期成就人类文明的话语被奉为圭臬；于是，人类开始了对自然过度的开发与攫取，开始了对万物没有节制的挥霍与吞噬；于是，古老的生命秩序与生命伦理被废弃，自然的平衡被打破。而胡亮，却在他的诗歌写作中，早已敏感地发现了这种生命的悖论，并试图以自己的声音，捍卫那永恒的生命伦理与符合大道的生命理解。

> 当我手持剑桥科技史，西山就显得
> 更加无辜。说到科技史，
> 想起兴奋剂：两者都是隐形制度的逆鳞。
> 这可是无敌的制度——
> 它设计了细腰蜂的细腰，设计了
> 大象的长牙，又让细腰蜂、大象和枯枝重返了
> 高高的树杪。

——《无辜》

"说到科技史，／想起兴奋剂：两者都是隐形制度的逆鳞。"在胡亮笔下，科技就是一把双刃剑，它成就了人类的当下文明，但也在某种程度上毁坏了自然的和谐。兴奋剂让人突破了人的常规体能，但也让人陷入一种非常的迷醉状态。这是一种违背生理也冒犯规则的行为。然

而，在竞争无所不用其极的人类背景下，这种非常态却在某种程度上模糊了人们的判断。它竟然"设计了细腰蜂的细腰，设计了／大象的长牙"。然而，虚幻究竟是虚幻，它只能是瞬间的荣耀幻象。最终，真相必须还原，细腰蜂、大象和枯枝也必须重返原来的形象。这才是人间正道，才是生命自然、本我的形态——

> 大象移动着巨腿，合乎礼。
> 细腰蜂一边采蜜，一边授粉，合乎礼。
> 饥肠辘辘的老虎抓住了小鹿，
> 或小鹿居然挣脱，合乎礼。
> 猎户放走了怀孕的母鹿，母鹿并没有因此
> 减少惊恐，合乎礼。
> 森林里没有人迹，合乎礼。

——《合乎礼》

这首小诗，几乎可以看作是对《无辜》最有力的回应。人类设计不了宇宙的运行，设计不了生命的版图。剑桥的科技史也只能是剑桥看到的世界微不足道的一部分，兴奋剂之下的生命比例更是万花筒中可笑的形体变异。真正的生命版图应该是"合乎礼"的存在，应该是大象缓缓移动巨腿，应该是"细腰蜂一边采蜜，一边授粉"，应该是"饥肠辘辘的老虎抓住了小鹿，／或小鹿居然挣脱"，应该是"猎户放走了怀孕的母鹿，母鹿并没有因此／减少惊恐"，应该是"森林里没有人迹"。一切人为设计的东西都是一种对生命本质的伤害，只有合乎礼的存在才是生命此在的终极理想。"天地不仁，以万物为刍狗"，这是天地的慈悲。以人的唯一标准设计众生的命运，这是人类的浅薄与虚妄。

可以这样说，面对天地万物，诗人彻底摒弃了那种唯我独尊的狂妄，而是虔诚地在万物面前低下头来，以一种谦卑的姿态凝视万物，倾听万物。所以，他经过了人类市场的喧嚣，趟过了欲望泛滥的大河之后，并没有就此沉沦，而是抵达了灵魂的圣殿——

> 银杏树顺从了铁锹的癫痫病，顺从了
> 秋风的法典——以其无敌的柔韧。
> 而我的近视眼，无心地无视着
> 她的无语。秋天来了，
> 按照神秘人物的安排，我住进了市委党校
> 招待所。是在几楼的窗口呢，
> 我终于看清了银杏树的果实：
> 每颗都没有怨气，没有怒气，每颗都
> 致力于组合成——不是一把小算盘
> ——而是一串串青绿色的神殿。

——《神殿》

在这里，诗人并没有一般意义上的超凡脱俗、羽化登仙。因为，他清醒地知道，那种宗教意味的远离尘嚣其实只是一种心理自许，是一种缺乏生命重量的自我安慰。真正的人生，必须与大地平行，必须有泥土的气息，必须有生命应有的热度。所以，诗人依然置身尘世，依然遵守着人间的节奏，依然习惯于人间的烟火。只是，他换了一种打量世界的角度和心境，他遵从的是最直接也最纯粹的观察与感受。于是，一棵顺从于四季与风的银杏树，成了此在的菩提，成了神殿。在这里，没有征服的力量，只有顺从的柔韧；没有怨气与怒气，没有小盘算，只有自然

的婆娑，只有生命均匀的吐纳。

三

所有以说教形式出现的价值判断，都有可能是对自然大道的僭越，都应该引起我们的警惕。胡亮深谙此中秘密。所以，他不会以道德法官自居，更不会以最后的审判者自诩。他只是把自我还原到一个生命个体的样子，以一个有正常呼吸和体温的个体回应此在的琐碎与喧嚣。这是一种态度，也是一种智慧，正如佛在恒河沙中言说涅槃的禅机一样，正如耶稣在日常的人伦中言说最终的救赎一样。正因如此，胡亮才会如此叙述一场平常的酒意——

> 喝多了。喝多了。不断有人醺然离席，
> 最后剩下来你和我。
> "如果善成全了恶……"
> 聊到这个话题，那就再开一瓶冰酒吧，
> 让我们转而聊到经霜的葡萄。

——《冰酒（致阿野）》

你瞧，诗人没有在尘世的酒桌上贩卖灵魂的意义，更没有兜售尘世救赎的章程。他也坐在暧昧的人群中，一样喝尘世的酒，一样谈尘世的话题，一样看着有人喝醉，有人离去。所不同的，他仍然保持着一份清醒，保持着对人世的一份理解，更保持着对事物本质的一种坚守。所以，等到曲终人散，诗人还要和朋友再开一瓶冰酒，但话题不再是纷乱的善恶，不是人间的是非，而是转入"经霜的葡萄"，转入比人生更为广泛的物质世界。

前面我说过，"天地不仁"恰恰也是天地的慈悲。因为，没有人为差别的世界才是世界的本意。太阳照好人也照坏人。这不是自然的乡愿，而是它的好生之德。从更高的意义上看，所有的生命都有它神秘的存在价值，都有它自足的意义。把生命分成三六九等，那是人类出于一己之私的操作，是一种利己行为，更是对自然伦理的强行篡改。这当然不是诗人达摩面壁式的顿悟，而是经历了几多人世沧桑的体认——

> 黄桷兰香了西山路派出所，香了手铐和刚到案
> 的小偷乙。这家伙让我想起了曾经就读
> 的县立师范学校：寒假前的某个深夜，
> 我们抓住了小偷甲，兴奋地，把他扔进了
> 男生宿舍前面的水塘。
> ……这么多年过去了，我才得以与这两个小偷
> 一起走进黄桷兰的哥特式教堂。

——《教堂》

回顾往事，诗人并非只有美好的记忆。记忆里也有阴暗，有不堪，有羞愧，有人性的"恶之花"。眼前是派出所，这里有小偷，有罪恶，也有惩戒。然而，黄桷兰并没有因此而避开这里，而是把香味一样无声地传过来。这才是真正的大慈悲。罪恶需要惩戒，那是社会意义的律法，但在大自然面前，众生皆有享受自然馈赠的权利。念此，诗人的脑子里突然想到了多年以前，他们在县立师范学校对一个小偷做出的有违人性的伤害，因此而心生愧意。这是一种人性层面的复苏，是一种生命意义上的觉悟。在植物的香气中，诗人终于明白了平等的意义，终于理解了上天的道德。可

以这样说，一念之间，诗人无限接近了一种灵魂的洗礼，生命的救赎。

　　这个世界的秩序与真理，从来不是几个自我加冕的独裁者说出来的，说出这个秘密的是众生万物。从某种意义上说，柏树、松树、白雀寺、恒河沙数的幽灵，都是教育家。它们没有人类的语言，但它们都在以自己的生命纹理言说着生命的轨迹和归宿（《教育家》），而我们，也并没有像我们期待的那样无所不知——

　　　　移动公司升级了西山的基站，我仍然拨不通
　　　　任何一棵黑松。松针的万千电波
　　　　也接不通我的神经的银河系。就这样，
　　　　黑松和狐狸精在被辜负的刹那就精通了放弃。

　　　　　　　　　　　　　　　　——《放弃》

　　科技已经站在了山顶，然而，我们仍然无法拨通"任何一棵黑松。松针的万千电波／也接不通我的神经的银河系。"所以，我们不得不放弃。这是对自身局限的承认，也是对生命暗流的尊重。

　　　　眼看快满四十五岁了。这个生日比上个生日
　　　　来得更是紧迫。
　　　　我决心学会散步，送给自己做礼物。
　　　　这门功课太难太难——
　　　　当草鱼跃出渠河，我并没有等到圆形波纹
　　　　恢复成条形波纹。当麻雀从这边枝头
　　　　跳上那边枝头，从叽叽喳喳的抑扬，
　　　　我并没有认清豌豆般的兴奋感，如何渐变为

胡豆般的惊恐感。

渠河，小树林，童年的豆荚……

这是多么大的恩赐，

就是多么大的徒劳。

——《徒劳》

生命短暂，但时间永恒。这才是世界的格局。每一次诞生都连着死亡，而每一次死亡都孕育着诞生。生命的轮回并不都是理论意义上的互证，它来自每一个生命的启示，比如一尾鱼、一只麻雀，来自小树林，和童年的豆荚。它以具体的形体，以物质的样子，表现着天地的流动与轮回。所以，天地从来没有得失，得失只是人自己对存在的理解。所有的一切都是恩赐。但当我们拼命为取舍命名的时刻，它便成为徒劳。因为，残缺是我们的，完整是世界的。这是所有生命共有的命运，是天地留给自己的命题。

"……我的小卷尺，怎么丈量得了 / 乾嘉风流？罢了，且让我们再喝几杯桂花酒，／浑不管户外积雪盈尺。"（《风流》）。在胡亮的诗歌中，这样的表达几乎就是他的文字筋络。他从来不拒绝自身在天地之间的渺小与不解，而是坦然承认这种蒙昧与卑微。正是有了这种觉悟，他才始终以一种谦的声调，叙说着生命个体在这个广阔的时空中的疑惑与不安，猜测与坚守。他才能在一个少女的德国钢琴里听到枯叶的真理（《弹奏》），才能在布谷鸟与翠鸟的羽毛中看到少年最初的高贵（《没开窍》），才能在夹竹桃的茎叶中感受到"悠然的电流和坦然的生产线"（《惨败》），才能在见过明代戏剧家汤显祖的九棵老樟树的摇曳里，"把讥笑与慈航，都化成了枝叶间的一首首清凉"（《清凉》）。

四

应该说，胡亮的文字里流淌着一种来自古老哲学的朴素伦理。在这种伦理中，生命各安其命，各守其道。生命之间并非没有对峙，并非没有伤害，但这种对峙与伤害只是本体意义上的生存法则，它不刻意，更不夸大，而是一种相互呈现相互成就的平衡。或许，也就是圣人心中的大同。这是一种自然哲学的诗歌表达，是一种生命伦理的诗歌阐释，因而，也是一种具有难度的表达与阐释。用什么样的话语方式才能与这种古老的生命思考完成最准确的对接，这是一种颇具挑战意味的诗歌写作。让我感佩的是，胡亮找到了一条恰切的途径，那就是同样古老的"诗经"式的言说。

当然，这样的评价并不是说胡亮的诗歌写作是对《诗经》"赋""比""兴"手法的机械套用，而是那种格天体物的态度。在胡亮笔下，很少有那种以空对空的高蹈式言说，他有言说的对象，有传递情感的物质。可以这样说，在当代诗人的写作中，我很少见到像胡亮这样在诗歌中大量引入动物和植物意象的。他很少写我们熟知的人间场景，而是把眼光聚焦到那些人类之外的事物上。

"斑头鸺鹠""黑耳鸢""棘腹蛙""蹼趾壁虎""大象""美洲虎""犀牛""矮种马""母鹿""狐狸""松鼠""孔雀""白鹭""红尾水鸲""斑鸠""蜡嘴雀""布谷鸟""翠鸟""青绿顶鹦鹉""墨蚊儿""蝴蝶""细腰蜂""水豚""鱼儿""红眼树蛙"，这些动物，都承载了诗人的哲学思考；"松树""柏树""夹竹桃""黄桷兰""女贞""银杏""樟树""栎树""棕榈""巴西果""铁角蕨""风车草""锈毛苏铁""海桐""槐树""芭蕉""龙爪柳""金叶水杉"，这些植物，都体现了诗人的生命观照。

这是伟大的《诗经》的传统。它不仅仅是一种艺术手法，更是一种情感状态。这个世界不是人类的一家独大，所有的生命都有它的柔软与坚硬；这个世界也并不只是人的语言，所有的生命呼吸都在回应着自然的变化。所以，俯下身子倾听它们，感受它们，用人类的语言转述这种生命的律动，而不是刻意地篡改与删除，这是一种良知，也是一种胸襟。

> 暴雨的针脚，如此细密，几乎达到了即兴民主
> 的境界，根本分不清金桂和银桂，
> ——银桂居然又唤作玉桂。
> 两种桂树呢，也根本分不清金和银。
> 柔荑无耳，异香无眼，羞煞了我等自幼熟读
> 矿物学，以及词穷的植物分类学。
> 寄身于异香、柔荑与暴雨的万马，
> 我为分别心感到脸红，这张红脸又加入了
> 仿生学哑剧。也罢，自此后，
> 且将金桂唤作"木犀"，将银桂唤作"白洁"。

——《羞煞》

在文明的进程中，我们渴望社会的民主，但往往忽略自然的民主。所以，才会有人类的物欲横流，才会有人类的暴殄天物。对此，诗人感触良多。所以，他才会在陶渊明的文字里"承恩了这样几次清氛与光明"（《浮云》）；才会在性灵派的书写中得见山水的风流。

> 我再次步行上山。逐字逐句读到了结满果子

的银杏树，多刺的槐树，

绿得发黑的松柏，像是落满了枯叶蝶

的青冈树。还有渊博的斑鸠

和白鹤。从较高的虬枝，

到较低的虬枝，松鼠滑翔，抱着松果，

——这是多么英俊的惊叹号！

就这样，当我登上了不算

太陡峭的虚静，

已经拜谒了所有大师。

——《群贤》

　　万物有灵，古今同理。人类只有放弃自身衡量万物的尺度，才有可能重回万物中，和万物一起，共享山川与流云，大地与天空。在这种背景下，松柏也就是智者，白鹤也就是先知。它们与我们一样，在四季的流转中看护着物质的存在，体味着缘分的起灭。只有这样，才能替飞过了雁阵与蜂群、"穿过了无数不设防的翅膀"的唐突的飞机"向造物主发去道歉信"（《道歉信》）；只有这样，才"能够让我用孤掌抚摸这个娑婆世界"（《水仙》）；只有这样，才能够和万物一起，写充满善意的"我以外的我，诗以外的诗"（《照看》）。

2020年2月24日

辛泊平　20世纪70年代生人，毕业于河北师范大学中文系。河北青年诗人学会副会长，河北省诗歌研究中心特约研究员。在《诗刊》《人民文学》《青年文学》等海内外百余家报刊发表作品并入选数十种选本。著有诗歌评论集《读一首诗，让时光安静》《与诗相遇》，随笔集《怎样看一部电影》，历史小说《廉颇》等。曾获中国年度诗歌评论奖、河北省文艺评论奖。现居秦皇岛市。